大河小說 주역 ④

단정궁의
중요 회의

김승호 지음

돌샘 섬영사

차례 • • •

단정궁의 중요 회의

　이로부터 반나절이 지나고 나서 단정궁의 총관 집무실에서는 중요 회의가 열리고 있었다. 특사는 이보다 앞서 밀실에 안내되어 깊게 좌정하였다. 해는 이미 기울어 단정궁의 주변 일대는 안개와 함께 어둠이 짙게 깔려있었다. 단정궁 외곽에 있는 산과 호수들은 밤이 되면 더욱 안개가 짙어졌고, 어떤 지역은 밤새 쉬지 않고 굵은 비가 내려 마치 단정궁은 물속에 잠겨있는 것 같았다. 그러나 단정궁의 내전은 지하로 한없이 연결되어 그 깊이를 알 수 없었다.

　단정궁은 원래 지하궁전이었다. 하지만 단정궁이 특이한 점은 여느 천상의 궁전들과는 달리 지하로 깊게 들어갈수록 더욱 밝아지고, 수많은 꽃나무들, 신령한 풀, 지하호수 등이 나타나는 것이다. 더구나 지하에서 솟아나있는 수많은 산들은 그리 크지 않아도 그 아름다움은 천상의 수많은 산들 못지않았다. 또한 단정궁의 가장 큰 자랑거리는 여기저기 널려있는 보석들인데, 이 보석들은 옥황부의 최상의 보석들보다 그 질이 뛰어날 뿐 아니라 그 양도 엄청났다. 기실 단정궁을 이루고 있는 건축 재료들은 거의가 다 보석류에 해당된다.

단정궁은 겉에 나타난 것만 보면 옥황부에 있는 자그마한 별전 하나 정도밖에 되지 않는다. 그러나 그 내면의 세계는 한없이 넓어 그 크기를 짐작할 수가 없다. 이 세계는 이 외에도 특기할 만한 것이 너무 많았다. 그리고 이곳에는 태양도 하나가 더 있었다. 하나는 평범히 하늘에 있는 것이었지만 단정궁에는 지하에도 움직이지 않는 태양이 하나 더 있었다. 그리고 단정궁에 있는 수많은 미인들이 또한 다른 세계와 판이한 인물들이며 신비하다. 게다가 이 여인들은 그 공부와 수행이 천상의 선인보다 뛰어나다.

이 불가사의한 세계는 백호신 서왕모가 다스리고 있는데, 현재 우주의 위기를 맞이하여 서왕모의 가르침이 절대 필요한 시기였다. 이 때문에 옥황부에서도 특사를 파견하여 가르침을 청원하는 중이지만 이미 한 번의 특사가 자멸했고 두 번째 당도한 특사는 지금 운명의 전개를 기다리고 있는 중이었다.

이 시간 총관의 집무실 회의에 모여 있는 사람은 세 여인뿐인데, 총관 본유와 당주 가원, 그리고 부당주 주령이었다. 회의는 이제 막 시작되었고, 본유가 먼저 서두를 꺼냈다. 본유의 표정은 근심이 약간 서렸는데, 그것으로 인해 아름다움은 더욱 돋보였다. 좀 전에 특사가 보았던 요사스러움이나 음란한 기운은 일체 찾아볼 수 없고 순수한 모습 그대로였다.

"문제가 쉽지 않구나…… 이번에 파견돼 온 특사는 보통 인물이 아니야…… 아무래도 특별한 대책을 세워야겠어!"

이 세 여인들은 특사에 대한 회의를 하고 있는 중이었다. 본유가 얘기를 계속했다.

"……그러나 일단은 부딪쳐봐야겠지. 그런데 가원, 내가 시킨 대로 했겠지?"

"그렇게 했사옵니다."

가원은 미소를 지으며 상냥하게 대답했다.

"좋아. 처음부터 상세하게 분석해보자."

"예. 처음 특사가 관문에 도착했을 때의 표정부터 시작하겠사옵니다. 특사는 한마디로 평정 무심이었사옵니다. 저희들 몸이나 얼굴을 살피지도 않고 단순히 직함만을 물었을 뿐이옵니다."

"그래? 총관을 찾지 않던가?"

"아니옵니다. 총관을 찾은 것은 나중에 연회장에 와서이옵니다!"

"음. 침착한 선인이로구나. 걸음걸이는?"

"빠른 편인데 일부러 우리와 보조를 맞추었사옵니다. 빠르지 않고 일정하게……."

"그것은 총명이야. 그리고 주령이 옆에 가까이 있었을 때 움찔한 기색은?"

"전혀 없었사옵니다."

주령이 대답했다.

"말을 건네 오던가?"

"아니옵니다. 말을 걸기는커녕 건네는 말도 제대로 받지 않았사옵니다."

"호. 그래. 그건 다행이군. 순진하다는 뜻이야. 그리고 명예를 중시하는 사람이지. 이런 사람은 육체보다는 마음을 중시하고 인정이 많아. 게다가 가련한 유형을 좋아하지. 이런 사람은 공연히 용기를 발휘하기도 하고 뜻밖의 행동도 하지. 그리고 감상에 쉽게 사로잡히는 사람이야. 잘됐군! 그리고?"

"좌우를 살피지도 않았사옵니다."

"음. 그렇겠지. 이런 사람은 수동적이어서 남을 공격해서 이기려 하기보다는 자신을 지켜서 패배를 안 하려고 하는 사람이지. 그런데 자존심이 강하겠군! 안개는 좋아하던가?"

"잘 모르겠는데 잘 참는 것 같았사옵니다."

"그래? 안개가 많다고 하던가?"

"아니옵니다!"

"주령이 말을 걸 때 놀라거나 돌아서 얼굴을 보던가?"

"아니옵니다!"

"음…… 가원의 뒷모습을 살피는 기색은?"

"예. 확실히 있었사옵니다. 짧지만 확실하게……."

"호. 특사는 자신감이 있는 사람이야…… 특사가 먼저 말을 건넨 적은?"

"없었사옵니다."

"나무와 돌, 공기와 물 중에 무엇을 좋아하던가?"

"글쎄요, 확실치는 않지만 공기를 더 좋아하는 것 같았사옵니다."

"그래. 호호. 비밀한 사연을 즐기는 사람이로구나. 성격이 특이하구나. 좋아! 혼자 생각에 많이 잠기던가?"

"예."

"표정은 어떻던가?"

"자연스럽게 보이지는 않았사옵니다. 어느 때나 생각해서 조금 늦게 표정을 지었사옵니다."

"음…… 속마음을 감추고 있군! ……그런데 가원, 내가 시킨 대로 말을 걸지는 않았겠지?"

"예. 한동안 가만히 있다가 갑자기 말을 걸어봤사옵니다."

"어떻던가?"

"놀랐사옵니다. 움츠리고 대답을 못 했사옵니다."

"음……."

본유는 고개를 끄덕이고 잠시 생각하는 듯하더니 다시 말을 꺼냈다.

"좋아. 두 사람 중 누구와 말을 쉽게 하던가?"

"예. 저하고 말하는 것이 자연스러웠사옵니다."

주령이 대답했다. 가원도 그 말에 긍정하듯 고개를 끄덕였다. 본유는 혼자 남모를 미소를 짓고는 가원을 쳐다봤다.

"분명…… 가원을 더 좋아한다고 볼 수 있어. 처음부터…… 이 사람은 조용한 여자를 좋아하는군! ……술은 좋아하던가?"

"예. 그런데 주량은 많지 않은 것 같았사옵니다."

"예의는?"

"아주 바른 편이었사옵니다."

"얼굴 표정은? 근엄하던가?"

"……아니옵니다."

"가원 네가 자리를 뜨겠다고 했을 때 말리던가?"

"예. 강하게 말렸사옵니다."

"검술은?"

"조금 아는 것 같았사옵니다. 그런데 관찰력이 부족했사옵니다."

"그런가? 아닐 거야. 잠시 방심했겠지…… 아무튼 좋아, 주령!"

본유는 웃으며 고개를 젓다가 주령을 불렀다.

"가원이 자리를 비웠을 때는 어떻던가?"

"태평스레 저한테 말을 걸었사옵니다. 긴장은 없었고…… 그리고 문 쪽을 살피며 가원 당주가 나타나기를 기다리는 것 같았사옵니다."

"나타났을 때는?"

"예. 확실히 긴장했사옵니다. 움찔 놀라는 기색이 있었사옵니다."

"자리에 앉았을 때는?"

"딴전을 피웠사옵니다. 침착하게 다른 곳을 먼저 봤사옵니다."

"호. 그래? 어렵겠구나…… 지나치게 정신형이야. 이런 사람은 유혹하는데 시간이 걸려. 게다가 유혹해 놓고도 애를 먹어. 속 썩이는 거지. 몸을 만지려고 안 할 거야. 음악은 좋아하던가?"

"오히려 시끄러워하는 것 같았사옵니다. 가끔씩은 듣는 듯 했지만……"

"춤을 출 때는?"

"주로 얼굴 쪽을 봤사옵니다."

"가원이 칼춤을 출 때는?"

"예. 귀엽게 보는 듯했사옵니다. 칼을 보지 않고 가원 당주의 몸만 봤사옵니다."

"호호. 역시 검객이군! 검객은 여자가 칼을 쓸 때는 주로 몸을 본다는군……"

본유는 농담인지 진담인지 알 수 없는 말을 하고는 잠시 생각하다가 다시 물었다.

"가원이 꽃을 꺾었던데…… 그건 계획에 없었던 거지…… 좋아. 그런데 왜 꽃을 칼로 벤 것이지?"

"예. 죄송하옵니다. 칼을 한 번 시험해 보려고……"

"괜찮아. 그보다도 그 꽃을 주었을 때 어디를 먼저 보던가?"

"예. 그것은……"

주령이 가로막으며 말을 받았다.

"제일 먼저 본 것은 가원 당주의 얼굴이었사옵니다. 그리고는 잘린

부분이고…… 마지막에 꽃을 봤사옵니다."

"그래? 그럼, 나중에 꽃을 본 적은 없었나?"

"자주 보는 것 같았사옵니다. 그리고 술잔을 꽃 가까이 놓았사옵니다."

"음. 좋아. 주령, 관찰력이 많이 향상됐구나. 그리고 가원의 옷을 보던가?"

"보긴 봤는데 별 감흥이 없었사옵니다."

"그래? ……그것 참 곤란한데, 어렵겠어."

본유는 한참동안 생각하더니 고개를 가로저었다.

"총관님, 무슨 근심이 있사옵니까?"

"응…… 잘 안 될 것 같아. 이 사람은 육체에 깊게 빠지는 사람이 아니야. 어쩌지?"

"뭐, 그냥 부딪쳐 보옵시다."

"아니야. 그럴 순 없어. 자칫해서 실수를 하면 어쩌니?"

"예? 실수한다고 해서 우리가 손해 볼 것은 없잖사옵니까?"

"그게 아니야. 실수는 절대 용납할 수가 없어. 너흰 모르는 것이 있어. 이 일은 오래 전부터 예정된 일이야. 서왕모께서 오랜 옛날에 말씀하셨지. ……옥황부에서 특사가 계속해서 온다고 했어. 만일 우리가 특사 세 명을 연속 탈진시켜 죽인다면 큰 상을 내리신다고 하셨지…… 큰 상이야! ……게다가 특사 세 명을 죽이고 나서는 일체 특사의 방문은 사절한다고 하셨어. 물론 실패해도 우리에게 벌을 내리시진 않을 거야. 하지만 우리는 서왕모님을 번거롭게 해서는 안돼! 그리고 무엇보다도 나는 상을 받고 싶어. 도대체 상이 무엇일까? ……큰 상은 더욱 무엇이고?"

본유선은 각오를 다지듯 입을 꼭 다물고 예리한 표정을 지었다. 그 모습 또한 처절할 만큼 아름다웠다. 본유는 다시 분석을 계속했다.

"특사는 말이야…… 음란한 것을 싫어해. 내가 일부러 그런 모습을 보이고 유혹하려 했으나 태산처럼 요지부동이었어. 다행히 가원을 좋아하는 것 같기는 하지만 육체를 원할 만큼은 아닌 것 같더군…… 게다가 이 특사는 사전에 방비를 하고 왔기 때문에 육체의 접촉을 극력 피하려고 했어…… 그래서 나는 약을 사용하려고 해. ……술에다 타면 되겠지! 그런데도 잘 안 될 거야. 특별한 방법이 필요해. 물론 방법이 없는 것은 아니지만 자존심이 상해…… 아무튼 이번에 특사를 상대할 사람은 가원으로 정했어. 가원은 목숨을 걸고 일을 해줘야겠다. 알겠니?"

"예. 총관님! 당연한 일이옵니다. 기필코 성공해 보이겠사옵니다."

"음. 좋아. 다시 시작하자."

"특사가 제일 먼저 먹은 음식은?"

"과일이옵니다."

"호. 그래? 과일을 싫어하는군!"

"두 번째는?"

"나물을 먹었사옵니다."

"양은?"

"과일보다는 확실히 맛있게 먹는 듯 보였사옵니다."

"그럴 테지! 술잔과 병을 살피던가?"

"예. 많이 살펴봤사옵니다."

"앉은 자세는?"

"약간 우측으로 향했사옵니다."

"……호. 순진하군…… 그래서 어려워…… 하늘을 쳐다보던가?"

"두 번이옵니다."

"호수 쪽은?"

"여섯 번이옵니다."

"관상은 어떻던가? 가원! 네가 볼 줄 알지?"

"예. 죽을 상은 아니었사옵니다."

"그래? 점점 어려워지는구나. 의상은?"

"깨끗했사옵니다. 새로 만들어 입은 것이었사옵니다."

"손과 발은?"

"모두 작았사옵니다."

"술은 어떻게 마시던가?"

"매번 단숨에 비웠사옵니다."

"고개를 많이 젖히던가?"

"아니옵니다."

"주법을 알던가?"

"예. 저희들보다는 더 많이 아는 것 같았사옵니다."

"자리가 조촐했는데 불편해하지는 않던가?"

"아니오. 좋아했사옵니다. 소박한 자리가 좋다고 했사옵니다."

"그 말은 누굴 보면서 하던가?"

"가원 당주이옵니다."

"수저를 사용하는 솜씨는?"

"서툴렀사옵니다."

"호. 참 이상하군! 그 특사는 신검이라 하던데! ……음식은 많이 먹던가?"

"예. 골고루 드셨사옵니다."

"……그것 참, 앞뒤가 안 맞아…… 이중인격이야. 아니 삼중, 사중인가 봐…… 음, 그리고…… 술을 따를 때는 사람 얼굴을 보던가?”

“아니옵니다.”

“가원에게 따를 때도?”

“예.”

“그럼, 술을 받을 때는?”

“예. 가원 당주가 따를 때는 잔만 봤사옵니다.”

“주령이 따를 때는?”

“미소를 지었사옵니다.”

“……음. 확실하군! 가원을 좋아해…… 그런데 육체를 무서워한단 말이야…… 어리석어!”

본유는 또다시 깊은 생각에 잠기더니 한참 만에 다시 말했다.

“특사의 음성은?”

“풍화가인(風火家人:☲☴)이옵니다.”

“호흡은?”

“아주 길었사옵니다.”

“피부는?”

“맑았사옵니다. 털이 많사옵니다. 호호.”

주령은 무엇이 우스운지 소리 내어 웃었다.

“웃을 일이 아니야.”

본유는 정색을 하고 다시 물었다.

“말할 때 사용하는 단어는?”

“자기 방어형이었사옵니다. 자신에 관한 것보다는 몸에서 멀리 떨어진 내용을 많이 가리켰사옵니다.”

“정신의 파장은?”

"쉽게 감지되지 않았사옵니다. 경계를 했사옵니다!"

"생각을 많이 하던가?"

"예. 아주 많았사옵니다."

"말할 때 손의 자세는?"

"사용하지 않았사옵니다."

"몸의 진동은?"

"전혀 없었사옵니다. 죽은 사람처럼……."

"호. 공력이 깊구나. 가원은 조심해야겠어!"

"총관님!"

가원이 급히 물었다.

"제가 특사님보다 공력이 떨어진다는 말이옵니까?"

가원은 근심스러운 표정이었지만 따지듯 물었다.

"아니. 그런 뜻은 아니야! 단지 가원 자신도 방심하면 안 돼! 특히 가원 자신이 쾌감을 느낄 수도 있잖아?"

"총관님! 그런 일은 절대 없을 것이옵니다. 저는 가장 빠르고 확실하게 특사를 죽일 것이옵니다."

"호호. 용기가 대단하군…… 그래. 나는 너를 신임하고 있어. ……자, 다음 문제로 넘어가자!"

"특사는 어떤 빛깔을 좋아하던가?"

"진한 색이옵니다."

"자신감은?"

"예. 자신감은 있었지만 조심성이 더 많았사옵니다."

본유의 질문은 한없이 이어졌다. 이들은 때로는 심각하게 때로는 웃으면서 밤이 늦도록 회의를 계속했다.

서왕모의 그림

그러나 특사는 일체의 마음을 끊고 세계를 떠나 우주의 본원, 시간과 공간이 없는 그것과 합일한 체 면벽을 하고 있었다. 특사는 시간을 건너뛰고는 현실에 다시 의식을 나타냈다. 드디어 특사는 명상을 풀고 평상심으로 돌아온 것이다. 지금 누가 자신을 찾아올 것을 감지했기 때문이었다.

문밖에서 인기척이 났다. 그리고 한 여인이 들어섰다. 가원이었다. 특사는 얼굴에 반가운 미소를 가득 머금은 채 자리에서 일어났다.

"특사님! 좀 쉬셨사옵니까?"

먼저 가원이 고개를 가볍게 숙여 예를 표했다.

"허허. 마음은 항상 쉬고 있으니까 따로 쉴 것이 없소이다."

"예? 아, 그렇사옵니다! 특사님의 가르침에 감사드리옵니다."

가원은 무릎을 꿇었다.

"허어. 일어나시오. 그저 말 한마디 한 것을 가지고……."

특사는 황급히 가원을 일으켰다. 그러나 손을 잡아준다거나 어깨를 만진다거나 하지는 않고 말만 다정하게 건넨 것뿐이었다. 가원도 이에 개의치 않고 혼자 일어나서는 상냥한 미소를 지어보였다. 그러고는 다정하게 불렀다.

"특사님! 저를 따라오시옵소서. 좋은 곳으로 특사님을 모시겠사옵니다."

"좋은 곳이오? ……어디 훌륭한 경치라도 있는 것이오?"

"아니옵니다…… 따라와 보시면 아실 것이옵니다."

가원은 특사를 돌아보며 의미 있는 미소를 보이고는 앞장을 섰다. 가원은 어제처럼 좌측 앞에서 걸었다. 단지 옷차림은 다소 채색이 있는 것으로 길지도 짧지도 않은 치마 차림인데 한결 여자다워 보였고 걸음걸이도 아주 경쾌했다. 원래 여인의 걸음걸이는 사소한 옷차림의 변화에도 다르게 보이는 법이다.

특사는 얼핏 그 모습을 보고는 고개를 다시 들어 정면을 보면서 걸었다. 그러나 속으로는 어제보다는 훨씬 더 가볍고 아름답구나 하고 생각했다. 두 사람이 걸어가는 길은 긴 복도였는데 바닥은 하얀색의 돌로 꾸며져 있었다. 복도의 좌우측도 하얀 돌로 된 벽인데 가끔 의미 모를 표시들이 있었고, 문 같은 것은 보이지 않았다.

특사는 가원과 함께 걷고 있는 것이 즐거웠는지 마음은 편안했고 잠깐은 가원에게 건넬 말을 생각해 보기도 했다. 그러나 막상 말을 꺼내자니 적당한 내용이 떠오르지 않았다.

길은 얼마 가지 않아 넓은 광장이 나타났다. 천장은 까마득하게 높아졌고 좌우도 시원하게 탁 트여 마치 건물 밖으로 나온 듯했다. 그러나 여전히 건물 안으로서 사방으로 멀리 보이는 벽은 가지런히 돌로 세워진 것이었다.

'허…… 대단하군…….'

특사는 그 장엄한 규모에 놀랐으나 겉으로 말을 꺼내지는 않았다. 가원도 꾸준히 앞만 보며 걸어갈 뿐 무슨 생각을 하는지도 알 수 없었다. 광장의 한쪽 벽이 나타났다. 그리고 그 앞에 지하로 내려가는 넓은 계단 입구가 보였다.

"특사님, 이제 다 왔사옵니다!"

청아한 목소리로 가원이 말했다. 돌로 된 웅장한 구조물 안에서 연약한 여인이 내는 목소리는 가냘프게 들렸고 그 자태도 더욱 아름답게 보였다. 특사는 가원이 돌아볼 때 그 옆모습만 보았는데 어제와 달리 엷게 화장한 모습이었다. 그 화장은 약간 붉은 색조를 띠었지만 청초한 느낌은 더욱 돋보였다. 지하로 향하는 층계는 높지 않아서 쉽게 아래층으로 내려섰다. 이곳은 그리 넓지 않고 아담한 공간이었는데 벽은 둥그렇게 되어 있고 저쪽에 입구가 보였다.

"특사님! 이곳이 어딘 줄 아시겠사옵니까?"

가원은 귀여운 표정으로 특사를 빤히 쳐다봤다. 특사는 놀라지 않았다. 가원이 느닷없이 이렇게 말하는 것은 가원의 상냥한 말투였기 때문이었다.

"여긴 말이옵니다…… 그림이 있는 곳이옵니다."

"호. 그럼 미술관인가요? 그림이 진열되어 있는……."

"호호. 아니옵니다. 그냥 벽에다 그린 것이옵니다. 자, 들어가 보시옵소서. 특사님께서 먼저……."

가원은 이렇게 말하면서 몸을 가볍게 스쳐 특사의 팔을 잡는 듯하더니 급히 다시 놓아버렸다. 특사는 가원이 옆에 바싹 나란히 하고 팔을 잡는 듯하자 속으로 미세하나마 긴장이 일어났다. 그러나 특사는 이 느낌을 무엇이라 표현할 수는 없었다. 굳이 말하자면 상쾌한 떨림이라 해야 할까?

특사는 돌로 된 문으로 한 발 들어섰다. 그러자 우측면에 넓은 그림이 나타났다. 그림은 여러 가지 빛깔로 되어 있는 복잡한 모양이었는데 한 발 가까이 다가서서 보니 벽에다 그린 것이 아니라 돌에다 수를 놓은 듯 여러 빛깔의 보석을 박아서 만든 것이었다. 전체의 조화는 실로 뛰어났다. 특사는 그림에 대해 그리 많이 알지는 못해도 옥황부에서 제법 그림을 많이 구경한 축에 끼는 편이었다. 특사가 보기에도 대단히 훌륭한 그림이었다. 그림 위쪽에는 약간의 돌출한 부위가 있어서 마치 지붕 같았는데, 그 속에서 여러 가지 빛깔의 광채가 내리비추고 있었다. 그림은 저쪽 편까지 하나로 이어져 있었고 하나의 그림으로는 아주 큰 편이었다. 그러나 옥황부에는 이보다 더 큰 그림들도 있었다. 그런데 이 단정궁의 그림에 특징이 있다면 조명이 다양하게 비추고 있고 그 광채가 그림과 함께 어우러져 하나의 작품이 되어 있다는 점이었다.

특사는 이외에도 한 가지 이상한 점을 발견했다. 그림은 상당히 정교하여 미세한 부분까지 정밀하게 그려져 있었는데 보면 볼수록 절묘하고 신비한 느낌을 주었다. 그리고 주변을 살펴보니 화랑의 천장에서도 빛이 내려왔다. 그림의 건너편 벽에는 수많은 모양의 보석들이 평평히 속으로 깊게 박혀 있었고 그곳에서 가지각색의 아름다운 광채가 끝없이 뿜어져 나오고 있었다. 특사는 그림과 천장, 그리고 그림의 맞은편 벽을 살피느라 잠시 시간 가는 줄 몰랐다.

가원은 저쪽 편에 서서 입구 쪽을 가리고 이쪽을 바라보고 있었다. 특사는 자신이 너무 그림에 몰두했구나 생각하고 가원이 가까이 오기를 기다렸다. 가원은 천천히 걸어왔다. 그러나 빛을 등지고 걸어오기 때문에 얼굴 표정은 볼 수가 없었다. 하지만 느낌으로는 알 수 있었다. 그 모습은 천진하고 청초했다.

특사는 계속해서 가원이 걸어오는 모습을 바라봤다. 가원의 율동 있는 걸음걸이는 하나의 춤과도 같았다. 등 뒤의 빛이 가원의 몸 윤곽을 희미하게 나타내어 그 춤과 같은 동작은 더욱 신비하게 보였다. 특사는 어느덧 가원의 꿈틀거리는 모습을 사랑스런 눈으로 바라보고 있었다. 마침내 가원은 특사의 바로 눈앞까지 다가왔다.

"그림이 어떻사옵니까?"

청량한 목소리였다. 특사는 가원의 모습과 목소리에 취해서 미처 대답을 못했다. 가원도 아무 말 없이 특사의 옆에 섰다. 그 순간 그림 쪽에서의 빛과 천장에서의 빛이 가원의 얼굴을 현란하게 비추었다. 가원의 얼굴 모습은 더욱 아름답고 신비하게 보였다. 특사는 속으로 뭉클 하고 충격이 발생하는 것을 느꼈다.

'아, 아름답구나! 신비하구나……'

"특사님!"

가원의 상냥한 목소리가 꿈결처럼 들려왔다.

"그림에서 무엇을 느끼셨사옵니까?"

또다시 가원의 느닷없는 물음이었다. 이는 그림을 감상한 느낌을 물은 것이니 무엇인가 대답을 해 주어야 했다. 그러나 특사는 대답을 망설였다. 첫째 이유는 그림의 뜻을 아직 파악하지 못했을 뿐 아니라 느낌도 종잡을 수가 없어서였다. 그리고 두 번째 이유는 가원의 목소리가 너무나 아름답고 신비해서 잠시 할 말을 잊은 것이다.

특사는 벌써 두 번이나 가원의 물음에 침묵했다. 이는 의도적인 것이 아니었다. 말을 할 수가 없었던 것뿐이었다. 가원은 특사의 마음을 알고 있을까? 이번에도 가원은 재차 묻지 않고 그냥 특사의 곁에 서 있었다. 특사는 가원이 바로 곁에 서 있다는 것이 몹시 행복했다. 그리고 또한 괴로운 가슴을 느낄 수 있었다. 특사는 마음을 달래기 위해 그림을 보았다. 그러고는 조금씩 걸었다. 가원도 그림을 얼핏 보면서 뒤를 따랐다.

"특사님!"

가원이 다시 불렀다. 특사는 목소리를 듣자마자 가원의 얼굴을 급히 바라봤는데 가냘프게 보이는 가원의 얼굴은 이루 다 말할 수 없을 만큼 아름다웠다. 가원의 목소리가 이어졌다.

"그림을 조금 멀리서 보시옵소서. 그러면 더욱더 잘 보일 것이옵니다."

'그렇지! ……너무 가까이에서 봤군.'

특사는 이렇게 생각하고 다시 가원을 보려는데 가원은 어느새 그림의 맞은편 쪽으로 걸어가고 있었다. 특사는 한걸음 늦춰 그 뒷모습을 보았다. 가원이 걸어가는 전면의 광채가 특사의 정면을 향해 찬란하게 빛났다. 그리고 가원의 전신은 그 빛과 어우러져 환상적인 분위기를 이루었다. 특사는 걸음을 조금 빨리해서 가원이 있는 쪽으로 걸었다. 순간 가원이 돌아섰는데, 그 빛에 반사되어 아름다운 얼굴이 보였다. 특사의 평정은 드디어 무너져 내렸다. 두근거림, 그리고 행복과 고통이 가슴 속에서 동시에 아지랑이처럼 피어났으므로 특사는 안정을 도모했다. 그러나 마음은 그럴수록 더욱 깊게 흔들렸다.

"특사님!"

청아한 가원의 목소리가 잠시 마음을 달래주는 듯했다.

"그림이 좋사옵니까?"

이번에는 대답하기 쉽게 물어왔다. 그러나 특사는 겨우 대답했다.

"그렇군요. 좋은 그림이오."

"특사님, 단정궁에는 이와 비슷한 그림이 일흔두 개가 있사옵니다."

"예? 일흔두 개요…… 무슨 뜻인지?"

"이 그림은 보통 그림이 아니옵니다. 이것은 서왕모께서 그리신 그림이온데 온 우주의 뜻을 일흔두 개로 나타낸 것이라 하옵니다. 일흔두 개의 숫자는 주역의 원리에서 나온 것이라 들었사옵니다……."

이렇게 설명하면서 가원은 특사의 얼굴을 상냥하게 빤히 쳐다봤다. 특사의 가슴은 더욱 뜨거워졌고 의식의 혼란은 종잡을 수가 없었다. 아름다운 가원의 모습, 신비한 그림, 서왕모의 친화(親畵), 일흔두 개의 숫자, 주역의 원리…… 화랑 안을 가득 채운 현란한 광채, 가원의 목소리…… 특사의 마음속에는 이 모든 것이 어우러져 가슴과 의식을 흔들었다.

"특사님! 불편하시옵니까? ……좀 쉬시옵소서."

"아니오. 괜찮소. 이젠 나갑시다."

"예. 밖으로 모시겠사옵니다."

가원은 특사의 팔은 잡지 않고 옆에서 나란히 천천히 입구 쪽으로 걸어 나갔다. 특사는 이때 가원의 몸을 끌어안고 싶은 것을 있는 힘을 다해 참았다. 문밖으로 나오자 갑자기 환해지고 저쪽 편에는 주령과 두 여인이 서 있었다. 특사는 무심히 이들 여인을 바라봤는데, 가원은 몹시 놀란 듯 걸음을 멈추었다.

"특사님……."

가원의 목소리는 가볍게 떨리고 있었다.

"소녀는 가봐야 하옵니다…… 이젠 특사님을 찾아뵙지 못할 것이옵니다."

가원이 이렇게 말하자 특사는 매우 놀라서 자기도 모르게 큰 목소리로 말했다.

"아니! ……어째서 다시 보지 못한단 말이오?"

"예. 소녀는 단정궁 밖에 임무가 있어서 떠나게 되었사옵니다."

"허어. 그 무슨 말이오. 다시 안 온단 말이오?"

"예. 먼 곳으로 가게 됐사옵니다."

특사는 잠시 말문이 막혀서 어쩔 줄을 몰랐다.

"아니, 어째서 지금 이 시기에 그리 먼 곳으로 출장을 간단 말이오?"

특사는 다급해서 말이 되지도 않게 물었다. 가원은 대답하지 않았다. 특사는 가원의 얼굴을 애타게 바라보며 다시 물었다.

"대체 어찌된 일이오?"

"예. 총관님의 명령이옵니다. 갑작스럽게 임무가 주어졌사옵니다. ……죄송하옵니다."

"음……."

특사는 말 못하고 고개만 끄덕였다.

'……총관이? ……일부러 쫓아버린 것이로구나. 요사한 계집 같으니…….'

특사는 속으로 무엇인가 생각을 하며 망설였는데 어느덧 주령이 다가와서 밝게 인사를 건넸다.

"특사님, 여기 계셨군요. 뫼시러 왔사옵니다."

특사는 이 말을 듣는 둥 마는 둥하면서 가원을 바라봤는데 가원의 얼굴은 더욱 가냘픈 모습이었다.

"특사님, 저는 그럼 이만……."

가원은 고개를 숙여 조용히 인사를 올렸다.

"특사님, 가옵시지요."

주령의 목소리가 재촉했다. 특사는 다시 한 번 가원을 쳐다봤다. 그러나 가원은 벌써 저만큼 걸어가고 있었다.

'……가원!'

특사는 그 뒷모습만 애타게 바라보고는 하는 수 없이 주령을 따라나섰다. 주령은 특사를 새로운 계단으로 안내했다. 계단이 특사가 처음 내려왔을 때보다 한참 높은 것으로 봐서 한 층을 그냥 통과한 것 같았다. 계단은 어느 커다란 실내로 직접 통하는 길이었는데, 이곳에 들어서자 대단한 경치가 눈에 먼저 들어왔다.

천장은 아주 높았고 수많은 꽃과 풀들이 전면에 가득 차 있었다. 자그마한 연못도 보이고 한쪽 벽은 뜻 모를 표시인지 어떤 글인지, 그림 같은 것으로 장식되어 있었다. 통로는 연못을 좌측에 두고 비스듬히 꺾이었다. 그러자 돌연 한 여인이 나타났다. 총관인 본유선이었다.

"특사님, 평안하시옵니까?"

본유는 맑은 목소리로 공손히 인사를 올렸다. 본유의 모습은 어제 본 대로 음란한 기색이 여전했고 옷차림은 굉장했다. 위아래가 같은 붉은색 계통인데 천은 아주 얇아서 맨몸이 은근히 보이었고, 치마는 땅에 닿을 정도로 길었으며, 아주 작은 꽃들이 수놓아져 있었다. 팔도 길게 가려져 있으나 더욱 투명한 천이어서 어깨까지 맨살이 훤히 보였다. 목은 완전히 가려져 있었는데 하얀 천에 노란색 꽃이 수놓아진 것이다. 화장은 요염하게 진하고 붉은색을 많이 사용했으며 머리는 얼굴을 곱게 감쌌고 길게 흘러내려 있었다.

특사는 본유의 인사에 가볍게 응대하면서 그 모습과 옷차림새를 한눈에 읽었지만 특별한 감흥은 없었다. 본유는 특사의 이런 속마음을 알았는지 살짝 흘겨보고는 앞장을 섰다. 주령은 특사의 오른쪽에서 나란히 걸었으며 주령과 같이 왔던 여인들은 본유의 좌우에서 걸었다. 길은 얼마 안 가서 넓은 문에 당도했다. 본유와 특사 일행은 문을 통과했다. 그런데 알 수 없는 것은 문을 나선 것인지 들어선 것인지 종잡을 수 없었다. 어쨌거나 문을 통과하자 수많은 여인들이 좌우로 도열해 서서 특사를 환영했다.

여인들은 하나같이 아름답고 어린 소녀들이었는데, 화려하고 단정한 옷차림에 맑은 미소를 머금고 있었다. 특사는 가끔씩 이들 여인들의 자태를 살폈는데 누구 하나 음란한 모습은 찾아볼 수 없었다.

여인들이 환영하는 통로는 상당히 길었다. 특사는 한참이나 걷는 동안 좌우의 여인들이 아름다운 꽃처럼 느껴져서 마치 어느 정원의 꽃밭을 걷는 기분이었다. 그러나 한 가지 다른 것이 있다면 상쾌한 바람이 없는 것이었다. 특사가 좋아하는 것은 야생의 공기인데 이곳은 확실히 실내인 듯 그 청량한 공기가 없는 것이었다. 물론 이곳의 공기는 한없이 맑아서 바깥의 그것과 별다름이 없지만 특사의 예민한 감각은 아주 미세한 차이도 감지하고 있는 것이다. 하지만 특사는 이러한 것을 생각하고 있지는 않았다. 현재 특사의 마음속에는 이상하게도 가원의 모습을 지울 수가 없었다.

"음 —"

특사는 신음을 토하고는 더욱더 자세히 가원의 모습을 그려보았다. 조금 전에 헤어진 가원이건만 그리움은 한이 없었다. 지워도, 지

위도 보고 싶은 마음은 가중되어 갔다. 특사는 지금 자신이 걸어가는 주변 환경이 변하는 것을 사실상 잊어버리고 하나의 꿈속에서 헤매고 있었다. 그 꿈은 오로지 가원이라는 한 여인의 모습이 아른거렸다. 특사는 자신의 그 맑은 기억력을 가지고도 가원의 모습을 완전히 다 그려내지 못하고 계속해서 다시 그리고 또다시 그려냈다. 그러나 실체인 가원은 지금 어디 있는가? 특사는 가슴속에 뜨거운 눈물 기운이 서서히 피어났다.

"특사님!"

순간 누가 부르는 소리가 들렸다. 가원은 아니었다. 바로 앞에 가던 본유가 뒤돌아서서 부른 것이었다. 어느덧 여인들의 환영의 숲은 벗어났지만 또 하나의 커다란 문이 나타났다.

"이제 다 왔사옵니다."

본유는 특사를 다정하게 바라보며 미소를 지었다. 특사는 이에 억지로라도 웃음을 지어 보이려는데, 본유는 벌써 돌아서서 문을 열고 나섰다. 특사도 꿈을 잠시 잊고 현실로 돌아와 문으로 뒤따라 나섰다. 이 문은 들어서는 것이 아니라 나서는 것이 분명했다. 문을 통과하자 위로 넓게 열린 하늘이 보였다. 공기는 더욱 맑아졌다. 특사는 가슴이 조금이나마 시원해지는 것을 느끼고 평상심을 찾으려 애를 썼다.

바로 눈앞에 펼쳐 있는 정경은 또 하나의 신비였다. 고요한 연못, 기묘하고 평화스러운 돌무더기, 푸른 나무, 물풀과 아름다운 꽃들, 이 모든 것의 특색은 우측 벽이 인조물이라는 점이었다. 이 벽에는 이곳 모습을 그린 풍경화가 형형색색 그려져 있었는데, 벽은 투명하고 드넓은 보석판이었다. 그런데 그림이 얼마나 교묘하게 그려져 있

는지 그 앞의 자연 경관과 완전히 하나의 세계처럼 이어져 부자연스
러움은 전혀 없었다. 굳이 그림과 실제 경관을 비교하고자 한다면 그
림 속의 세계는 그늘 속의 세계이고, 실제 경관은 양지바른 곳으로
느껴진다는 점이다. 그런데 신통하게도 그림과 실제는 서로를 강조하
게끔 되어 있어서 양지와 음지가 각각 특별하게 돋보였다. 특사는 이
점에 크게 감명 받고는 고개를 천천히 끄덕였다. 특사의 좌석은 입구
를 나서자 좌측인데 넓은 상에 이미 술과 음식이 차려져 있었고 좌우
에는 수많은 여인들이 서 있었다. 특사의 좌석 우측은 넓게 비어져
있었는데, 이곳은 공식 공연장임에 틀림없었다.

"특사님! 이곳에 앉으시옵소서."

본유는 능숙하고 아름다운 격식으로 특사에게 자리를 권했다. 특
사는 멀리 좌우를 살피면서 조용히 자리에 앉았다. 이어 좌측에 본유
가 앉았고 우측에 주령이 앉았다. 이렇게 상석이 좌정하자 악사들도
자리를 차지하고 좌측의 여인들은 뒤로 몇 걸음 물러나 그 자리에 서
있었다. 음악은 곧바로 연주되었는데 소리는 작고 경쾌한 곡조였다.

"특사님! 제가 한 잔 올리겠사옵니다."

본유는 요염한 미소를 띠며 술을 권했다. 특사는 본유의 얼굴은 보
지 않고 잔만을 받았다. 이렇게 해서 또다시 향연은 시작되었다. 연
회가 진행됨에 따라 음악이 수시로 바뀌고 수많은 여인들이 등장하
여 갖가지 춤과 율동으로 분위기를 고조시켰다.

술은 끝이 없었으며, 다양한 음식은 쉬지 않고 날라져 왔다. 연회
장의 좌측에 도열해 서 있는 여인들은 일정 시간이 지나면 교대하고
교대할 때마다 의상의 모양과 빛깔이 바뀌어 마음을 더욱 들뜨게 만
들었다. 이토록 연회는 온갖 조화가 다 갖추어져 있건만 특사의 마음

은 허전했다.

특사는 어제 앉았던 조촐한 술자리가 생각났고 가원의 모습도 떠올랐다. 특사의 바로 앞에는 아름다운 여인이 절묘한 율동을 구사하고 있었지만 특사는 그 너머 저쪽에 피어 있는 여러 가지 꽃들을 망연히 쳐다보고 있었다. 그러는 중 특사의 눈에 하나의 꽃이 들어왔다. 그 꽃은 진한 황금색의 못다 핀 꽃으로 어제 가원이 특사에게 바친 그런 종류의 꽃이었다. 특사는 그 꽃을 한참 동안이나 바라봤다. 어디선가 바람이 불어와 꽃을 약하게 흔들었다. 꽃은 조용히 햇빛을 받으며 바람에 아름다운 전신을 맡기고 있었다.

'가련하구나……'

특사는 이런 생각을 하고는 그 꽃을 가지고 싶었다.

"총관!"

특사는 본유를 불렀다. 본유는 처음으로 자기를 불러주는 특사의 음성에 아주 아름답게 반응했다. 본유는 느리지도 빠르지도 않게 상냥한 음성과 함께 다정한 눈길을 주었다.

"예. 특사님……"

"내가 부탁이 하나 있는데……"

특사는 여기까지 말하다가 급히 말을 멈추었다. 마음속에 다른 생각이 떠오른 것이었다.

"무엇이시온지요? ……특사님의 청이라면 무엇인들 못 들어드리겠사옵니까!"

본유는 요염한 눈으로 특사를 쳐다보며 몸을 약간 움직여 더 가까이 오려고 했다. 그러나 본유의 몸은 특사의 바로 옆에 있어서 특사의 몸에 자신의 몸을 밀착시키지 않는 한은 더 가까워지는 방법은 없었다. 특사가 흠칫 놀라는 듯하자 본유는 그냥 빤히 쳐다보기만 했다.

"총관! ……저, 가원을 좀 불러줄 수 없겠소이까?"

특사는 꽃을 꺾어달라고 하려다가 용기를 내어 가원을 청한 것이다.

"예? 가원이라 했사옵니까? ……가원에게 무슨 분부라도 있사옵니까?"

본유는 짓궂게 물었다.

"그저…… 가원의 춤을 한번 보고 싶구려!"

특사는 몹시 멋쩍어하며 겨우 둘러댄 것이다. 특사의 가슴은 두근거렸다. 자신의 마음이 노출되어 부끄러운 것과 본유가 안 된다고 할까봐 몹시 마음이 졸여왔던 것이다.

"호호…… 특사님도…… 하필 가원의 춤을…… 그런데 가원은 이미 출장을 갔을 텐데…… 혹시 아직 출발 안 했나 모르겠네……."

본유는 뜻있는 미소를 지었다. 특사는 자존심이 상한 듯했지만 가원을 보고 싶은 열망이 더 커서 본유가 하는 대로 기다릴 수밖에 없었다.

"좋사옵니다! ……한번 찾아보겠사옵니다. 얘야! 네가 가서 가원이 떠났나 보고 아직 있으면 데리고 오너라…… 아니 모시고 오너라!"

본유는 주령에게 명령하면서 찡긋하고는 다시 특사를 바라봤다.

"특사님! ……운이 좋으시면 가원의 춤을 보실 수 있겠사옵니다."

"고맙소."

특사는 처량한 기분이 되어 한 잔 술을 들이켰다. 본유는 이를 보고 특사에게 술을 따르는 한편 마음속으로 깊은 생각을 하고 있었다.

'일이 성취돼 가는구나…… 서왕모님의 그림이 드디어 신령한 힘을 발휘하기 시작하는구나…… 우리의 그날 회의에서 했던 분석도 틀림

없었고!'

특사는 본유가 생각에 잠겨 있는 것도 모른 채 가원이 나타나기만을 학수고대했다. 특사는 혹시 가원이 이미 어디론가 떠나가 버리지나 않았을까 몹시 걱정하면서 애가 탔다. 본유는 특사를 슬쩍 한 번 쳐다보고는 다시 자기 생각에 몰두했다.

'……이제 한 가지 장애만 남았는데…… 가원이 잘 할 거야. 이미 가원을 죽도록 좋아하니까 그 마음을 육체로 이끌어가는 것은 문제도 아니지…… 편리하게도 남자는 여자를 사랑하면 그 육체를 갖고 싶어 한단 말이야! 희한하기도 하고, 어리석기도 해! 호호…… 그런데 ……가원의 육체 공력이 문제란 말이야…….'

본유가 특사를 파멸시킬 궁리를 하는 중에도 시간은 흘러갔다. 음악과 춤은 계속되었지만 특사와 본유는 이것에 유의하지 않았고 각자 자기 생각에만 몰두해 있었다. 본유는 다시 생각했다.

'서왕모님의 그림은 참으로 신비하구나…… 이토록 덕이 높은 선인의 마음을 흔들어 놓을 수 있다니…….'

본유는 이런 생각을 하면서 얼굴을 찡그렸다. 이는 자존심이 상해서인데 특사가 어떤 도인이든 간에 자신들의 힘으로 유혹하고 싶었는데 서왕모의 신령한 그림의 힘을 빌린 것이 못내 아쉬웠다.

'역시 육체만으로는 높은 도인을 유혹할 수 없겠지…….'

본유는 여인의 한계를 생각하니 기분이 썩 좋지는 않았다. 그러나 자신이 특사의 감정 구조를 완전히 파악하여 서왕모의 그림 일흔두 개 중에 정확히 특사에게 작용하는 그림을 선택한 것은 스스로가 봐도 대견한 것이었다. 본유는 이와 함께 서왕모가 그린 그림의 신통력에 대해 다시 한 번 경외감을 가졌다.

서왕모의 그림은 단정궁이 소유하고 있는 수많은 신령한 보물 중에서도 가장 귀중한 것 중의 하나이다. 이 그림은 우주의 모든 성질을 일흔두 개로 나누어 놓은 것으로 주역의 모든 이치가 들어 있는데, 이 그림이 신령한 보물이 되는 이유는 주역의 이치도 중요하지만 이것이 인간 감정에 미치는 영향 때문이다. 도인이든 속인이든 누구를 막론하고 자신과 맞는 그림 앞에 서게 되면 그 즉시 처음 본 여인을 무조건 사랑할 수밖에 없는 것이다. 아무리 못생긴 여자라도 상관없고, 또한 남자 자신이 아무리 도가 높아도 별 수 없는 것이다.

본유는 이 그림을 이용해서 남자를 유혹하는 것을 아주 싫어했다. 물론 이 그림을 사용하지 않고 남자를 유혹할 수 있다면 그만큼 공부가 높아진 것이니, 본유는 이 그림의 사용을 극력 자제해 왔다. 본유가 이 그림을 사용해 본 지는 꽤 오래되었다. 그런데 본유가 이 그림을 사용한 것은 먼 옛날인데 그 당시도 그 남자 도인이 덕이 높아서 그림을 사용한 것이 아니라 자신의 공부가 부족해서라고 믿고 있었다. 물론 지금의 특사도 덕이 아주 높은 것이 아니라 자신의 힘이 아직 이 선인을 유혹할 수 없다고 보는 것이다. 그래서 본유는 자존심이 상했다. 그러나 특사를 반드시 죽이기 위해서는 어쩔 수 없는 일이었다. 한 가지 위안이 되는 일이 있다면 그림을 한 번 만에 찾았다는 것이다. 두 번, 세 번 그림을 옮겨 다니면 그 꼴이 무엇이란 말인가?

본유는 혼자 회심의 미소를 지었다. 누가 이 모습을 봐도 아름답고 신비하다 할 것이다. 그러나 옆에 있는 특사만은 아름답든 어쨌든 본유를 싫어했다. 그렇다고 본유가 아쉬운 것은 없었다. 누가 죽이든 특사만 죽이면 되니까……. 그런데 막상 특사를 육체의 늪, 쾌락의

샘에 가두어 놓고 나서가 문제이다. 가원이 혹시 특사보다 공력이 약할 경우 둘 다 죽을 수도 있고 특사만 살아남을 수도 있다. 물론 이 경우 특사는 가원이 그리워서 다시 자살이라도 하겠지만 이는 특사 스스로가 죽는 것이지 그녀들이 몸으로 죽인 것이 아니다. 이 경우에는 물론 서왕모의 큰 상을 받을 수 없게 된다. 본유는 이런 정도로 생각을 접어두고 현실로 돌아왔다.

특사는 아직도 문 쪽에 신경을 쓰면서 음악이나 춤을 듣지도 보지도 않고 있었다.

"특사님, 춤이 마음에 드시옵니까?"

본유는 일부러 물어보았다.

"아, 예. 춤이 좋군요."

특사는 이미 제정신이 아닌 듯했다. 겨우 건성으로 대답하고는 술잔을 잡았다.

"특사님, 술맛은 어떠시온지요?"

"술맛은 좋은데……."

특사는 말을 하다가 인기척을 느끼고는 그 쪽을 돌아봤다. 주령이 혼자 들어왔다. 순간 특사의 얼굴은 창백하게 변하는 듯하더니 숨소리가 들렸다.

"흠 ―"

본유는 이를 보고 속으로 쾌재를 불렀다.

"특사님!"

주령이 다가와서 명랑하게 불렀다. 특사는 크게 기대는 하지 않고 주령을 바라봤다.

"가원 당주가 오고 있사옵니다. 옷을 갈아입느라 좀 늦는가 보옵니다."

"가원이 온다고?"

특사의 얼굴은 갑자기 환해졌다. 그리고는 시원하게 술을 한 잔 들이켰다. 안도감에서 오는 여유였다. 본유는 특사에게 술을 따라주고는 주령에게도 권했다. 특사는 이제 음악도 듣고 춤도 보는 듯했다. 그리고 본유에게도 말을 걸어왔다.

"총관, 고맙소이다. 내가 한 잔 따라 드리지요."

본유는 요염한 자태로 한 번 움직이고는 술을 받았다. 특사는 여유가 생겨서인지 본유의 몸을 잠깐 의식하고 다시 술잔을 들어 마셨다.

다시 본유가 따르고 이렇게 몇 번을 계속하자 드디어 가원이 나타났다. 가원은 춤을 추기 위한 옷차림으로 나타나서는 연회장 중앙에 서서 특사를 향해 무릎을 꿇고 인사를 올린 후 즉시 춤을 시작했다. 먼저 몇 차례의 작은 북소리가 울렸다. 그리고 맑은 현악기의 음률이 이어졌다.

가원은 두 팔을 교차하면서 원을 그리고 서서히 일어났다. 순간 특사의 눈은 가원의 전신에 고착되었다. 가원은 완전한 알몸에다 진한 청색의 망사 같은 천으로 한 겹만 걸치고 절묘한 율동을 시작했다. 음악도 그동안의 음률과는 아주 색다른 신비적인 흐름이었고, 가원의 흰 옥같이 하얀 피부의 흔들림은 가히 아름다움의 극치였다. 음악 소리가 커졌다가 다시 작아졌다. 가원의 자세는 이제 특사를 등지고 돌아섰다. 그리고는 교묘한 걸음으로 몇 걸음 걸어 나가고 다시 뒷걸음으로 비스듬히 물러섰다.

가원의 둔부가 완벽한 곡선으로 하얗게 드러나서 현묘하게 꿈틀거렸다. 특사는 이때 저도 모르게 감동의 탄식이 새어나왔다.

'……아, 아름답도다. 저 신비…… 저 하얀 몸…….'

특사는 가원의 몸을 둔부 아래쪽부터 눈으로 더듬어 올라가다가 다시 둔부 쪽으로 내려왔다. 가원의 몸놀림이 빨라지면서 몇 바퀴 회전했다. 특사의 눈에는 가원의 젖가슴과 가냘픈 어깨·등, 그리고 허리의 움직임이 하나도 빠짐없이 새겨졌다. 가원은 이번에는 정면에서 천천히 걸어오는 모습이 되었다. 특사는 앞가슴에서 눈을 점점 아래로 옮겨 깊숙한 곳을 잠시 응시하고는 속으로 침을 삼켰다.

'……아, 곱도다! ……정말 훌륭하구나!'

가원의 허벅지가 묘하게 율동했다. 음악은 때로 격렬해지고, 때로 절도를 갖추고, 가늘고 웅장하게, 그리고 맑고 청량해졌다를 반복하면서 가원의 몸과 완전한 하나를 이루었다. 가원의 춤은 지금 이 낙원에서 가장 아름다운 존재로서 저기 수많이 피어 있는 예쁜 꽃들을 완전히 무색하게 했다. 특사의 눈에는 주변의 아무것도 들어오지 않았다. 음악도 들리지 않았고 술도 음식도 잊은 채 가원의 몸놀림에 혼을 빼앗기고 있었다. 가원의 춤은 쉬지 않고 이어졌고, 본유와 주령도 이를 열심히 주시했다. 특사의 마음은 현실을 떠나 가원과 단둘이 있었다.

'가원……!'

특사는 속으로 불렀다. 어느덧 가원의 춤은 끝났다. 그리고 가원은 몇 걸음 특사 쪽으로 걸어 나왔다. 음악은 가볍게 흐르고 있었지만 춤곡은 아니었다. 특사는 가원이 아직 춤을 추는 것으로만 알았다. 가원은 다시 무릎을 꿇고는 인사를 올렸다.

"아니! 춤이 끝났는가?"

특사는 그제야 정신을 차리고 가원의 몸을 바라봤다. 가원은 고개를 들어 특사를 바라봤다. 가냘프고 청초한 모습이었다.

"가원!"

특사는 소리 내어 불렀다. 그러나 가원은 뒤로 몇 걸음 물러나서는 고개를 돌렸다. 그러고는 연회장을 떠났다.

"음……."

특사는 어쩔 줄을 몰라 하며 한숨을 쉬었다.

"특사님! 춤이 어떠하였사옵니까?"

본유가 물었다. 특사는 대답을 못하고 넋이 나간 듯 고개만 끄덕였다. 이제 특사는 누가 자기를 어떻게 봐도 상관없었다. 가원을 사모하는 마음은 감출 수가 없는 것이었다. 부끄러움도 없어졌다. 특사는 애절한 표정으로 본유를 돌아봤다. 그 눈은 눈물이 고인 듯 반짝였다.

"총관!"

특사의 목소리는 분명했다.

"부탁이 있소."

"예? 부탁이라니요?"

본유는 웃지 않고 공손하게 물었다. 특사의 음성이 분명하고 진지했기 때문이었다.

"가원을 만나게 해 주시오!"

다소 성급한 말투였다.

"아이, 특사님도…… 가원의 춤을 지금 보셨잖사옵니까."

"아니오. 단둘이 좀 볼 수 있게 해 주시오."

"예. 단둘이서 말씀이옵니까? 특사님, 왜 그러시옵니까?"

"글쎄. 그렇게 해줄 수 있겠소? 다시 한 번 간청하겠소."

특사는 본유의 눈을 빤히 쳐다봤다.

"호, 참. 글쎄요…… 단둘이? 좋사옵니다. 가원이 원한다면 그렇게 해 드리겠사옵니다."

"총관, 가원이 원하든 원하지 않든 간에 그렇게 도와만 주시오. 제발……."

특사는 강하게 매달렸다. 본유는 마지못한 듯 고개를 끄덕였다.

"좋사옵니다. 특사님이 그토록 원하신다면 해 보겠사옵니다. 하지만 가원이 싫다고 하면 난감하옵니다."

"아무튼 부탁하오!"

특사는 재청하면서 간절한 눈길을 본유에게 보냈다. 본유는 특사에게 다정한 눈길을 보내면서 속으로 생각했다.

'이젠 다 된 일이야! 가원이 잘 해줘야 할 텐데…….'

"예. 알겠사옵니다. 특사님, 마음을 편히 가지시옵소서."

본유는 특사의 마음을 동정한다는 듯이 위로의 말을 건네고는 주령을 돌아보며 명령했다.

"얘야, 특사님을 모셔라. 나는 가원한테 가봐야겠다."

본유선은 자리에서 일어나 특사를 향해 가볍게 예를 표한 후 먼저 사라졌다. 어느덧 음악은 그치고 다른 모든 여인들도 차례로 일어나 특사를 향해 예를 표한 후 서서히 사라져 갔다. 특사는 여인들이 사라져 가는 동안 저만치 피어 있는 꽃들을 물끄러미 바라보고 있었다. 이윽고 연회장은 다 비었고 주령이 혼자 특사에게 말을 건넸다.

"특사님! 술을 더 하시겠사옵니까?"

"아니오. 이만 쉬고 싶소."

"예. 그럼, 조용한 곳으로 모시겠사옵니다."

특사는 허탈한 마음으로 주령을 따라 나섰다. 특사의 가슴속에는 가원의 모습이 아른거렸고 그리움의 고통이 전신을 휘감았다. 주령이 안내하는 곳은 정면으로 전개되어 있는 풀밭을 따라 머지않은 곳에 있었다. 특사가 걸어가는 좌측에는 꽃들이 길게 연해 있었고 우측에는 소박한 바윗덩이들이 고요하게 자리 잡고 있었다. 길은 얼마 가지 않아 우측으로 꺾이면서 나 있었는데, 아주 작은 연못이 나타났다. 연못 저쪽 편에는 그리 크지 않은 건물이 보였는데, 이곳은 단정궁 밖에 있는 별채로서 아담하고 큰 나무 숲 속에 있어서 아주 한적했다.

"특사님! 이곳에서 쉬고 계시옵소서. ……가원 당주가 곧 올 것이옵니다."

주령은 다정스런 눈길을 주고는 물러갔다. 특사는 혼자 별채 안으로 들어섰다. 안쪽은 더욱 고요해서 갑자기 별다른 세계에 들어선 것 같았다. 저쪽 편에 커다란 대청이 보였는데 그곳에는 자그마한 술상도 차려져 있었다. 이는 귀빈을 모시는 최상의 예법으로 본 연회장 근방에 예비로 조그맣게 따로 자리를 마련해 놓는 것이었다. 물론 지금 별채에 자리를 마련해 놓은 것은 특별한 뜻이 따로 있는 것이다. 이것은 본유선의 용의주도한 계획의 일부로서 하루 전에 이미 배려된 것이었다. 두말할 것도 없이 가원이 특사를 이곳에서 죽이려고 하는 것이다.

특사는 이러한 치밀한 음모는 알 길이 없고 단순히 예비석이라 생각하고 무심히 대청에 올랐다. 대청에 오르고 보니 제법 경관이 좋았다. 전면에 자그마한 연못, 우측에는 거대한 나무들의 숲, 좌측에는 풀밭이었고, 저쪽 편에는 몇 종류의 꽃들도 곱게 피어 있었다. 특사는 홀로 술잔을 채우고 한 잔을 비웠다. 시간은 느리게 흘렀고 가슴 속에는 그리움만 점점 더 커갔다. 숲 속에서 맑은 새소리가 들려왔다.

'허…… 이곳엔 새들이 있구나! ……어떤 새들일까?'

특사가 이렇게 생각하는 동안 새소리는 멀어졌고 다시 들리지 않았다. 특사는 새소리를 신기하게 생각하다가 문득 불안에 휩싸였다.

'혹시…… 가원이 오지 않는 것은 아닌가? ……저 숲 속의 새처럼 어디론가 가버린 것은 아닐까?'

특사는 한숨을 지었다.

"흠"

그러고는 다시 숨을 들이마셨다. 특사는 눈을 감고 좌정을 해 보았으나 도저히 마음의 동요를 잠재울 수가 없었다. 오히려 눈을 감으면 가원의 모습이 더욱 선명히 떠오르고 시간이 갈수록 가원의 하얀 육체가 가슴을 흔들어놓았다. 특사는 가원의 춤과 그 알몸을 생각했다. 그러고는 저도 모르게 눈을 감고 가원의 몸을 더듬었다. 그러나 가슴에 와 닿는 것은 없었고 가원의 가냘프고 신비한 모습만 더욱더 아른거렸다.

"음"

특사는 또 신음했다. 술을 또 마셨다. 시간은 흘렀다. 그러나 멀리서조차 인기척은 없었다. 가원은 오지 않는 것이었다.

어느덧 날이 저물어 갔다. 특사는 울고 싶었다. 아니, 벌써 눈물이 고여 있었다. 특사는 숨을 깊게 들이마시고는 자리에서 일어났다. 그리고는 정원을 천천히 걸었다. 그러나 멀리 가지는 못하고 정원 안을 맴돌았다. 특사는 다시 앉아 술을 몇 잔 더 마셨다. 이제 깊은 밤이 되었다. 높은 하늘에는 둥근 달이 떠올라 정원 안을 고요하게 비췄다.

이때 멀리서 인기척이 났다. 분명 사람의 걸음이었다. 여인의 걸음걸이었다. 이쪽으로 오고 있었다. 특사는 자리에서 일어나 대문 쪽으로 걸어갔다. 저쪽에서 가원이 걸어오고 있었다. 가원이 걸어오는 그 옆 연못에는 달빛이 와서 조용히 물을 감싸고 있었다. 특사는 빠른 걸음으로 걸었다. 가원의 걸음도 조금 빨라졌다.

"가원!"

특사의 목소리는 입 밖으로 다 나오지 못했다. 특사는 가원을 강하게 끌어안았다. 그러고는 자신의 얼굴을 가원의 얼굴에 파묻었다. 특사는 떨어질 줄을 몰랐다. 더욱더 강하게 끌어안았다.

"특사님!"

가원은 몸을 조금 움직이며 특사를 불렀지만 특사는 가원의 몸을 안은 채로 움직이질 않았다.

"특사님, 힘드옵니다. ……우리 저쪽으로 가사이다."

가원은 애처롭게 특사를 불러 겨우 진정시킬 수가 있었다. 가원의 가냘픈 목소리에 잠시 정신을 수습한 특사는 가원의 어깨를 부드럽게 감싸며 별채 안으로 데리고 들어갔다.

"가원! 어째서 이렇게 늦은 것이오?"

특사는 정원에 들어서자 다정한 목소리로 물었다. 그러나 가원은 대답하지 않고 묵묵히 걷고만 있었다.

"가원!"

특사는 다시 불렀다. 그러자 가원은 마지못해 대답했다.

"특사님, 이렇게 왔사오니 묻지 마옵소서."

가원의 목소리는 슬픈 여운이 있었다. 특사는 무엇인가 말하려다 말고 가원의 얼굴을 쳐다봤다. 가원의 얼굴은 은은하게 비치는 달빛 아래 더욱 신비하게 보였다. 특사는 가원의 어깨에 힘을 주어서 더욱 바싹 끌어당겼다.

"특사님! 올라가시옵소서."

가원은 가볍게 몸을 빼면서 특사와 함께 대청마루에 올랐다.

"가원, 저 안으로 들어갑시다."

특사는 마루에 오르자 실내 쪽을 가리켰다.

"아니옵니다. 특사님! 소녀는 여기 앉아서 달빛을 보고 싶사옵니다."

가원이 이렇게 말하자 특사는 하는 수 없이 상 앞에 앉아서 술을 한 잔 마셨다. 그러고는 가원에게도 술을 권했다.

"한 잔 하시겠소?"

가원은 대답하지 않고 술잔을 받아놓았다. 가원은 비스듬히 무릎을 꿇은 채 연못 건너 쪽을 보고 있었다. 가원의 옷은 아래쪽은 너무 짧지 않은 치마였고, 위에는 아주 가벼운 차림으로 어깨에서 손목까지는 드러나 있었다. 가벼운 바람이 와서 연못에 작은 파장을 만들어내었다. 가원은 바람에 몸을 약간 움츠리며 떠는 듯 보였다. 특사는 이를 보고 가원의 한 손을 두 손으로 꼭 잡아주고는 다시 한 손을 가원의 어깨 쪽으로 옮겨 어깨를 쓰다듬어 내려 허리 근방에서 멈추고 가만히 당겼다. 그러고는 처절한 고백의 말 한 마디를 건넸다.

"가원, 나는 그대를 사랑하오!"

특사는 뜨거운 눈으로 가원을 애타게 바라봤다. 가원은 이 말에 고개를 돌려 외면하면서 고개를 숙이고 있었다. 특사는 허리를 강하게 당기고 한 손으로는 가원의 오른쪽 어깨를 강제로 당겨 얼굴을 마주했다. 가원의 눈에는 눈물이 고여 있었다.

"가원, 웬일이오?"

특사는 가원의 허리를 감싸 안고 마음껏 껴안았다.

"사랑하오! ……무슨 말이든 해 보시오…… 어째서 눈물을 흘리는 것이오? 가원……!"

"특사님! ……진정하시옵소서. ……이러시오면 서로가 불행해질 뿐이옵니다!"

"아니? 무슨 말이오? ……불행해지다니?"

특사는 말이 급해졌다.

"우리는 이루어질 수 없사옵니다!"

가원은 가볍게 눈을 감았다.

"그렇지 않소. 가원, 나는 그대를 영원히 안 놔줄 것이오. 사랑하오……."

특사는 가원의 어깨와 허리를 더듬으며 어쩔 줄을 몰랐다. 이때 가원의 위아래 옷의 이음새가 벌어져 특사의 손에는 가원의 맨몸이 느껴졌다. 특사는 손을 맨몸 쪽으로 옮기면서 허리 아래쪽으로 다시 움직였다. 가원의 허리 아래 둔부 위쪽의 절묘한 곡선이 손에 닿자 특사는 몸을 떨었다.

"……아, ……음……."

가원은 가볍게 신음하면서 몸을 빼내려 하였으나 특사의 손은 더욱 아래쪽으로 내려가고 한 손으로는 가원의 등쪽 맨살을 더욱 강하게 감싸 안았다.

"안 되옵니다! ……특사님, 잠깐만 진정하소서. 특사님!"

가원이 애처롭게 몇 번을 부르자 특사는 조금 힘을 늦추고는 안은 채로 가원을 바라봤다. 가원의 얼굴은 더욱 사랑스럽고 가련하고 신비스러웠다.

"특사님! 이런다고 운명이 바뀌지는 않사옵니다."

가원은 특사를 달래듯 조용히 말했다. 그러나 특사는 이 말에 더욱 자극을 받아서 마침내 위의 옷을 강하게 벗겨 내렸다. 하얀 가원의 상체는 여지없이 노출되었다. 가원은 가냘프게 몸을 움츠렸다. 특사는 더욱 흥분되어 넋을 잃고 알몸을 끌어안았다.

"음…… 아……."

가원은 신음했다. 이제 특사는 가원의 전신을 가볍게 들어서 안고 일어났다. 그러고는 가까이 있는 방으로 가원의 몸을 옮겼다. 방 안에는 침대가 미리 놓여 있었다. 특사는 가원의 몸을 침대 위에 거칠게 내려놓고는 치마를 잡아 내렸다. 드디어 가원의 아름다운 육체가 완전히 드러났다. 그리 밝지 않은 방의 침대 위에 가원의 맨몸은 하얗게 신비한 곡선을 보여주고 있었다. 특사는 입을 맞추었다. 한 손은 둔부를 더듬고는 더욱 강하게 가원의 입술을 빨았다. 가원은 가볍게 반항하면서 가볍게 신음 소리를 냈다.

"음…… 음……."

특사는 자신의 아래옷을 한손으로 걷어내려 하체를 드러냈다. 특사의 남성이 가원의 피부에 닿았다. 가원은 놀라서 움츠렸으나 특사의 몸에 눌려 꼼짝할 수가 없었다. 마침내 여자의 가장 비밀한 곳에 특사의 남성이 안착했다.

"음…… 아……."

가원은 신음을 하면서 고개를 돌렸다. 특사는 자신의 얼굴을 가원의 얼굴에 파묻고 어렵게 자신의 상체의 옷마저 벗어냈다. 이제 두 남녀의 몸은 하나가 되어 묘하게 꿈틀거렸다. 특사의 하체는 가원의 몸 위에서 가볍게 요동했다. 가원은 신음을 하면서 양팔로 특사의 뒷목을 휘감았다. 잠깐 동안 그런 자세에서 서로가 가볍게 끌어안았다. 특사의 몸동작은 조금 더 격렬해졌다.

이때 가원은 한 손을 특사의 양 어깨 중앙의 영대 부근으로 옮겼다. 그리고 은밀한 기운을 주입했다. 특사는 아무것도 느끼지 못한 채 정사에만 열중했다. 이어 가원의 한 손은 그냥 특사의 등 쪽에 놔두고 한 손을 내려 특사의 둔부를 가볍게 쓰다듬고는 약간 올린 위치에서 강하게 잡아당겼다. 특사의 하체는 더욱 심하게 꿈틀거렸다. 이 순간 가원은 또 하나의 신비한 기운을 특사 몸에 주입했다. 특사는 여전히 눈치 채지 못하고 행복의 늪으로 깊게, 깊게 침몰해 들어갔다.

가원은 기운의 주입을 계속했다. 가원이 주입한 기운은 특사의 몸 전체를 운행하였고 신묘한 반응을 나타내기 시작했다. 특사는 한없이 치솟는 쾌감의 파도 속에 의식을 완전히 빼앗겼다. 가원이 주입한 기운은 이윽고 특사의 영혼까지 파고들었다.

특사는 절정감에 몸을 부르르 떨었다. 그러나 이어서 감싸오는 또 다른 쾌감의 파도는 점점 높아갔다. 특사는 지금 꿈속을 헤매고 있었다. 특사의 꿈은 가원의 모습을 끌어안고 정사를 벌이고 있는 꿈이었다. 꿈은 순간적으로 생시와 교차했다. 절정감은 이제 쉬지 않고 연속되었다. 특사는 다른 여느 선인보다 공력이 아주 강한 까닭에 그 쾌감도 더욱 깊었다. 가원은 특사가 정신을 차릴 수 없도록 기운을 더욱 주입하면서 쾌감의 강도를 높이기 위해 하체를 묘하게 움직여 주었다.

특사의 넋은 이제 정사만을 위해 존재하는 것이었다. 세상에 어떠한 것으로도 특사의 몰두를 방해할 수는 없었다. 특사는 육체와 영혼 속의 쉬지 않는 쾌감 속에 한없이 빠져들면서 행복한 죽음의 동굴로 급속히 파고들었다. 특사는 이제 모든 움직임이 변화가 없는 일정한 율동 속에서 간간이 몸을 떨고 있을 뿐이었다.

가원은 하체를 움직여 특사와 보조를 맞추는 한편 등과 둔부 쪽에도 기운을 계속 주입했다. 가원은 자신의 몸에 쾌감이 일어나는 것을 막기 위해 이를 악물고 혼신의 힘을 다했다. 가원의 얼굴은 요염하게 변해 있었고 땀이 물처럼 흘러내렸다. 가원의 입술에서 피가 흘렀다. 저 아래쪽에서 일어나는 쾌감을 억제하느라고 너무 이를 단단히 물어 입술이 다쳤기 때문이었다.

가원은 눈을 감고 있었으나 종종 눈을 떠서 정신을 차리려고 애를 썼다. 특사의 동작은 약해질 줄 몰랐다.

어느덧 새벽이 되었다. 그러나 특사의 움직임은 한이 없었다. 특사는 무의식적으로 움직이는 중에도 절정을 느낄 때마다 몸을 떨며 더 깊게 쾌감을 음미했다. 두 남녀의 육체가 꿈틀거리며 쉬지 않고 율동하는 침실 밖의 정원에는 이제 밝은 햇빛이 펼쳐지고 있었다. 이윽고 특사의 절정 감각은 간격이 점점 벌어졌다. 그러나 특사의 움직임은 절도가 없어졌을 뿐이지 꿈틀거리고 들썩거림은 여전했다.

드디어 가원은 최후의 기운을 한 번 더 주입하고는 몸을 움직일 수가 없었다. 가원의 몸 아래쪽에는 쉬지 않고 쾌감이 발생하여 가원의 깊은 정신으로 파고들었다. 가원은 이를 있는 힘을 다해 참아내다가 마침내 기절하고 말았다.

그러나 특사는 정사를 계속했다. 특사는 이제 혼자 움직이는 것이었다. 쾌감도 계속되었다. 한참 만에 가원이 정신을 차리고 보니 특사는 아직 움직이고 있었다. 그러나 이미 그 움직임은 정사가 아니었다. 단순한 진동일 뿐이었다. 가원은 다시 한 번 최후의 기운을 주입했다. 이에 특사는 다시 몇 번 더 강렬하게 움직이더니 기어이 종말을 맞이했다.

특사의 얼굴은 새카맣게 타 있었다. 가원은 마침내 해낸 것이다. 가원은 특사의 허리를 한 번 감싸 쥐더니 잠시 눈을 감고 무엇인가 생각했다. 아마 특사를 가엾게 생각했을 것이다. 그러나 가원은 특사를 아무렇게나 밀쳐냈다. 특사의 몸은 옆으로 나가떨어졌다. 가원은 이를 쳐다보지 않고 옷도 챙기지 않은 채로 맨몸으로 일어나 문을 나섰다.

가원은 천천히 힘들게 걸었다. 그러나 멀리 가지는 못하고 정원 한가운데 엎어져 기절해 버렸다. 가원은 힘든 일을 사력을 다해 성취하고 마침내 기운이 탈진되어 쓰러진 것이었다. 얼마 후 정원에 두 여인이 들어섰다. 본유와 주령이었다.

"해냈군!"

본유는 기쁜 듯이 주령을 쳐다보며 찡긋해 보였다.

"총관님, 가원 당주가 많이 다쳤나 보옵니다!"

주령이 먼저 가원의 상체를 살피고는 걱정스러운 듯이 본유를 바라봤다.

"괜찮아. 달게 자고 있는 거야. 즐겼을 테니까…… 호호."

본유는 가원은 쳐다보지도 않고 지나쳐서 특사가 죽어 있는 방 안을 들여다봤다. 그리고는 무엇이 즐거운지 얼굴에 가득 미소를 담아 말했다.

"완전하게 다 뽑아낸 것은 아니군! ……겨우 죽였어. 아무튼 저것부터 치워!"

본유는 특사의 시체를 점검하고는 주령에게 간단히 지시했다.

이렇게 해서 옥황부에서 보낸 두 번째 특사도 여인의 몸 위에서 그 고귀하고 긴 생애를 마쳤다. 특사의 일은 지난번과 마찬가지로 사망의 원인은 밝히지도 않고, 시신도 없이 죽었다는 통보만 옥황부에 전달될 것이다. 또 한 번 옥황부의 노력은 좌절된 것이다.

당금 우주의 위기는 날로 심각해져만 가는데, 서왕모의 단정궁은 자문을 구하고자 하는 특사를 무정하게도 이토록 외면했다. 옥황부에서 파견한 특사는 서왕모를 배견하지도 못한 채 문전에서 엉뚱한 여인에게 유혹되어서 임무를 완성하지 못하고 그 목숨을 헛되이 저버린 것이었다. 옥황부는 별수 없이 또 다른 특사를 파견해야만 할 것이다. 그러나 현재 옥황부에서는 이러한 사실을 모르는 채 또 하나의 다급한 업무를 치러내야 하는 일로 긴장하고 있는 중이었다.

평허선공, 옥황부에 입성하다

옥황부 안심총에는 지금 긴급 보고가 들어왔다. 자림전 밀원에 위치한 측시선부 건물 안에는 안심총 소속인 원회선이 외지에서 막 도착한 상금선(上今仙)을 맞이했다.

"어서 오시오."

원회선은 같은 소속의 상금선에게 인사를 건넸다.

"예, 안녕하시오? 먼저 보고를 드리지요."

상금선은 자리에 앉으면서 급히 공무부터 시작했다. 이것이 안심총에서 일하는 방식인 것이다.

"……지금 평허선공께서 옥평관(玉平關) 안으로 막 당도했습니다."

옥평관은 옥황부의 남쪽 관문으로서 이미 옥황시에 속하는 곳이다. 평허선공에 관한 보고는 벌써 네 번째가 된다. 옥황부에서는 묵정선이 처음 평허선공을 만난 이래 그 행보를 계속해서 주시하고 있었다.

"드디어 평허선공께서 오시는군요."

원회선은 상금선을 빤히 쳐다보며 말을 이었다.

"차라도 하시겠소?"

"아니오. 이만 가봐야겠소이다."

상금선이 사양하자 원회선은 더 권하지는 않고 고개만 끄덕였다. 상금선은 이내 사라졌다. 이로부터 얼마 후 옥황시 특구(特區)에 자리 잡고 있는 경금전(敬禁殿)에서도 평허선공에 관한 논의가 있었다.

"방금 도착한 보고에 의하면 평허선공께서 옥평관 안으로 들어왔다고 합니다. 우리 경호총(警護叢)에서는 어떤 대비가 있어야 하지 않을까요?"

안지선(安止仙)이 소속 부관인 좌유선(坐幽仙)에게 물었다.

"물론입니다. 경호 태세를 강화해야 할 것입니다. 현재 5급의 비상 경호령이 발효되고 있습니다만 이를 4급으로 올려야 할 것입니다."

"좋소이다. 제4급의 비상 경호령을 발령하겠소!"

"예, 즉각 조처하겠습니다."

좌유선은 자리에서 일어나 어디론가 떠나갔다. 이 시각 같은 경금전 내에 있는 특별관에서도 비슷한 사안으로 회의가 진행 중이었다.

경금전 특별관은 옥황상제 봉행부(奉行府) 청사로서 봉행부는 옥황상제의 근위 보좌 임무를 띠고 있는 막중한 기관이었다.

"평허선공께서는 이미 옥황시 영역에 당도하여 특구를 향해 가까이 오고 있다고 합니다. 필시 평허선공께서는 옥황상제를 알현하시겠다고 할 것입니다. 어떻게 해야 할까요?"

현수선이 좌중을 돌아보며 물었다.

"예, 그것은……."

말을 받은 선인은 대측선이었다.

"명분상 당연한 일입니다. 이것을 말리자니 옥황부의 권위가 서지 않습니다. 평허선공께서 옥황시 특구에 들어서서 옥황상제께 예의도 올리지 않고 종횡무진하신다면 이는 옥황상제와 옥황부 전체를 무시하는 꼴입니다. 마땅히 옥황상제를 알현해야 할 것입니다."

"좋습니다. 그러나……."

봉행부 대선관인 진밀선이 고개를 끄덕이며 다시 말을 받았다.

"옥황상제께서 번거롭게 생각하시지나 않을까요?"

"물론, 옥황상제께서 마다하신다면 어쩔 수 없는 일이겠지요. 그렇지만 그럴 경우에도 평허선공께서 일단 옥황전에 들어왔다가 되돌아가야 할 것입니다."

"예. 대측선의 말씀은 지당합니다만……."

대측선의 말을 이어서 완일선(完一仙)이 발언했다.

"다른 어려운 문제도 있습니다."

"예? 다른 어려운 문제라니오?"

진밀선이 완일선에게 물었다.

"예, 외람된 말씀이오나 평허선공께서 옥황상제를 알현하시는 것은 분명 예경(禮敬)에 해당되지만 옥황상제의 신변에 황송스런 일이 생기지나 않을까요?"

"허, 무슨 뜻인지 모르겠구려?"

진밀선은 의아스런 표정을 지으며 완일선을 바라봤다. 완일선이 다시 말했다.

"평허선공께서는 본시 격식을 싫어하는 분이십니다. 그리고 요즘 행동을 살펴보면 무언가 미심쩍은 일이 많습니다. 염라부 일을 비롯해서 목적을 알 수 없는 여행도 자주하시고 계십니다. 그래서 옥황상제께 무례를 범하시지나 않을까 우려됩니다. 혹시 역모를 꾸미시는

지도 모릅니다. 신중을 기해야 할 것입니다."

"알겠소이다."

진밀선은 잠시 혼자서 생각하더니 다시 좌중을 돌아보며 말했다.

"아무래도 경호총과 의논을 해 봐야 할 것입니다. 그리고 옥황상제께서 알현을 윤허 하실 지도 알아봐야겠습니다. 물론 이는 평허선공께서 알현을 청원하신 다음의 일입니다만 제 생각 같아서는 옥황상제께서 알현을 윤허하시지 않았으면 합니다."

진밀선은 이렇게 말해 놓고 민망한 표정으로 좌중을 살폈다.

"예, 저의 생각도 그렇습니다."

현수선이 말했다.

"일단은 경호총의 생각을 먼저 알아봐야 할 것입니다. 그리고 가급적 평허선공을 옥황전까지는 들어오시게 하되 옥황상제를 알현하실 수 없게 하는 것이 일을 간편하게 하는 것 같습니다."

"예, 저도 동감입니다."

완일선도 현수선의 말에 찬동을 표시했다.

"좋습니다. 그럼 지금 당장 경호총 대선관을 모셔오도록 하지요."

이렇게 해서 봉행부 회의는 잠시 정회되었다. 얼마 후 경호총 대선관 안지선이 입장하자 회의는 다시 속개되었다. 진밀선은 서두를 꺼내 경호총 대선관을 초청한 배경을 설명했다.

"봉행부에서는 이번 평허선공의 옥황부 특구 심방에 대해 우려를 하고 있습니다만 경호총에서는 별다른 근심은 없는지요?"

"허허. 왜 근심이 없겠소이까? 평허선공께서는 예측이 곤란한 분입니다. ……그래서 우리도 여러 가지를 궁리하고 있습니다."

"어떤 대책이 있습니까?"

진밀선이 물었다.

"예, 특별한 대책을 마련한 것은 아직 없으나 우선 경호 태세를 강화했습니다. 조금 전 4급의 비상 경호령을 발령했습니다. 따라서 비상 경호대를 옥황전에 항상 배치하고 봉행선관의 옥황상제 보좌 업무 외에도 일부 우리 요원이 대동할 것입니다. 그 외에 광무부(廣務府)에서 평허선공의 공식 일정이 올라오는 대로 추가 조치를 강구할 생각입니다. 봉행부와 긴밀한 협조가 필요합니다."

"물론입니다. 필요한 사항이 있으면 언제라도 연락을 주십시오."

진밀선은 밝은 표정을 지으면서 외교적으로 말했다.

"그런데……."

안지선이 다시 말을 꺼냈다.

"요즘 옥황상제의 근황은 어떻습니까?"

"예. 심기가 편치 않으십니다. 최근 전 우주에서 발생하는 사건이 심상치 않습니다. 그래서 저희는 가급적 불길한 내용의 사건들은 상주(上奏)를 자제하고 있습니다."

"그렇군요!"

안지선은 경건한 표정으로 고개를 끄덕였다. 그러고는 뒤이어 말했다.

"아무튼 최선을 다해 봅시다. 그럼 저는 물러가겠습니다."

"예, 고맙습니다."

안지선이 떠나가자 회의도 끝났다.

머무르고 있는 불안

이와 같이 옥황부의 중요 기관이 평허선공을 맞이하기 위해 부산스런 움직임을 보이고 있을 때 남선부 산하 속계인 서울에서는 지루하고 한가한 날이 계속됐다. 정섭이가 서울에 와서 남씨 일행을 만난 지는 벌써 닷새가 지났다. 정섭이는 닷새 동안 거의 모든 시간을 아버지인 박씨 곁에 있었다. 박씨는 외과 치료를 받고 이제는 회복을 기다리고 있는 중이었다. 남씨와 인규는 어디로 갔는지 병상에는 없었다.

"정섭아! 이제 정마을로 가봐야 되지 않니?"

"아니에요. 아버지가 다 나으신 것을 보고 갈래요. 우리 같이 정마을에 가요."

"글쎄, 그게 아니야. 정마을에서 많이 기다릴 거야. 나는 이제 다 나았어!"

"그러니까 같이 가시자는 거예요."

정섭이는 군이 아버지인 박씨와 함께 정마을에 가자고 했다. 박씨로서는 정섭이가 이토록 안 떨어지려고 하는 것이 몹시 대견하고 즐겁지만 정마을에서 걱정하는 것을 생각하면 보내지 않을 수 없었다.

"안 돼. 정섭아! 네가 먼저 가야 돼. 나는 아직도 할 일이 더 있단다."

"아버지! 이제 일은 그만 하세요. 이렇게 다치셨잖아요."

정섭이는 한사코 박씨와 같이 가려고 했다.

"괜찮아. 이제 다칠 일은 없어. 하던 일 마무리 짓고 가야지. 네가 그러면 일이 점점 더 늦어져!"

박씨는 정섭이에게 간청했다. 정섭이는 일이 더 늦어진다는 바람에 조금 누그러졌다.

"좋아요. 그럼 언제 오시겠어요?"

"응…… 일이 끝나면 금방 갈게!"

"그런 말이 어디 있어요? ……일을 금방 끝낸다면 또 모르겠지만……."

"그래그래. 일을 금방 끝내고 갈게."

"금방 안 끝나면?"

"응…… 그거, 그러면 그냥 가야지. 그래, 일이 늦어지면 그냥 갈게."

"좋아요. 금방이 언제예요?"

"음…… 글쎄, 한 달 정도 걸릴까? ……치료도 더 해야 되고……."

"너무 길어요. 열흘 만에 오세요."

"안 될 거야. 열흘은 있어야 퇴원하겠지. 그리고 며칠은 일을 봐야지. 안 그래?"

"좋아요! ……그럼 보름 만에 오세요. 아셨죠?"

"그래그래."

박씨는 확신은 없지만 할 수 없이 보름 만에 끝내겠다고 약속했다.

"그럼, 됐어요. 저 지금 갈게요."

"아니…… 좀 있다가…… 저……."

박씨는 정섭이가 즉시 가겠다고 하니까 약간 아쉬움도 있고 먼 길이 걱정되기도 해서 머뭇거렸다.

"예? 그럼 내일 갈까요?"

정섭이는 금세 밝은 표정을 지으며 박씨를 빤히 쳐다봤다.

"거 참, 아니. 지금 가거라! 조심해서 갈 수 있겠지?"

"그럼요!"

"알았다. 정마을에 가서 내가 잘 있다고 전해라. 곧 일이 끝난다고……."

"아버지, 염려 마세요. 저는 본 대로 다 얘기할 거예요. 하하하……."

정섭이는 눈을 한 번 찡긋하고는 병실에서 급히 달려 나갔다. 박씨는 정섭이를 보내놓고 혼자 미소를 지었다.

'녀석, 참. 똑똑하기도 하구나…….'

정섭이는 똑똑하기만 할 뿐만 아니라 인간의 애정에 관해서도 이젠 완전히 정상으로 회복돼 있었다. 박씨는 친자식이란 것을 경험해 보지 못했지만 정섭이에 대한 자신의 사랑이 친자식 못지않다는 것을 느낄 수 있었다. 물론 정섭이가 박씨를 아버지로 따르고 좋아하는 것도 이와 마찬가지인 것이다.

박씨는 한동안 자신과 정섭이의 인생에 관해 생각하다가 현실로 돌아왔다. 지금 박씨는 서울 어느 병원 회복실에 누워있었고 지난 여러 날 동안 서울에서 많은 것을 보고 배우면서, 생전 처음으로 주먹질도 해 봤다. 그것도 어느새 자기는 천하장사가 되어 있어서 수많은 폭력배를 상대로 큰일을 치러낸 것이다.

생각해보면 인생이란 참으로 우스운 면이 있다. 박씨는 평소 미래의 일을 자주 생각해 보기는 했으나 이토록 운명의 변화가 심할 것이라는 것은 상상도 못해 봤다. 고작해야 정마을에 사람이 많이 찾아와 준다거나 촌장하고 좀 더 가까워져서 공부를 할 수 있게 된다거나 하는 생각뿐이었다. 아무튼 이러한 것은 어느덧 옛날 얘기처럼 지나간 일이 되었고, 지금 박씨의 몸은 서울 어느 병실에 있는 것이다.

박씨는 정섭이가 다녀간 지금 서울에서의 자신의 일이 어찌 되어 가는지가 더욱 궁금했다. 도대체 일이 다 된 건지 아직 남아 있는 건지, 남아 있다면 무슨 일을 해야 되는지 얼마나 걸리는지 등이 박씨로서는 도저히 종잡을 수 없었다. 남씨도 무슨 생각을 하는지 통 말해 주지 않았다.

"형님! 이젠 정마을로 돌아가도 되는 거 아니에요?"

박씨는 며칠 전 이렇게 물어본 적이 있었다.

"글쎄! 곧 끝날 거야. 조금만 더 기다리지."

그때 남씨는 이렇게 대답했을 뿐이었다. 무엇을 기다려야 한단 말인가? 박씨는 생각하다 말고 몸을 뒤척여 봤다. 사실 박씨의 상처는 현재 다 나은 것이나 다름없었다. 처음 박씨가 병원에 실려 올 때는 상처가 대단했었지만 한 차례 수술로 거뜬해진 것이다.

박씨의 회복력이 워낙 대단해서 상식적으로는 상상할 수 없는 속도로 회복된 것이다. 의사나 간호사가 놀란 것은 두말할 것도 없다. 의사는 놀랐다기보다는 차라리 공포 같은 것을 느끼면서 박씨를 이리저리 살펴보기도 했었다. 그러나 박씨는 자신의 몸을 의사에게 맡겨놓고 마음 편히 있었다. 의사는 일반적인 기준으로 봐서 아직 퇴원할 때가 안 되었다고 판단한 것이지 박씨의 상태를 엄밀히 진단한 것은 아니었다. 보통 사람이 몇 달 걸려야 회복되는 상처를 박씨는 불과 열흘도 채 못 되어서 회복되고 있는 것이었다.

남씨도 이러한 사실을 잘 알고 있었다. 누구보다도 불안감을 느끼고 있는 남씨로서는 박씨 곁에서 자기 나름대로 박씨의 상태를 점검하고 묻고 해서 거의 다 회복된 것으로 알고 있었다. 그러나 남씨는 완전을 기하기 위해 좀 더 병원에 있으라고 하면서 자기는 매일 안국동에 나갔다.

지금도 남씨는 조합장하고 마주앉아 있었다. 조합장은 요즈음 마음이 매우 편안한데, 이는 자신의 옛날 사업이 완전히 회복되었기 때문이었다. 단지 약간의 애로 사항이 있다면 현재는 혁명 정국으로 계엄령 하에서 사회의 부조리가 척결되고 있는 판이라 조합장은 옛날처럼 떵떵거리며 공개적으로 사업을 할 수는 없는 것이다. 그러나 이런 현상도 결코 오래가지 않으리라는 것을 조합장은 잘 알고 있었다. 벌써 어리석은 폭력배들은 속속 색출되어 철장행이지만 조합장은 혁명 직후의 사태를 재빨리 파악하고 기민하게 대처하여 큰 피해는 모면하였다. 물론 건영이 아버지의 사업도 이미 회복되었고 앞으로도 부당한 위협은 없을 것이다. 왜냐하면 첫째는 건영이 아버지 뒤에는 정마을이 있고, 둘째는 조합장이 돌볼 것이고, 셋째는 사회가 혁신되어 가고 있기 때문이었다.

조합장은 남씨 일행이 정마을로 돌아간다 하더라도 자신의 조직이 당장 위험해지지는 않을 것이라 믿었다. 그래서 조합장은 남씨 일행의 은혜를 적당히 보답하고 될 수 있는 한 빨리 떠나보내고 싶은 심정이었다. 혹시라도 남씨나 박씨가 서울에 눌러앉아 있는다면 자기를 언제까지나 지배할 수도 있게 된다는 것까지 생각이 미쳤기 때문이었다.

당초 남씨 일행은 일이 끝나는 대로 떠난다고 했는데, 지금이 바로 그 때가 된 것이라고 조합장은 생각하였다. 하지만 남씨는 조합장의 생각은 알 바 아니고 전혀 다른 이유 때문에 시간을 허비하고 있었다. 그것은 바로 강리라는 괴인의 출현으로서 능인에게 알려 결판을 내고 싶은 것이었다. 이 괴인이 남아 있는 한 언제 무슨 일이 일어날지 알 수 없으며, 혹 땅벌파가 와해되지 않은 상태에서 그 자가 다시 등장한다면 건영이 아버지가 또다시 위험할 수도 있다. 만약 이런 경우가 닥친다면 이는 자신이나 박씨의 힘으로는 어림없는 일이었다.

이 문제는 지금 마침 능인이 서울에 와 있는 동안 해결해야만 하는 것이다. 강리라는 괴인은 아주 위험한 인물이라고 능인은 말했었다. 능인조차도 감당하기 수월치 않은! ……현재 남씨는 조합장에게 지시하여 땅벌파 두목의 집과 병원 등을 예의 감시하고 있지만 이들은 점점 해산되거나 경찰에 검거되어 괴인 강리를 찾을 단서를 제공해 주지 못하고 있었다.

무엇보다도 맥이 빠지게 된 것은 칠성들과 두목은 벌써 사라진 것이었다. 이들은 남씨가 인왕산으로 박씨를 찾아 급히 올라가던 날 산을 내려오면서 남씨와 마주치고는 그 길로 잠적한 것이었다. 그 당시 남씨는 박씨 일로 당황하고 있었기 때문에 그들을 미행시키지 못한 것이다. 남씨는 이 일을 두고두고 후회했지만 이미 상황은 돌이킬 수 없었다. 혹시나 그들이 병원이나 두목의 집으로 연락해 오지 않을까 하고 기대도 해 봤지만 끝내 소식이 없었다. 그들은 깊숙이 잠적한 것이다. 땅벌파의 두목은 실로 기민하고 예리한 통찰력으로 남씨의 생각을 앞지른 것이다. 남씨는 마음이 편치 않았고 몸도 쇠약해져 있었다.

"남선생님!"

조합장이 생각에 잠겨 있는 남씨를 조용히 불렀다. 조합장은 남씨를 위로하는 듯한 표정을 지으며 넌지시 말을 건넸다.

"오늘, 술이나 한잔 합시다. 좋은 데가 있는데요!"

조합장은 미소를 지으며 남씨를 다정히 쳐다봤지만 남씨는 고개를 가로저었다.

"고맙습니다만, 술 생각이 없군요. 조합장님 혼자 가시지요. 나는 여기서 생각할 것이 있어서……."

"그러시겠습니까? 좀 쉬시는 게 어떻는지요?"

"괜찮습니다. 나가 보세요."

"예, 그럼 내일 뵙겠습니다."

조합장은 정중히 인사를 하고 혼자 밖으로 나갔다. 사무실에는 이제 남씨 혼자 남았다. 남씨는 즉시 생각에 사로잡혔다.

'……이들은 어디 있을까? 무슨 방법이 없을까? 능인 할아버지께서도 그들을 찾고 계실까? 혹시…… 능인 할아버지께서 서울을 떠나신 것은 아닐까……?'

이렇게 생각한 남씨는 오늘밤 능인 할아버지를 만나봐야겠다고 생각했다. 남씨는 한나절을 혼자 빈방에 앉아서 한없이 생각하다가 저녁나절이 되어서야 사무실을 나섰다. 밖에는 아직 어둠이 찾아오지 않고 날씨만 잔뜩 흐려 있었다.

남씨는 일단 방향을 병원으로 잡았다. 시간이 좀 있으니까 박씨와 정섭이를 보고 가기로 했다. 능인 할아버지를 만나려면 아무래도 자정이 되어 인적이 없을 때 가야 할 것이다. 남씨가 병원에 도착해 보니 인규도 와 있었다.

"안녕하세요?"

"응, 인규 왔구나!"

박씨는 남씨의 안색이 별로 좋지 않음을 발견했다. 오늘도 아무런 변화 없이 하루가 지나가는가 보다.

"형님! 오늘도 별일 없었어요?"

박씨는 대수롭지 않게 물었다.

"조금씩 좋아지는것 같아. 오늘은 산에나 가보려고 그래."

"예? 산이라니요?"

"음…… 능인 할아버지 좀 만나려고!"

"예? 능인 신령님을 만난다고요? 어떻게 만날 수 있지요?"

박씨는 능인이라는 말이 나오자 놀랍기도 하고 몹시 반갑기도 해서 몸을 돌려 남씨 쪽을 보면서 말했다. 박씨의 몸은 이제 거의 정상을 회복한 듯했다. 인규도 능인 이야기가 나오자 크게 흥미를 가지고 남씨를 바라봤다.

"글쎄…… 만날 수 있을지는 가봐야 알겠지만…… 능인 할아버지께서 자기를 만나려면 심야에 인왕산 꼭대기로 오라고 하셨어."

"호. 그렇군요!"

박씨는 부러운 듯 남씨를 쳐다보고는 잠시 혼자 무엇인가를 생각했다. 그러고는 다시 물었다.

"형님! 오늘 거기 가서 무엇을 하시려고요?"

"글쎄, 특별히 할 일은 없어. 그냥 답답해서. 그러나 그들을 찾는데 혹시 무슨 방법이라도 있을까 해서 찾아가 보는 것이지 뭐……."

"그래요? 신령님이시니까 무슨 방법을 알려줄 수도 있겠지요."

남씨는 말없이 고개만 끄덕였다.

"형님!"

박씨가 다시 불렀다.

"……저, 부탁이 하나 있는데요."

"응? 부탁? 무언데?"

"오늘 능인 할아버지 만나면 무얼 하나 물어봐 주세요. 다름이 아니라 저는 힘만 세지 도무지 싸움을 할 줄 모르니 무슨 방법이 없겠는가 하고요?"

"뭐? 싸움 방법? 하하. 아니, 박씨는 아예 싸움꾼으로 나서려고 그래?"

"아니…… 아니에요. 그냥 알아나 두려고요."

박씨는 몹시 부끄러운 듯 얼버무렸다.

"그거야, 무술을 수련해야 할 것 아닌가?"

남씨는 당연한 듯 말했다.

"형님, 그걸 제가 왜 모르겠어요. 무술도 무슨 무술이 좋은지 있을 게 아니에요."

"그야 그렇겠지! ……그걸 물어봐 달라고? 그럼 박씨는 무술을 공부하려고 그래?"

"글쎄, 그게 아니란 말이에요. 그냥 알아두려고 그래요."

"알았어. 기회가 있으면 물어봐 주지. 그렇지만 만날 수 있을지는 아직 모르는 일이야……."

"아저씨!"

옆에서 말없이 듣고 있던 인규가 남씨를 바라보며 불렀다.

"저도 같이 가면 안 될까요?"

"응? 너도? ……글쎄…… 모르겠는데…… 아마 안 될 거야. 그런 분들은 번거로운 것을 싫어하실 거야. 더군다나 사전에 허락도 구해 놓지 않고 갑자기 둘이 나타나면 아예 나마저도 안 만나 주실 지도 몰라! 그러니 이번에는 나 혼자 가볼게. 미안하구나."

"알겠어요."

인규는 조금 낙심한 표정이었다. 그러나 남씨가 말한 것처럼 느닷없이 불쑥 찾아간다면 확실히 실례가 될 것이다. 인규는 몹시 서운하지만 참기로 했다.

"아저씨, 그럼 다음번엔 가볼 수 있을지나 물어봐 주세요."

"그래! 하하, 인규 너도 능인 할아버지께 볼 일이 있니?"

"아니요. 그냥 촌장님 대신 보고 싶어서 그래요."

"응? 촌장님 대신? 그래. 나도 그러고 싶구나."

박씨도 인규 말에 동감을 표시했다. 촌장 얘기가 나오자 분위기가 잠시 무거워졌다. 저마다 촌장에 대해 어떤 생각들을 하고 있기 때문이었다. 한참만에야 박씨가 먼저 말을 꺼냈다.

"형님, ……일이 어떻게 돼가는 거예요?"

"글쎄. 실마리가 잘 잡히지 않아!"

남씨는 고개를 가로저으며 맥없이 대답했다.

"형님! 아무래도 정마을이 불안해요. 촌장님께서 건영이를 잘 보호하고 있으라고 하셨는데 너무 오래 나와 있는 것이 아닐까요?"

"그래. 나도 그 점이 몹시 신경이 쓰여. 일을 빨리 끝냈으면 좋겠어!"

"아직 무슨 일이 남았는데요?"

박씨로서는 이제 일이 다 끝난 것 같은 생각이 들었다. 그러나 남씨는 아직 마음이 개운치가 않았다.

"글쎄…… 일은 대충 끝이 났지만 아직 후환이 남아 있어. 저들이 숨어 있다가 복수하려고 들면 대책이 없어. 그래서 결말을 확실하게 해 두고 싶어."

"형님! 너무 염려 마세요. 저들은 아주 도망갔을 거예요!"

"그랬으면 얼마나 좋겠어! 그러나 모르는 일이야. ……더구나 흰 양복을 입고 있었던 괴인이 남아 있어. 그 사람이 칠성을 가르친 장본인일 거야. 그 괴인은 능인 할아버지의 적수인가 봐. 아주 위험한 인물이라고 했어. 그러니까 능인 할아버지께서 그 자를 죽이려고 서울에 와 계시는 거야."

"예? 죽여요? 그토록 위험한 사람이란 말이에요?"

"그래. 나는 잘 모르지만 꼭 죽여야 할 필요가 있는 인물인가 봐. 그렇지 않다면 능인 할아버지께서 서울까지 왜 오셨어?"

"그럼, 우린 어떡하지요?"

"글쎄. 처음부터 우리가 서울에 온 것이 무리인 것 같아. 우린 너무 위험한 적과 부딪친 거야. 특히 저쪽 두목에게 우리가 노출되었기 때문에 신경이 몹시 쓰여. 그 자의 성격이 기분 나쁘단 말이야. 혹시 그 자가 끝까지 복수하려 들면 건영이 아버님은 물론 정마을까지 위험할 거야."

이렇게 말하는 남씨의 얼굴에는 근심이 서려 있었다. 후환을 남겨 두어서는 아무래도 꺼림칙한 것이다. 그러나 박씨로서는 현재 불안 같은 것은 전혀 없었다. 그들이 복수하려고 다시 올 것 같지가 않았다. 사람이 그토록 신경 쓰다 보면 아무 일도 할 수가 없다. 박씨 생각에는 남씨가 아무래도 신경과민이라고 생각이 드는 것이었다. 어쩌면 저쪽 편 두목에 대한 남씨의 자존심 문제인지도 몰랐다. 현재 남씨는 저쪽 두목과의 대결에서 한 번 패하고 있는 상태이기 때문이다. 박씨는 속으로 이렇게 생각하면서 남씨의 얼굴을 슬쩍 바라봤다.

"단지……."

남씨는 말을 계속했다.

"능인 할아버지를 만난 것은 큰 다행이야. 그 백색 양복의 괴인을 능인 할아버지께서 없애주신다면 저들도 힘을 쓰지 못할 거야."

"형님! 그렇다면 우리가 그 괴인을 찾아내야 한단 말인가요?"

"물론, 그러면 일이 수월해지겠지! 능인 할아버지께서도 지금 그 괴인을 찾고 계실 거야. 그러나 그 괴인은 능인 할아버지로부터 멀리 도망을 갔어. 그리고 저들 두목의 치밀한 보호 아래 도시 어딘가로 잠적했어. 그래서 능인 할아버지께서도 찾기가 힘들어. 오히려 우리가 찾는 것이 쉽겠지. 더군다나 저쪽 두목은 능인 할아버지께서 떠나실 때까지 숨어 있다가 떠나시고 나면 제기하려 들 거야. 그러니 어떻게 해서든지 우리가 찾아야겠지!"

"형님! 무슨 방법이 있어요?"

"아니. 현재 아무런 방법이 없어. 그냥 저들 부하들이 입원해 있는 병원과 두목의 집을 지켜볼 뿐이야. 아마 별 소득 없을 거야. 그래서 오늘밤 능인 할아버지를 만나서 무슨 방법이 있나 알아봐야지. 떠나지나 않으셨으면 좋겠는데……."

"좋아요. 형님, 그런데 능인 할아버지를 만나서도 방법이 없으면 어떡하실래요?"

"글쎄. 그런 경우 언제까지나 서울에 있을 수는 없겠지. 모르겠는데, 어떻게 해야 할지……."

"아저씨!"

인규가 남씨의 말을 막으면서 남씨를 불렀다.

"응?"

"그럴 경우엔 말이죠. 이렇게 하기로 하지요. 건영이한테 물어보지요. 어떡하면 좋을지…… 애당초 건영이가 우리를 보낸 것이잖아요?"

"그래그래. 그게 좋겠다."

박씨가 큰 소리로 동조했다. 박씨는 건영이의 판단에 맡기자는 말을 듣고 얼굴빛이 금방 환해졌다. 박씨는 속으로 생각했다.

'……그렇게 좋은 방법이 있는 것을 공연히 고민했지. 건영이에게 맡기면 확실한 답이 나올 거야…….'

남씨도 고개를 끄덕이며 다소 명랑해진 목소리로 찬성했다.

"그래. 능인 할아버지께서 좋은 계책을 세워주시지 않으면 건영이에게 물어보자. 아무래도 그게 좋겠어!"

"좋아요. 형님, 이젠 행동 방침은 정해졌어요. 그런데 정섭이를 보냈으니…… 정섭이를 내일 보낼 걸 그랬어요!"

"글쎄 말이에요."

인규도 이렇게 말하자 남씨는 말없이 고개를 끄덕였다.

"아무튼 이젠 올라가봐야겠어. 산에 가 있다가 내일 새벽에 내려오지!"

남씨는 병실 문을 나섰다. 밖은 상당히 어두워져 있었다. 남씨가 나가자 박씨와 인규 두 사람은 한동안 말없이 있다가 박씨가 웃으며 말을 꺼냈다.

"이젠 일이 풀릴 것 같구나."

박씨는 그동안 몹시 답답했었는데 이제 방침이 정해졌으니 조만간 정마을로 돌아갈 것이라 생각하고 있었다.

"그런데…… 인규야! 우리 좀 나갔다 올까?"

마음에 여유가 생긴 박씨가 산책을 나가자고 제의했다.

"글쎄요. 외출이 될까요? 간호사에게 물어보고 올게요."

인규도 밝은 기분이 되어서 얼굴빛이 환해졌다. 얼마 후 두 사람은 병원 문을 나섰다.

남씨는 인왕산에 도착하여 지난번에 왔던 길을 따라 올라갔다. 좌측에는 지난번 박씨가 마지막 칠성 세 명과 결투를 했던 집이 보였는데, 사람은 없는 듯 불이 완전히 꺼져 있었다. 인왕산에는 이 시간에 다니는 사람도 없고 숲은 어두컴컴했다. 하늘도 흐려 있어서 별들도 보이지 않았다. 남씨는 좌우를 살피지 않고 무작정 정상만 바라보며 올라갔다. 인왕산은 그리 높은 산이 아니었으므로 얼마 되지 않아서 정상에 다다랐다. 정상에는 오히려 하늘이 넓게 열려 있어서 그리 어둡지는 않았고 멀리까지 전망이 탁 트여 있었다. 남씨는 일단 숨을 돌리면서 저쪽 아래를 내려다봤다.

'시원하구나…… 역시 산이 좋구나…….'

남씨는 오랜만에 넓은 산에 와서는 새삼 기분이 좋다는 것을 깨달았다. 기분도 상쾌해지는 것을 느꼈다. 남씨는 자기 체질이 도시 생활에 맞지 않는다고 생각했다. 정마을을 떠난 지 그리 긴 세월이 지난 것은 아닌데 남씨의 마음속에는 정마을이 까마득하게만 느껴졌다. 서울에 있는 동안 남씨는 전생을 생각해 내는 등 인생의 극적인 전환점을 맞이하였지만 시간이 흐를수록 답답함이 가중되고 우울증마저 생겼다.

'일이 빨리 끝나야겠는데…… 아니면 그냥 정마을로 돌아가 버릴

까……?'

　남씨는 인왕산에 와서 정마을의 정취를 느끼고는 하루빨리 서울을 떠나고 싶은 마음이 들었다. 인왕산의 밤은 점점 깊어갔다. 주위에는 시원한 바람만이 계속 불어올 뿐 인적은 일체 없었다. 저쪽 아래 숲 속은 고요했고 컴컴했다. 능인 할아버지께서 나타나신다면 아마 저 숲 속일 것이다. 남씨는 숲 속을 찾아볼까 하다가 속으로 웃었다.

　'어림없는 일이지! 찾는다고 찾아질 분인가……?'

　남씨는 그냥 바위에 앉아서 아래쪽을 바라보면서 기다렸다. 아침까지라도 기다려 볼 생각이었다. 그러자 얼마 안 있어서 무슨 소리가 들렸다. 분명 사람의 말소리인데 바로 옆에서 부르는 것처럼 귓전에 선명했다. 남씨는 급히 일어나서 사방을 살펴봤지만 주위에는 아무도 보이지 않았다. 다시 한 번 귓전 가까이 소리가 들려왔다.

　'남군!'

　목소리는 아주 부드럽고 인자했다. 틀림없이 능인 할아버지의 음성이었다.

　뒤쪽에서 인기척이 났다. 남씨는 절벽을 등지고 있었기 때문에 뒤쪽이면 절벽 아래쪽밖에 없었다.

　'……어! 이상한데, 절벽 쪽에서 소리가 나다니!'

　남씨는 속으로 이상하게 생각하면서 절벽 쪽을 바라봤는데 그쪽에서 능인이 나타난 것이다. 능인은 절벽 아래쪽에서 솟아나듯 소리도 없이 불쑥 떠올랐다. 능인은 인자하게 웃고 있었다.

　"……허허. 나를 찾아왔군!"

　"할아버지!"

　남씨는 반가워서 능인을 한 번 부르고는 고개를 깊이 숙여 인사를 올렸다.

"자! 이쪽에 앉을까?"

능인은 바위에 편안하게 앉았다. 남씨도 자리를 찾아 앉았다.

"할아버지, 그간 평안하셨습니까?"

"그래. 자네도 잘 있었는가? ……일은 어떻게 돼가고?"

능인은 자리에 앉자마자 남씨의 일을 물었다.

"예. 일이 쉽지 않습니다. 그래서 이렇게 찾아왔습니다."

"……허, 그것 참 난감하군! ……나도 찾아봤는데 단서가 안 잡혀……
도심으로 깊게 숨었나 본데!"

능인은 고개를 저었다. 얼굴은 여전히 편안한 모습이었다.

"어떡하면 좋지요?"

남씨는 어린아이처럼 빤히 쳐다보며 물었다.

"음…… 며칠 더 지내보지. 조만간 무언가 길이 열릴 거야. 나도 달리
대책을 세워보겠지만 그보다는 남군 쪽에서 먼저 단서가 잡힐 거야!"

"예? 저는 지금 현재 별 대책이 없는데요."

"괜찮아. 일간 변화가 있을 거야. 변화가 있으면 통하는 길도 있어.
신중히 기다려 보게."

"예? 알겠습니다."

남씨는 무엇인가 말하려다 그만두고 대답부터 했다. 능인의 인자한
모습에 그저 마음이 놓이는 듯해서 남씨는 고개를 끄덕일 뿐이었다.
능인의 몸에서는 어떤 기운이 발산되고 있는 것 같았다. 그 기운은
시원한 생의 기운이었는데, 마주앉아 있는 남씨는 마치 바람을 맞이
하듯 그 기운을 흠뻑 느낄 수 있었다. 남씨는 어느새 기분도 평안해
지고 몸도 건강해진 느낌이었다.

"할아버지! 찾으시고자 하는 그 사람은 도대체 어떤 사람인가요?"

남씨는 궁금한 표정을 지으며 강리에 대해 물었다. 순간 능인의 얼굴에는 긴장이 흐르는 듯하더니 다시 평온한 모습이 되어 말했다.

"음…… 그 자는 아주 위험한 인물이야. 가만 놔두면 온 나라를 뒤집어 놓을 거야. 특히 나라의 왕이든가 훌륭한 덕망이 있는 사람들을 모조리 죽이려고 할 거야. 빨리 제거하지 않으면 그 자의 힘이 점점 커져서 걷잡을 수 없어지겠지. 나라에 전쟁이 일어나는 것처럼 위험해지는 것이지…… 큰일이야!"

남씨는 능인의 말을 이해할 수가 없었다. 그러나 그 괴인이 그 정도로 위험한 인물이리라는 생각은 들었다. 그렇지 않고서야 세속을 초월해 있는 높은 도인이 한낱 한 사람의 인간 때문에 이토록 적극적으로 나설 필요가 없을 것이다.

남씨는 자신의 육감이 맞았다고 생각했다. 그 괴인을 제거한다는 것은 단순히 건영이 아버지에게 돌아올지도 모를 후환을 없애는 문제를 넘어서 온 세상의 혼란을 예방하는 중대한 일인 것이다. 그런데 그 괴인을 찾는 문제는 지금으로 봐선 난감한 일인데 능인의 말을 들어보면 조만간 무슨 길이 열리는 것처럼 들렸다. 대체 무슨 방법이 있을까? 남씨는 아무리 생각해도 모를 일이었지만 신령한 능인 할아버지의 말이 그렇다고 하니 믿을 수밖에 없었다. 아무튼 일이 풀릴지도 모른다. 남씨는 이렇게 생각하고 이제 박씨가 부탁한 일을 물어보기로 마음먹었다.

"할아버지! ……저, 물어볼 것이 하나 있습니다."

"무엇인가? 물어보게!"

능인의 얼굴은 여전히 인자한 모습에 생기가 철철 넘쳐흘러 언제나 희망을 주는 것이었다.

"실은 박씨 문제인데요……."

남씨는 조심스럽게 말했다. 혹시라도 속된 일을 귀찮게 생각할 수도 있기 때문이었다.

"……박씨는 무척 힘이 셉니다. 촌장님께서 기운을 만들어 주셨기 때문이지요. 그런데 싸울 때마다 매를 맞아서 걱정이랍니다. ……지금도 다쳐 있지만…… 그래서 어찌하면 좋은지 좀 알려 달라고 했습니다."

남씨는 이렇게 말해 놓고 걱정이 되어서 능인의 기색을 살폈다. 그런데 걱정할 필요도 없이 능인은 얼굴빛이 좀 더 환해졌다.

"허허. 그렇구먼……. 풍곡 스승의 제자가 매를 맞다니! 싸움을 안 해야 되겠구먼…… 허허허."

"예? 싸움을 안 해야 된다고요?"

남씨는 맥이 탁 풀렸다. 그거야 누가 모를까? 싸움을 안 하면 당연히 매를 안 맞을 것이다. 그러나…… 뭐 다른 방법을 알려줄 수도 있을 것이 아닌가?

"할아버지…… 저, 그게 아니라…… 무슨 무술 같은 것을 배우면 안 될까요?"

남씨는 내친 김에 최대한 매달려 보기로 작정했다. 남씨는 이런 점이 바로 장점이었다. 무엇이든 일단 시작하면 철두철미하게 끝장을 보는 성격인 것이다. 건영이도 남씨의 이런 성격을 잘 알고 있어서 서울에 보내면서 잘 될 것이라고 말한 것이리라. 능인은 또 웃었다.

"……허허, 무술이라? ……아무래도 나중에 내가 스승님한테 야단맞겠군! 좋아. 다음번에 다시 올라오게! ……올 때 지필묵을 가져오게!"

"예? 예 알겠습니다."

남씨는 다짐을 받듯 씩씩하게 대답했다. 아무래도 무엇인가 적어주려는 것 같았다.

"자! 그럼, 이만 내려가 보게!"

"예, 다시 올라와 뵙겠습니다. 오늘은 이만 가보겠습니다."

남씨는 고개를 숙여 인사를 하고는 천천히 내려갔다. 남씨는 내려가면서 몇 번이고 돌아다보았다.

남씨가 내려가고 인왕산 정상은 다시 인적이 고요해졌다. 그러자 다시 한 번 절벽 쪽에서 검은 물체가 소리 없이 떠올랐다. 좌설이었다. 좌설은 올라오자마자 저쪽 산길 아래쪽을 슬쩍 살피고 나서 능인을 향해 물었다.

"무슨 소식이 있던가?"

"아니. 별 소득이 없어. ……자넨 뭐 좀 알아봤나?"

"음…… 서울 근교 산은 대충 다 훑어봤어. 그림자도 안 보이더군! 어쩜 서울을 떠났을지도 모르지!"

"……글쎄, 강변 어딘가에 있을 수도 있어. 아무튼 서울 근교 어딘가에 숨어 있을 거야. 수련을 위해서는 사람이 없는 곳이어야 하고……. 그리고 그 자는 지금 서울의 불한당들과 단단히 맺어져 있어 멀리 가지는 않았을 거야……."

능인은 날카로운 눈을 가늘게 뜨고 속으로 깊게 생각을 진행시키면서 말했다.

"그래…… 서울 근교에 있을 테지. 다시 한 번 산마다 살펴보고, 한강 쪽도 살펴봐야겠네……."

좌설도 고개를 끄덕이며 속으로는 무엇인가를 생각했다.

"그런데 말이야, 강리 이놈이 상처는 다 치료했을까?"

좌설은 잠시 무서운 표정을 보이고는 능인을 빤히 쳐다보며 물었다.

"물론, 그럴 테지…… 크게 상처를 입지도 않았을 거야."

"걱정이군…… 스승님이 아시면 낙심하실 텐데…… 흠……."

좌설은 한숨을 쉬었다. 스승께서 힘들여 찾아놓은 혼마 강리를 단숨에 없애지 못하고 잔뜩 경계심만 가지게 만들어 놓았으니 어디론가 아주 숨을 수도 있었다. 지금으로선 요행을 바랄 수밖에 없었다. 강리가 아직 서울 근교에서 얼씬거릴 때 기필코 찾아내어 격살시켜야 하는 것이다. 좌설은 강리를 찾아 그를 죽일 때까지 스승한테 돌아가지 않을 것이라고 스스로에게 다짐했다.

"능인!"

좌설은 얼굴을 한 번 찡그리고 나서 능인을 불렀다.

"자넨 어떡할 건가?"

"음, 며칠만 더 기다려 볼 거야. 남군이 무슨 소식을 가지고 올 것 같아……."

"음? …… 다시 온다고 했나?"

"내가 다시 오라고 했어! ……좀 전에 남군의 얼굴을 살펴봤는데 그러한 징조가 보이더군! 그래서 며칠만 더 기다려 보려고 해."

"징조라니? ……무슨 괘상(卦象)인데?"

"음, 뇌지예(雷地豫:☵☷)가 보이더군!"

"그래? 그거 희소식인데! ……무슨 단서가 잡힐까?"

"글쎄…… 기대를 해 볼 수밖에……."

좌설과 능인은 잠시 침묵하면서 각자 생각에 잠겼다. 능인이 남씨의 얼굴에서 느꼈던 징조, 뇌지예 괘는 고요 속에서 갑자기 소식이 도래한다는 뜻이 있다. 이는 새로운 돌파구가 열리는 것으로, 잠자던 상황이 크게 떨치고 일어나는 것이다.

"능인!"

한참 만에 좌설이 불렀다.

"어떻게 하겠나? 나는 근처 산을 더 찾아보려는데……."

"그래. 시간이 좀 있으니까! 나도 근처나 좀 찾아보지."

능인과 좌설은 각자 정해진 방향으로 사라졌다. 두 도인들이 강리를 찾아 가까운 산으로 향했을 때 정작 강리가 있는 곳은 산이 아니라 강이었다.

혼마 강리의 연공

　이미 자정이 지나 인적이 없는 한강 상류의 어느 낯선 집에서 강리는 자신의 수업에 열중하고 있었다. 강리가 있는 곳은 광나룻터 위쪽에 위치한 암사리 지역인데, 시내로부터 수십 리나 떨어져 있는 인적이 드문 강변의 어느 숲 속이었다. 이곳은 소나무 숲이 있는 작은 언덕 아래에 숨겨져 있는 외지로서 이곳까지 오려면 거친 들판과 갈대밭, 그리고 작은 숲 속을 지나야 한다. 강리가 있는 곳은 초가집으로, 강 쪽을 바라보고 있는 다 쓰러져가는 폐가였다. 지금 이곳의 하늘은 잔뜩 흐려 있어 별들도 보이지 않는 가운데 괴상한 소리가 계속해서 들려오고 있었다. 그 소리는 흡사 귀신의 울음소리처럼 가슴까지 파고드는 고음으로서 소름이 끼칠 정도이고 잠을 깨울 그런 광기가 서려 있는 소리였다.

　"음 — 우 —— 이 — 아 — 암 ——"

　끊임없이 들리는 이 소리는 도무지 음률을 종잡을 수 없고 여인의 목소리인지 남자의 목소리인지, 미친 사람의 음성인지 알 길이 없었다. 어떻게 들으면 병든 여우가 부르짖는 처절한 울부짖음처럼 들리기도 했다.

강리는 윗몸을 완전히 노출한 채 눈을 감고 단정이 앉아서 괴성을 지르며 이상한 율동으로 몸을 움직였다. 때로는 동작을 멈추고 돌덩이처럼 굳어 있다가, 어느 때는 경련을 일으키고 벼락같이 소리를 지르기도 했다.

"아 — 악 —— 음 — 어 — 악 ——"

이 격렬하고 돌발적이고 음울한 광기가 서린 귀신의 소리를 여느 사람이 듣는다면 그 자리에서 미쳐버리거나 공포로 몸이 굳어버릴 것이다. 잠시 귀신의 울음 같은 소리가 멈추는 듯하자 누군가 강리의 방문을 두드렸다. 그러자 문은 강리가 열어주지 않았는데도 저절로 거칠게 열렸다. 문은 강리의 몸에서 발산하는 광기에 밀려 밖으로 터지듯 열린 것이다.

"선생님!"

침착하고 인간다운 목소리가 방문 안쪽을 향해 들려왔다.

"들어오시오."

방 안에서 귀신같고 여인 같은 음성으로 강리가 말했다. 들어선 사람은 단정하게 신사복을 차려입은 땅벌파의 두목이었다.

"선생님! ……약을 준비했는데요."

"약이오? 제대로 된 것이오?"

"예. 제법 된 것을 구해 왔는데 한 번 시험을 해 보시지요."

"약은 하나요?"

"아닙니다. 만약을 위해서 둘을 준비했습니다."

"수고했소. 이번 것은 잘 되었으면 좋겠는데……."

"예. 대단한 것을 구했습니다. 효과가 있을 것입니다."

"알았소! 들여보내시오."

두목은 강리의 명이 떨어지자 옆방으로 와서 약을 챙겼다. 옆방에는 이십 세 전후의 여인 두 명이 곱게 차려입고 대기하고 있었다. 바로 이 두 여인이 방금 말한 두 개의 약이었다.

"얘들아! 누가 먼저 들어갈래?"

두목은 두 여인을 살피듯 물었다.

"제가요. ……제가 먼저 갈게요."

두 여인은 서로 자기가 먼저 들어가겠다고 말했다.

"좋아! ……둘 다 기회는 있으니까 누가 먼저 들어간다 해도 상관없어. ……그리고 다시 한 번 말해 두지만…… 잘 해야 돼…… 시키는 대로만 하면 되는 거야. 아침까지만 견디면 큰돈을 주마…… 아주 큰돈이야."

"그럼 저는요?"

남게 된 여인이 뾰로통해서 물었다.

"걱정 말어. 네 차례도 돌아올 거야…… 오늘 안 되면 내일하면 되잖아?"

두목은 방에 들어갈 여인을 보며 다시 주의를 주었다.

"자신 있지? 저 방에 있는 사람은 도를 닦는 분이시야. 무술인이지. 너희들 몸이 필요한 것도 그 때문이야. 그러니 무서워할 거 없어. 하자는 대로만 하면 너희들은 큰돈을 버는 거야. 남자란 다 같아. 남자 다루는 것이 쉽다는 것은 너희들도 잘 알지? 자신 있지?"

두목은 일이 걱정되는지 재삼 당부했다.

"예. 염려 마세요. 저 사람이 지칠 때까지만 견디면 되는 거지요?"

"그래. 바로 그거야. 그리고 시키는 일은 무슨 일이든 해야 돼. 해

치진 않아."

"예. 그런데 저 괴상한 소리는 뭐예요. 징그러워요. 소름끼쳐요."

"응. 그것도 무술의 일종이야. 자, 이젠 들어가 봐라!"

강리가 있는 방은 조금 전부터 조용했고 등불이 켜져 있었다. 여인이 들어가서 보니 괴인은 벽을 바라보며 혼자 중얼거리고 있었다. 여인은 가만히 웃으며 한쪽 편에 살짝 누웠다. 괴인은 여인이 들어온 것을 아는지 모르는지 계속해서 뜻 모를 말을 외워댔는데 아마도 무슨 주문 같았다. 그러나 주문이라면 틀림없이 악귀의 주문일 것이다. 소름이 끼치고 뼛속까지 파고드는 한기에 여인은 저도 모르게 온 몸이 떨려왔다. 여인은 속으로 생각했다.

'괴상한 주문 그만 외고 빨리 그 짓이나 할 것이지…… 아무리 강해도 나한테는 안 될 거야! ……남자가 강하면 얼마나 강할까? …… 큰돈이 생긴다.'

여인이 마음속으로 준비하면서 돈을 생각하며 달콤한 꿈을 꾸고 있을 때 드디어 괴인이 돌아섰다. 얼굴은 수려하게 잘생긴 얼굴이었다. 삼십대 정도일까?

"일어나라!"

괴인이 나직이 명령했다. 여인은 즉각 일어섰다.

"벗어!"

여인은 번개같이 벗어젖혔다. 어차피 벗어야 할 일을 내숭을 떨 필요가 없었다. 여인은 전신을 벗고 알몸이 된 채 일어서서 괴인의 눈치를 살폈다. 여인의 몸은 큼직했고 탄력 있어 보였지만 곡선이 그리 완전한 것은 아니었다. 괴인은 한참 동안이나 몸 전체를 샅샅이 훑어보았다. 그러더니 숨이 거칠어지기 시작했다. 무슨 중병을 앓는 환자의 신음 소리 같았고 쇳소리도 나는 것이었다.

괴인의 몸은 부들부들 떨기 시작했다. 울음소리 같은 소름 끼치는 소리가 간간이 들렸다. 괴인의 윗몸은 이미 벗어져 있는 상태인데 한 손으로 아랫바지를 서서히 내렸다. 그러나 시원하게 벗어 내리는 것이 아니라 끊임없이 움직이는 몸의 진동에 의해 옷은 저절로 흘러내려지고 마침내 알몸이 된 것이었다. 여인은 드러난 괴인의 남성을 거리낌 없이 바라보며 다음 동작을 기다렸다.

괴인은 무릎을 꿇었다. 그리고는 손가락 끝으로 여인의 다리부터 허벅지·둔부 등을 차례로 질근질근 만지면서 올라왔다 다시 내려갔다. 그러더니 이번에는 아래에서부터 감싸 안으면서 쓰다듬어 올라왔다. 괴인의 손이 둔부·허리·배·가슴·어깨까지 올라오자 벼락같이 괴성을 질렀다. 여인은 깜짝 놀랐으나 넘어지지는 않았다. 괴인은 소리를 지름과 동시에 여인을 강하게 끌어안았기 때문이었다. 그리고 어깨에서 가슴 쪽으로 핥기 시작했다. 여인은 이를 악물었다.

'참자…… 참아야 한다. ……돈 ……돈 ……돈…….'

괴인은 여자의 몸을 잠시 핥다 말고 갑자기 두 손으로 목을 조여왔다.

"악 ―"

여인은 놀라서 소리를 질렀으나 괴인의 목소리가 더 커서 그 소리는 들리지 않았다.

"어 ― 악 ― 음!"

괴인의 목소리가 여인의 머릿속을 찢어놓는 것 같았다. 목을 조르는 것은 그리 강하지는 않았으나 눌렀다가 놓아주고는 다시 누르면서 혼을 빼앗는 듯 무엇인가 소중한 것을 쥐어짜듯 견디기 힘들게 계속했다.

"억 — 헉 —— 으윽……."

여인의 숨 막히는 소리와 괴인의 발광하는 소리가 뒤범벅되어 공기를 갈가리 찢어놓았다. 괴인의 소리는 이제 우는 소리처럼 바뀌더니 괴인의 남성이 여인의 깊숙한 곳으로 부드럽게 파고들었다. 목을 조이던 손은 어느새 등 쪽으로 가서 한 손으로 허리 바로 뒤쪽을 할퀴듯 안았고, 한 손은 여인의 둔부를 끌어안고는 강하게 당겼다. 괴인의 남성이 부르르 떨리면서 여인을 묘한 기분에 빨려들게 하고 등을 할퀸 손은 부들부들 떨면서 이상한 기운을 주입했다. 순간 여인은 전신에 절정감이 파고들면서 다리에 기운이 쭉 빠졌다. 괴인은 한 손으로 더욱 강하게 둔부를 끌어당기면서 온 집이 무너질 듯 괴성을 질러댔다. 이 소리는 울음인지 비명인지 알 수가 없었다.

"악 — 악 —— 악 — 악 ——"

괴인은 여인의 등을 손가락으로 뚫어져라 누르면서 괴상한 기운을 주입하고 전신을 진동시키면서 입을 크게 벌려 여인의 얼굴을 뜯어먹듯이 이빨을 들이대고 더욱 악을 쓰며 발작했다. 여인은 이를 악물고 있는 힘을 다해 버티었지만 괴성과 쾌감과 진동을 견디지 못해 마침내 기절해 버렸다.

"엄……?"

괴인은 핏발을 세우며 짐승처럼 여인을 쳐다보더니 따귀를 때렸다. 그러나 여인은 깨어나지 않았다. 여인의 입에서는 피가 흘러내렸다. 괴인은 여인의 어깨를 양손으로 끌어 누르자 여인은 주저앉으면서 바닥에 쓰러졌다.

'쿵 —'

그러나 괴인은 계속해서 몸을 부르르 떨면서 소리를 질렀다.

"다시 들여보내! ……어서! ……어서!"

두목은 재빨리 한 여인을 들여보냈다. 여인은 공포에 떨며 방으로 들어섰는데 알몸을 들어낸 괴인이 멱살을 잡듯 끌어들였다. 여인은 소름이 끼쳐오면서 이빨이 아래위로 계속 부딪쳤다. 괴인은 틈을 주지 않고 여인의 몸에 붙어 있는 옷을 단숨에 찢어 내렸다. 여인의 몸은 순식간에 알몸이 되었는데, 괴인의 열 손가락이 여인의 몸을 짓누르면서 옆으로 부드럽게 넘어뜨렸다. 괴인은 계속해서 몸을 손가락으로 꼭꼭 누르면서 전신을 헤매고, 혀로 핥고 목을 조르다가 여인의 몸 위로 올라타서 깊숙한 곳에 자신을 밀착시켰다. 이어 두 손으로 등과 둔부를 끌어안고 떨면서 윗손으로는 혼마의 기운을 주입하고 아랫손으로는 둔부를 당기면서 들썩거리고 비명과 울음소리를 질러댔다. 여인은 눈을 감고 이를 악물고 비몽사몽간에 결사적으로 버티었다. 괴인의 비명소리는 점점 커졌다.

"악 — 악 — 악 ——"

괴인은 이제 이빨을 드러내고 입을 크게 벌려 여인의 얼굴을 몽땅 먹어버릴 듯이 으르렁거리고 전신을 떨었다. 괴인은 있는 힘을 다해 악을 쓰면서 여인의 몸을 안은 채로 몇 바퀴 뒹굴었다. 두 몸뚱이는 벽의 여기저기에 부딪쳤지만 진동은 계속되었다.

이윽고 귀신의 울음소리와 여인의 흐느낌이 범벅이 되고 두 몸뚱이가 바닥에서 몇 번 퉁겨 오르더니 소리는 멈춰지고 괴인의 손은 여인의 등과 둔부를 있는 힘을 다해 끌어당겼다. 한동안 소리 없는 진동이 계속되었다. 이윽고 진동이 멈추고 음산한 고요가 찾아왔다.

어느덧 밤이 지나고 새벽이 왔는데도 방 안에서는 아무 소리가 들리지 않았다. 두목은 조심스럽게 방문을 열어봤다. 광란의 현장은 적막한 가운데 세 덩어리의 육체가 아무렇게나 뒹굴고 있었다. 혼마 강리는 등을 대고 곱게 누운 채 잠들어 있었고 한 여인은 머리를 강리의 옆구리에 기댄 채 엎드려 있고, 한 여인은 다리를 약간 벌린 채 강리의 다리 부근에서 천장을 향해 너부러져 있었다.

두목은 방 안을 한 번 둘러보며 지난밤 방 안에서 있었던 일을 잠시 상상해 보았다. 두목은 고개를 저으며 다시 한 번 세 개의 몸뚱어리를 훑어봤다. 참으로 기묘했다. 한 여인은 둔부를 드러낸 채 엎어져 있고, 한 여인은 다리를 벌리고 뒤로 자빠져 있었으며, 강리는 곱게 누워 있는 이 모습은 무어라 표현할 수 없는 신비한 자세였다. 두목이 좀 더 자세히 살펴보니 엎어져 있는 여인은 이미 숨을 거두었다. 뒤로 누워 있는 여인은 기절해 있고 혼마만은 아주 곱게 누워서 달게 자고 있으며, 호흡도 고르고 얼굴빛도 평온했다.

'허, 대단하군! ……이것이 강리 선생의 무공이란 말인가? 괴이하구나.'

두목은 고개를 끄덕이며 언젠가 강리 선생이 해 준 이야기를 떠올렸다.

'여인의 기운을 흡수하고…… 여체를 빌려 자신의 몸속에 잠자고 있는 근원의 힘을 일으켜 세운다!'

두목은 무슨 뜻인지 정확히는 알지 못하지만 지금 그것이 성취된 것이 아닐까 생각해 보았다. 그리고 강리 선생이 한 다른 말이 생각났다.

'나는 여간해서 남성의 쾌감을 얻을 수가 없소. 만일 쾌감을 얻을 수만 있다면 나의 공력은 그때마다 크게 향상되는 것이오. 그러기 위해서는 특별한 여인이 필요한데 세상엔 그런 여인은 드문 것 같소. 내가 주는 극한의 쾌감에 견딜 수 있는 여인이 있으면 그는 나의 스승이오. 그 여인은 바로 생명의 약이지요.'

그 당시 두목은 이렇게 물었다.

"선생님, 대개 남자는 여인과 접촉하면 몸이 쇠약해지는데 선생은 어째서 그 반대입니까?"

"허허. 반대가 아니오. 인간은 누구나 그런 힘이 있는데 방법을 모르는 것뿐이지요. 성적 쾌감에는 두 종류가 있는데 하나는 밖으로 향하는 것이고, 또 하나는 안으로 향하는 것이오. 밖으로 향하는 쾌감이 바로 죽음이오. 게다가 쾌감 그 자체도 별것 아니오. 그러나 안으로 향하는 쾌감, 이는 쾌감 자체도 극한적으로 크지만 그로 인해 오히려 전신에 생기를 주입하고 영원히 잠자고 있던 근원의 힘을 일으켜 세우는 것이지요. 이 힘을 얻으면 불사의 몸이 되지요."

"그렇다면 저도 그런 힘을 얻을 수 있을까요?"

"허허. 못 얻을 건 없지만 위험하오. 쾌감을 참고 또 참고 할 수 있겠소? ……극한의 쾌감 너머에 실로 죽지 않는 쾌감이 있는 것이지요. 그러나 인간은 그곳까지 가지 못하고 작은 쾌감을 탐닉하다가 죽어가는 것이오…… 회장도 마찬가지이지요."

두목은 그 당시를 회상하며 고개를 저었다. 지난밤 그 광란, 천지가 무너질 듯한 괴성 속에는 그러한 쾌감의 초월이 있었던 것일까? 두목은 강리 선생에 대한 존경심이 일어나 옆에 있는 담요를 몸에 덮어주었다. 그러고는 죽어 있는 여인부터 업고 나왔다. 두목은 여인이 죽음에 이르렀다는 것이 당연하게 여겨졌다. 저 위대한 힘의 소유자가 생명의 근원을 폭발시키기 위해서는 얼마나 힘든 과정을 겪었을까? ……연약한 여인의 몸은 이슬처럼 무너져 내렸을 것이다.

두목은 잠시 여인을 가련하게 생각했지만 이내 마음을 고쳐먹고 시신을 처리하기 위해 강변으로 여인의 몸을 운반했다. 얼마 후 여인의 시신은 완전히 벗겨진 채 강물에 버려졌다. 두목이 시신을 간단히 처리하고 방에 들어오자 한 여인이 신음했다. 두목은 몸을 감싸주고 물을 먹였다. 이윽고 여인이 의식을 회복했다.

"음, 어떻게 된 거예요?"

여인은 방 안을 둘러봤다. 방 안에는 찢어진 옷가지 등이 어지러이 널려 있고 함께 온 여인은 보이지 않았다.

"얘는 어디 갔지요?"

"음. 먼저 집에 갔단다. 자, 나가자!"

여인은 급하게 옷을 챙겨 입고 방을 나왔다. 여인이 방을 나오자 두목은 어깨를 감싸주며 다정히 말을 건넸다.

"얘야! ……수고 많았다. 이젠 됐어. 돈을 주마! 자, 받아라! 그리고 한 마디 해 두겠는데 누구한테도 지난밤 얘기를 하면 안 된다. 이 길로 어디 시골로 가서 살아라! 서울엔 오면 안 돼! 알겠지? 내 말을 안 들으면 너나 너의 형제들까지 죽게 돼…… 알겠지?"

"예. 알겠어요. 고마워요."

"좋아. 빨리 가거라. 시골로 가야 해. 친구도 시골로 간다고 하더라!"

여인은 고개를 끄덕이며 눈물을 글썽였다. 두목도 고개를 돌렸다. 마음이 편하지는 않았던 것이다. 여인이 급히 떠나가자 강변의 폐가에는 이제 다시 음산한 적막이 찾아왔다. 모든 일이 태풍이 휩쓸고 지나간 듯 두목의 마음은 망연해졌고, 갑자기 피로가 엄습해 와서 깊은 잠으로 떨어졌다.

흐린 날씨에 해는 천천히 떠올랐다. 혼마 강리와 땅벌파 두목은 각자의 방에서 반나절이나 쓰러져 자고 있다가 거의 동시에 잠을 깼다. 강리 선생이 먼저 밖으로 나오자 두목도 인기척에 급히 잠을 깨서 방을 나왔다.

"선생님! 편히 쉬셨습니까?"

"예. 오랜만에 깊게 잠을 잘 수가 있었습니다."

강리 선생은 밝은 표정에 명랑하게 말했다. 얼굴빛은 하얗고 젊어져서 삼십대 초반의 미남으로 보였다. 두목은 속으로 부러운 감명을 받았다.

'허, 대단하구나! 저토록 혈색이 좋다니……. 여체를 빌려 점점 젊어지는 것인가……?'

"지난밤 약은 괜찮았는지요?"

"하품(下品)이었어요. 겨우 약이 되었지요. 그나마 그만한 물건이라도 있었으니 다행이라 생각해야지요…… 허허허."

"약효는 좀 있었는지요?"

"예. 공력이 조금 향상되었습니다. 그리고 상처도 말끔히 치료되었고……."

"도움이 되었다니 다행이군요. 다음번엔 더 좋은 약을 구해보겠습니다."

"고맙소. 그런데 애들은 어딜 갔습니까? 하나는 죽었을 텐데……."

"보냈습니다. 하나는 강물에 버렸지요."

"허, 안됐군요…… 그 아이가 도움을 주었는데……."

강리 선생은 마치 인정이 있는 사람처럼 보였다. 하기야 강리 선생은 평소에 거친 면이 전혀 없고 예의도 바르다. 물론 어떤 때는 악마로구나 하는 느낌을 줄 정도로 잔인하며 괴이하고 음탕하다. 두목은 강리 선생의 이런 이중 인격적 정신구조를 도저히 이해할 수 없으나, 자신의 사업에 절대적 도움을 준 은인이기 때문에 별다른 생각은 하지 않고 정성을 다해 모시고 있는 중이다.

"저…… 어떻게 하시겠습니까? 읍내에 좀 다녀오려고 하는데요."

"다녀오시오. 나는 연구할 일이 좀 있어서…… 그리고…… 회장, 조만간 장소를 옮겨야겠소."

"예. 그렇지 않아도 좀 더 조용한 장소를 물색 중에 있습니다. …… 그런데 저…… 칠성들이 와서 뵈어도 괜찮을는지요?"

"참, 지금 칠성들은 어찌되었습니까?"

"예. 다섯 명은 건재합니다. 한 명은 불구가 되었고, 또 한 명은 죽었습니다."

"그런가요?"

강리 선생은 잠시 말없이 생각에 잠겼다.

'역시! 좌설의 장풍에 맞았으니 살기가 어렵겠지……. 아까운 아이를 하나 잃었군!'

죽은 칠성 하나는 인왕산의 비밀 요정에서 박씨와 끝까지 남아서 대결하다 좌설의 일격을 받은 자였다. 강리 선생은 고개를 천천히 끄덕이다가 두목을 의미 있게 바라봤다. 그리고는 천천히 말을 꺼냈다. 속으로는 무엇인가 깊게 생각을 하고 있는 중인 것이다.

"……좋습니다. 다섯 명 모두들 데려오시오. 새로운 무공을 전수해 줘야겠소."

강리 선생은 말하는 내용과는 달리 아주 온화한 표정을 지었다. 마

치 어린아이에게 부드러운 무엇이라도 가르치겠다는 듯이…… 그러
나 강리 선생의 마음은 그게 아니었다. 이 괴인은 원래 성격이 외유
내강이었다. 그래서 겉으로 웃고 있을 때에도 속에는 차가운 비수를
품고 있으며, 또한 속으로 무서운 힘을 발출시키려 할 때도 겉으로는
크게 표정이 바뀌지 않는다.

두목도 어느 정도 이런 강리 선생의 성격을 알 뿐만 아니라 존경하
고 있었다.

"예. 그럼 다녀오겠습니다."

땅벌파 두목의 반격 준비

두목은 기쁜 마음으로 폐가를 나섰다. 날씨는 몹시 흐려 하늘은 침침했으나 두목은 원래 이런 것에는 무감각했다. 평생을 어둡고 위험한 일에만 길들여져 왔기 때문에 어두운 분위기는 오히려 그에게 평온함을 주었다.

두목은 소나무 숲을 벗어나서 황량한 벌판을 걸었다. 저 멀리까지 집이라든가 사람의 흔적은 전혀 보이지 않았다. 날씨가 침울하여 넓은 벌판은 어떠한 움직임도 눈에 띄지 않은 채 전체적으로 하나의 음울한 정경을 만들어내고 있었다.

두목은 먼 곳을 보지 않고 열심히 걸으며 생각에 잠겼다. 현재의 상황과 지나간 사건들이 명석한 판단력을 가진 두목의 마음속에 차례로 나타났다. 두목의 얼굴에는 별다른 표정이 보이지는 않았고 단지 걸음만 약간 늦어졌을 뿐이다. 두목의 마음에 제일 먼저 떠오른 표상은 박씨였다.

'대단히 힘이 센 작자야…… 이 자가 칠성들을 물리치고 우리 조직을 궤멸시켰지! ……그런데 이 자와 조합장의 조직을 지휘한 더 무서운 자가 있었어! 얼굴은 볼 수 없었지만 이 지휘자야말로 나의 공격 목표야. 힘센 장사는 어리석게도 생겼더군! 이 자는 앞으로 칠성 두세 명이 동시에 달려들면 제압할 수 있겠지! 그런데 문제는 바로 그 뒤에서 지휘하는 자야. 이 자는 제법 머리를 쓰는 것 같더군! 앞으로 나의 좋은 적수가 될 거야. ……하지만 내가 아직 노출돼 있는 상태가 아니므로 그 자보다는 조금 낫지 않을까……?'

두목은 혼자 웃으며 슬쩍 주변을 돌아봤다. 벌판은 여전히 계속이어졌고, 사방 어디에도 인적은 보이지 않았다. 두목은 다시 생각에 몰입했다.

'그런데…… 인왕산에서 갑자기 나타난 도포 입은 노인은 또 누군가? 정말 무서운 인물이었어! 하마터면 나도 죽을 뻔 했지 않았나! 음…… 강리 선생과 맞수였지…… 무슨 도인 같았어…… 이 도인은 강리 선생을 찾아온 것인데…… 일이 너무 복잡하군…… 아무튼 이들의 근거지를 찾아야겠는데…… 무슨 정마을인가 어딘가에서 왔다지……?'

두목은 자기 부하가 알아다 준 정마을이란 단어에 의식을 집중했다.

'정마을이라…… 정식 지명은 아닐 것이고! ……어느 산골 마을이 겠지…… 그 촌스런 장사는 필경 정마을에서 왔을 거야…… 그 무서운 도인도 정마을에서 왔을까? 그리고 그 지휘자 그 놈은 아주 위험하단 말이야…… 지금쯤 나를 인식하고 있겠지! 그러나 내가 한 발 앞서 있는 것은 모를 거야…….'

두목은 열흘쯤 전의 일을 회상해 보았다. 그 당시 두목은 칠성들을 데리고 지방을 순회하고 돌아왔는데 뜻밖의 상황이 발생했던 것이다. 그러나 두목은 기민하게 상황을 파악해서 피해를 최소한으로 줄이는 한편, 그 와중에도 반격의 기틀을 마련하기 위해 부하 한 명을 위장 배신케 하여 조합장 측에 이미 가입시켜둔 것이었다. 두목은 지금 조합장 측에 심어둔 부하가 그들의 발원지인 정마을을 탐지해 오기를 기다리고 있는 중이었다. 현재 그들과의 싸움에서 기습을 받아 패한 바 있지만, 복구가 불가능한 것도 아니었고, 피신해서 때를 기다리고 있는 지금 상황이 그리 크게 괴로운 것도 아니었다. 아직 자금도 넉넉하고 강리 선생도 더욱 힘을 기르고 있는 중이었다. 게다가 현재는 혁명 정국이어서 어차피 도피해야 할 입장이기 때문에 반격도 필요하지 않았다. 오히려 조합장 측에 패해서 도피하게 된 것이 다행인 셈이다. 이즈음의 두목은 아슬아슬하게 위기를 모면한 상황일 뿐 아니라, 그것은 조합장 측에서 위기 상황을 일으킨 것이었으므로, 몹시 흐뭇하게 생각하고 있었다.

'불행 중 다행이야…… 자칫했으면 내가 추적 받거나 당국에 체포됐을지도 몰라. 앞으로는 조직 운영의 방식을 바꿔야겠어…… 좋던 시절은 지나간 것이지만 그 대신 시장은 더욱 넓어질 거야. 방식을 비밀스럽게 그리고 교묘하게 하면 우리는 더욱 강해질 수 있을 테지……'

두목은 혼자 웃음을 지으며 먼데 벌판을 한 번 바라보고는 하던 생각을 계속했다.

'문제는 첫째 저들의 근거지인 정마을을 찾는 것이지. 그 다음에는 저들의 지휘자를 없애고, 또 그 촌놈, 힘센 놈을 없애야겠지. 물론 검은 도포 입은 괴인도 없애놔야지. 이 괴인은 강리 선생이 처리하겠지만…… 그런데 그 검은 도포는 아마 강리 선생과 무슨 원한이 있는 모양이야…… 이것은 다행한 일이군. 강리 선생 자신이 살기 위해

서라도 적을 물리쳐야 하는 처지니까. 강리 선생의 향상을 위해 약도 구해야겠고…… 은신처도 미리 구해야겠어.'

두목이 속으로 여러 가지 생각을 하면서 걷는 동안 어느새 길은 다시 숲 속으로 이어졌다. 숲으로 통한 길은 그리 길지 않았다. 자그마한 무덤이 몇 개 보이더니 얼마 가지 않아 논과 밭들이 나타났다.

이제 두목은 깊은 생각에서 벗어나 걸음을 빨리했다. 멀리 한두 채의 농가들이 보이고 제법 넓은 논이 나타나면서 큰길가에 도달했다. 저쪽 편에는 많은 농가들, 그리고 커다란 기와집이 나타났다. 두목은 주위를 살피지 않고 곧장 기와집으로 들어섰다. 집 안은 상당히 넓었는데, 마루 위에서 장정 몇 사람이 앉아 있다가 급히 내려섰다.

"오셨습니까?"

"음…… 다들 어디 갔나?"

"예, 저쪽 집에 가 있습니다."

"그래? 가서 칠성들을 모두 불러오너라!"

두목은 지시를 해 놓고 방으로 들어갔다. 넓은 방은 아주 화려하게 꾸며져 있었고 한쪽 벽은 산수화가 그려져 있는 고급 병풍이 놓여 있었다.

"무슨 소식 없나?"

두목은 병풍 앞에 앉으면서 물었다.

"예, 소식이 몇 가지 들어와 있습니다."

"음……."

두목은 방안을 슬쩍 둘러보고는 부하를 바라봤다.

"……수금 상태를 먼저 말씀 드리겠습니다. 현재 서울 중심가 쪽에서는 반발이 심해져서 작은 곳은 수금이 거의 되지 않고 있습니다.

우리가 조합장 측에 밀린 것을 알고 있는 데다 혁명 정국 아래 경찰에 의존하는 경우가 속출하고 있습니다. 단지 큰 곳은 아직도 여전히 우리 쪽에 세금을 내고 있으며, 변두리 쪽은 절반이 좀 안 되게 걷히고 있습니다."

땅벌파 부하는 조심스레 보고를 마치고는 두목의 안색을 살폈다.

"좋아. ……다른 소식은 없나?"

두목은 수금건에 대해서는 만족한 듯 밝은 표정을 지으며 다음 문제로 넘어갔다.

"예, 병원을 감시하는 쪽에서 연락이 왔었습니다. 어제 일인데 저쪽 편 지휘자, 남씨라는 자가 밤늦게 인왕산에 혼자 올라갔답니다."

"음? 인왕산에? ……거길 왜 갔을까?"

"누구를 만나러 간 것이겠지요!"

"글쎄…… 누구를 만나던가?"

"그것은 모르겠습니다. 입구까지만 쫓아가다 말았답니다. 산길이라서 발각되기 쉽기 때문이지요. 그런데 산 아래서 계속 기다려보니 한참 만에 내려와서는 병원으로 다시 갔다고 하더군요."

"그래? ……그것 참……."

두목은 속으로 잠시 생각해 봤다.

'밤늦게 인왕산이라! ……그리고 다시 내려왔다? 틀림없이 누구를 만나러 간 것이로구나……. 누굴까? 그렇지 그 검은 도포를 만나러 갔겠지! 여느 사람이라면 한밤중에 산 속에서 만날 일이 없지…… 무슨 도인이라면 모를까…….'

두목은 천천히 고개를 끄덕이며 다시 물었다.

"다른 일은 또 없고?"

"예. 소식이 또 있습니다. 역시 저쪽 편 병원에서의 일인데, 어제 낮에 우리 총무가 병원 근처에 있다가 정마을에서 온 듯한 아이를 추적했습니다."

총무라면 땅벌파 두목의 심복으로 현재 위장 배신하여 조합장과 가까이서 함께 행동하고 있으며 호시탐탐 남씨 주변을 탐색하고 있는 극히 위험한 인물이다. 두목은 크게 관심을 나타냈다.

"음? 정마을에서 온 아이?"

"예. 그 박씬가 뭔가 하는 장사의 아들인가 봐요. 그 아이가 며칠 전에 안국동으로 찾아온 적이 있었어요."

"그래? 그 다음은 어떻게 되었나?"

"예. 아직 소식 없습니다. 총무와 다른 두 명이 추적 중인 것은 확인되었습니다. 그 아이는 청량리에서 춘천행 열차를 탔습니다. …… 아마 정마을이 춘천 쪽이거나 그 중간 어딘가 되겠지요. 우리 편 세 명이 기차에 타고 미행 중입니다. 조만간 정마을의 소재가 밝혀질 겁니다."

"대단하군…… 잘했어. ……이제 적의 본거지가 밝혀지는 것으로구먼…… 게다가 검은 도포는 인왕산에 있고…… 됐다, 됐어…… 이제 우리가 반격할 수가 있어…… 뿌리째 뽑아야겠어."

두목은 얼굴빛이 환해지며 입가에는 잔인한 미소가 번졌다. 이때 문밖에서 인기척이 나더니 여러 명이 방으로 들어왔다.

"안녕하셨습니까?"

들어온 사람은 칠성 다섯 명과 다른 부하들 두 명이었다.

"음…… 몸은 괜찮은가?"

두목은 칠성들을 쭉 둘러보며 안부를 물었다.

"예, 거의 치료가 돼 가고 있습니다."

칠성들은 두목을 똑바로 바라보며 정중히 대답했다.

"다행이군…… 두 사람은 불행했어…… 우리가 그 복수를 해야지. 그리고 심하게 다친 그 친구는 충분히 대책을 세워줘야지……."

두목은 불구가 된 칠성 하나를 생각해서 말했다. 또한 죽은 칠성에 대해서는 복수를 다짐했다. 다섯 명의 칠성들은 두목의 말에 속으로만 생각하면서 다음 말을 기다렸다.

"너희들 모두…… 강리 선생에게 가게! 지금 당장…… 새로운 무술을 전수해 주겠다고 했네!"

"예? 새로운 무술이오?"

칠성들의 얼굴은 금방 밝아졌다.

"그래! ……어서 가보게."

"예, 그럼 가보겠습니다."

칠성들은 고개를 가볍게 숙여 두목에게 인사를 하고는 성큼 문을 나섰다.

"자, 그리고…… 너희 두 명은 시내에 가봐라! 무슨 소식이 있나……."

"예, 우리도 지금 가보지요."

두 명이 또 출동했다.

"나는 좀 쉬어야겠으니 너희들은 나가봐라!"

두목은 남아 있는 부하들을 내보냈다. 그리고는 편안히 누워 쉬면서 골똘히 생각에 잠겼다.

'……음, 이제 일이 풀려나가는구나…… 남씨라고 했지? 어디 두고 보자…….'

밝혀진 적의 본거지

두목이 이렇게 속으로 반격에 대한 계획을 나름대로 세우며 독기를 품고 있을 때, 남씨는 아직 안국동 사무실에 있었다.

"남선생님, 안 나가시렵니까?

조합장은 저녁이 되자 퇴근을 서두르면서 남씨의 의중을 물었다.

"먼저 가시지요. 나는 좀 더 있다 가지요."

남씨는 풀이 죽어 있는 목소리로 대꾸했다.

"예, 그럼 먼저 가지요. 내일 뵙겠습니다."

조합장은 공손히 인사말을 건네고는 부하들을 데리고 나갔다. 사무실에는 남씨 혼자 남았다.

"음……."

남씨는 가볍게 한숨을 쉬었다.

'오늘도 별일이 없이 하루가 지나가는구나……'

남씨는 고개를 천천히 가로저으며 현재 상황을 음미했다.

'적은 단단히 숨었어…… 나타나지 않을 거야! 그렇다면 박씨의 말대로 건영이의 의견을 물어야겠군…… 정마을로 언제 돌아가게 되는

것일까? 아니면 건영이가 무슨 방법을 세워줄 것인가? 아무래도 내일 인규를 정마을로 보내야겠어.'

남씨는 여기까지 결론을 얻고는 크게 낙심했다.

'일이 풀리지 않는구나…… 하긴 대충 처리는 한 셈이니까 저들의 반격이 없을지도 모르지…… 그런데…… 능인 할아버지의 말씀은 무엇이지? 나한테 무슨 소식이 있을 거라고? 신중하라고? ……글쎄! 나로서는 이제 더 이상 아무런 대책도 없는데…….'

남씨는 모든 것을 체념하고 내일은 인규를 보내 건영이의 의견을 묻기로 작정했다. 이렇게 생각해 두니 마음이 조금은 가라앉는 것 같았다.

'이제 병원으로 가봐야지…… 박씨를 퇴원시켜야겠어.'

남씨는 걸어둔 옷을 입고 사무실을 나섰다. 이때 전화벨 소리가 울렸다.

"따르릉——"

전화벨 소리는 평소보다 크게 울리는 듯했고 남씨는 놀라서 급히 전화기를 들었다.

"여보세요."

"여보세요. 아저씨예요?"

남씨가 들은 전화기의 저쪽에서 들려오는 목소리는 뜻밖에도 어린아이 목소리였다.

"어! 누구지? ……여보세요. 누구세요?"

"저예요. 정섭이예요."

"뭐? 정섭이라고? 애, 너, 어떻게 된 거니? 거기가 어디야?"

남씨는 정섭이의 목소리가 들리는 바람에 깜짝 놀라 잠시 가슴이 두근거렸다.

"아저씨! ······여긴 서울이에요. 저 아직 정마을에 못 갔어요."

"아니! 어떻게 된 거니? 집엘 가지 않고?"

"아저씨, 잘 들으세요. 중대한 일이에요!"

"응? ······중대한 일?"

남씨는 순간 무슨 일이 있구나 생각하고 마음의 평정을 찾기 시작했다. 전화기의 저쪽 편에서 똑똑한 정섭이의 목소리가 들려왔다.

"아저씨! ······지금 혼자 계시죠?"

"그래. 왜?"

"아저씨! 만나서 얘기할게요. 밖에는 아저씨를 미행하려고 낯선 사람이 숨어 있어요."

"허어! ······그런 일이 있다고?"

"아저씨, 그러니까 잘 따돌리고 거기로 오세요!"

"거기가 어딘데?"

남씨는 무슨 날벼락을 맞는 것 같아서 정신이 번쩍 들었다. 느닷없는 정섭이 목소리······ 미행······ 남씨는 위기가 닥치거나 상황이 복잡해지면 냉정해지는 사람이다. 남씨의 목소리는 작아지고 긴장했다.

"어디서 보자고?"

"거기······ 저, 종묘 아시지요?"

"그래. 알아. 종묘에서 만나자고?"

"예. 아저씨! 이따가 종묘 입구에서 만나요. 저는 지금 이 근처에 있는데 종묘로 갈게요. 미행을 조심하세요."

"응, 알았어······."

'찰칵'

전화는 끊어졌다. 남씨는 전화를 끊고 잠시 생각했다.

'희한한 일도 다 있구나…… 내가 미행당한다고? ……그렇지! 그동안 계속 미행당했구나! 이런 멍청이!'

남씨는 재빨리 그간의 일을 생각해 보고 자신이 크게 실수했다는 것을 깨달았다. 남씨 자신이 저쪽을 감시했다면 저쪽도 남씨를 감시 못할 리 없는 것이다.

'……이런, 바보! 남만 생각하고 있었다니!'

남씨는 자신을 크게 꾸짖으면서 사무실 문을 나섰다. 남씨는 사무실 문을 나서면서 속으로 생각했다.

'주변을 살피지 말고 태연해야 한다……. 평소 가던 길을 가다가 갑자기 빼돌려야지…….'

사실 미행을 따돌리는 것은 아주 쉬운 일이었다. 미행이란 누가 자기를 뒤따르는지 모를 때 당하는 것이지 이미 그 사실을 알고 있으면 그것은 누구라도 쉽게 따돌릴 수 있는 것이다.

남씨는 일단 택시를 잡아타고 남대문 시장 쪽으로 방향을 잡았다. 아무래도 사람을 따돌리려면 사람의 숲 속으로 숨는 것이 좋다. 남씨는 주변을 살펴보지 않았다. 차 안에서도 뒤를 보지 않고 태평하게 앉아 있었다. 잠시 후 택시가 남대문 시장 앞에 서자, 남씨는 번개같이 내려서 남대문 시장 안으로 뛰어 들어갔다. 그리고는 사람 속으로 파고들어 이리저리로 한참 동안 골목길을 바꾸다가 다시 나와 택시를 탔다. 미행을 간단히 따돌린 것이다.

차는 천천히 남대문을 빠져나와 얼마 안 있어서 종로 3가에 정차했다. 남씨는 다시 안전을 기하기 위해 몇 번 더 갑자기 길을 바꾸고는 이윽고 종묘에 도착했다. 저쪽에 종묘 입구가 보였다. 종묘의 문은 닫혀 있고 사람은 아무도 보이지 않았다. 그러나 남씨가 종묘 쪽으로 몇 걸음을 가기도 전에 어디선가 정섭이가 나타나 팔을 낚아챘다.

"아저씨! ……저쪽으로 가요!"

남씨는 정섭이가 이끄는 대로 조금 걷다가 전차를 탔다. 전차 안에서도 정섭이는 아무 말 않고 두리번거리며 전차 안의 사람을 살폈다. 얼마 후 전차가 용산에서 정차하자 두 사람은 내려서 한적한 곳에 자리했다.

날은 이미 어두워졌고 다니는 사람은 별로 없었다. 두 사람은 어느 하천의 둑에 편안히 앉았다. 남씨는 너무나 뜻밖의 일이라서 웃음이라도 나올 것 같았다. 그러나 웃지 않고 가만히 정섭이의 기색을 살피며 기다렸다. 정섭이는 즉시 말하기 시작했다.

"아저씨! 저 미행을 당했어요!"

"응? 네가 미행을 당했다고?"

남씨는 머리를 무엇에 부딪친 것 같았다. 정섭이를 미행했다는 것은 적이 정마을을 찾고자 하는 것이 분명했다.

'저들은 정마을까지 싸움 영역을 확대하여 나와 박씨를 근원부터 치고 들려는 무서운 구상을 하고 있는 것이다.'

남씨는 전율하면서 정섭이를 바라봤다.

"그런데…… 따돌렸어요!"

정섭이는 생끗 웃으며 남씨를 곁눈질로 쳐다봤다.

"호, 그래? 잘했구나!"

남씨는 다소 안도감을 가지며 다음 말을 기다렸다.

"처음부터 얘기하지요. 춘천역에서 내리는데…… 아는 사람을 봤어요. 바로 안국동 사무실에서 아저씨와 함께 있었던 사람이었어요."

"뭐? 나와 함께 있었던 사람이라고?"

"예, 검은 안경을 쓰고 아닌 체하면서 딴청을 피웠지만 나를 속일 수는 없었어요. 처음에는 아는 체를 하려는데 그 사람이 엉거주춤 하면서 갑자기 뒤돌아서길래 이상하게 생각했죠. ……왜 나를 피할 까? 하고 말이에요. 그래서 나도 생각 좀 해 보려구 모르는 척했지 요. 그런데 내가 역을 나와서 버스 타는 쪽으로 가려는데 뒤따라오더 군요…… 그래도 별일 아닌 줄 알고 버스를 탔는데 버스에도 따라 탔 어요. 어떤 다른 두 사람이 더 있었어요. 그리고 한참 있다가 버스가 종착역에 가서 내려오는데 내가 산길로 들어서자 멀리서 따라 들어 왔어요. 그때부터 저는 미행당한다고 생각했어요. 그래서 산길로 한 참 가다가 강 쪽 길로 갑자기 빠져서 숨어 봤어요. 그랬더니 산길로 그냥 가더라고요. 내가 안 보이니까 걸음을 더 빨리 해서 걷는데, 세 명이 나란히 급히 걷더군요. 그래서 저는 한참 동안 그들의 뒤를 숨 어서 보다가 멀리 가버리자 재빨리 되돌아와서 춘천역으로 가는 버 스를 탔어요. 그리고 서울로 돌아왔지요. 아무래도 아저씨에게 알려 주는 것이 옳다고 생각했어요. 그 사람들은 제가 따돌린 것을 모르 고 숲 속으로 계속 헤맸을 거예요! ……잘했나요?"

정섭이는 눈을 반짝이며 웃는 낯으로 남씨를 쳐다봤다.

"응? ……그래 잘했어. 아주 잘했다."

남씨는 정섭이가 귀여워서 어쩔 줄 몰라 하는 표정으로 말했다.

"그런데 그 사람이 누구지? 안국동에서 봤다고?"

"예. 제가 처음 안국동에 왔을 때 두목인가 조합장인가 하는 사람 과 있었던, 나이가 좀 젊었던 사람이에요."

"음…… 그 사람! ……그 사람이? ……틀림없니?"

"하하, 그럼요. 제 눈이 얼마나 밝은데요…… 아무리 변장해도 저는 금방 알아볼 수 있어요."

"허, 그래? ……그 사람들 산 속에서 어떻게 됐을까?"

"예. 그 날은 춘천에 못 왔을 거예요. 제가 탄 버스가 막차였거든요. 그러니까 다음날 돌아오든지…… 숲 속에서 내가 갈 만한 동네를 찾고 있겠지요."

"그렇구나……."

남씨는 정섭이의 말을 들으면서 속으로 생각했다.

'정섭이, 이 아이는 기가 막히게 영리하구나! 어린아이가 나보다도 생각이 깊어…… 그리고 더 빠르단 말이야…… 그런데 그자가 오늘 보이지 않는 것을 보면 아직 춘천 지역에 있든가 서울로 오고 있든가 하는 것이겠지…….'

"정섭아! 너 서울에 언제 다시 도착했니?"

"오늘요!"

"그래? 그럼, 왜 나에게 빨리 안 알렸지?"

"하하, 아저씨, 생각해 보세요. 저들이 무슨 일을 꾸미는지 알 수가 없는데…… 우선은 아저씨한테만 알려야 하잖아요. 그리고 내가 저들한테 미행당했다는 것을 모르는 척해야 하잖아요. 내가 갑자기 나타나면 저들은 자신들이 들켰다는 걸 알거 아녜요? 그래서 숨어서 아저씨만 먼저 보려고 기다렸어요. 겨우 늦게야 지금 만난 거예요."

정섭이의 생각과 행동은 완벽했다. 남씨는 너무 감동해서 오히려 아무런 느낌이 없었다.

"정섭아, 잘했다. 이젠 내가 알아서 할 차례야! 너는 오늘 자고 내일은 몰래 떠나거라! 특히 정마을로 가는 산 속에서 조심해야 해……

혹시 저들이 아직 서성대고 있을지도 모르니까."

"염려마세요! 저들은 나를 따라잡지 못해요…… 아직 저들이 숲 속에 있으면 다시 서울로 올게요. 그래도 되지요?"

"음? ……그래. 그래야겠지…… 자, 이만 가자!"

남씨는 정섭이를 데리고 인근 여관을 찾아들었다. 얼마 후 정섭이가 편안히 방에 들어앉자, 남씨는 즉시 나와서 조합장에게 전화를 걸었다.

"여보세요…… 집에 계셨군요. 예, 지금 급히 좀 볼 수 없을까요?"

아무것도 모르는 조합장은 뜻하지 않은 남씨의 전화를 받자 몹시 반가워했다.

"아니, 이 밤중에 전화를 다 주시다니…… 어쩐 일이십니까?"

"예, 갑자기 술 생각이 나서인데요…… 한잔 안 하시겠습니까?"

"예? 술이오? 하하하, 좋지요. 지금 당장 나가지요. 지금 어디 계신가요?"

조합장은 남씨가 술을 마시자고 하니까 기분이 좋아진 것은 말할 나위가 없었다. 그동안 단 한 차례도 남씨와 술을 함께 마신 적이 없었다. 사실 조합장은 마음속으로 서운한 적도 있었다. 벌써 여러 차례나 술자리를 청한 적이 있었지만 남씨는 그때마다 번번이 거절했다.

"안국동에서 만나기로 하지요. 시간이 늦었는데 술 마실 데가 있을까요?"

남씨는 일부러 정섭이 얘기는 하지 않았다.

"하하하. 걱정하지 마세요. 술 마실 곳은 많아요. 제가 좋은 데로 모시지요."

조합장은 기분이 좋아서 큰 목소리로 연신 고개를 끄덕이며 전화를 끊었다. 남씨는 급히 안국동으로 향했다. 남씨가 택시를 잡아타고 안국동에 도착하자 조합장은 이미 나와서 기다리고 있었다. 두 사람은 간단히 몇 마디를 나누고는 즉시 다음 장소로 이동했다. 시간은 자정이 가까워오고 있었다.

조합장은 남씨를 서대문에 있는 어느 비밀 요정으로 안내했다. 요정은 겉으로 봐서는 평범한 살림집 같았는데 규모가 아주 큰 기와집이었다. 조합장이 앞장서서 대문을 열고 들어가자 이미 기별이 돼 있는지 삼십대쯤 보이는 여인이 반갑게 맞이했다.

"안녕하세요? 일찍 오셨군요…… 호호호."

"하하. 마담, 그간 잘 지냈나? 오늘은 아주 귀한 분을 모시고 왔어. 잘못 모시면 혼날 줄 알아!"

"어머, 조합장님! 오랜만에 오셔서 겁부터 주시기예요?"

마담은 눈을 귀엽게 흘기면서 방으로 안내했다.

"여기로 들어가세요. 귀한 분이 오실 줄 알고 특별히 준비해 놓았답니다."

방에는 이미 커다란 상에 술과 음식이 차려져 있었다.

"자, 앉으세요!"

남씨는 마담이 권하는 상석에 앉았다. 남씨가 앉은 뒤편에는 아름답게 수놓인 병풍이 펼쳐 있고 앞쪽 벽에는 사언절구(四言節句)로 되어 있는 한시 족자가 걸려 있었다. 조합장은 남씨의 앞에 앉아서 술부터 권했다.

"남선생님, 먼저 받으시지요."

"아, 예."

남씨는 족자의 글씨를 살펴보다가 급히 잔을 받았다. 남씨는 잔을 받자마자 즉시 조합장에게 따라주었다.

"자, 드실까요?"

두 사람이 시원하게 술을 비워내자 옆에서 마담이 다시 한잔씩 따라놓고는 일어났다.

"술은 천천히 드세요. 애들을 불러오겠어요."

"음? 그래그래. 예쁜 애들을 데려와야 돼!"

조합장은 기분이 좋아서 큰 소리로 떠들었다. 남씨도 재미있게 생각했는지 얼굴빛이 밝아졌다.

"남선생님, 이렇게 술자리를 갖는 것이 처음인가 봅니다."

"예…… 어쩌다보니 그렇게 됐군요!"

남씨는 그동안 여러 차례 거절한 것이 생각나서 미안한 표정을 지었다.

"하하. 남선생님은 술을 많이 하시는지요?"

"아닙니다. 그저 남의 흥을 맞출 정도지요."

"그게 아닐 겁니다. 머리가 비상한 사람은 술도 잘 마신대요……하하하……."

"예? 머리가 비상한 사람이오? ……하하, 그렇다면 한번 마셔 봐야겠는데요."

남씨도 조합장의 말에 웃음을 터뜨렸다. 남씨로서는 요즘 되는 일이 없는 데다 땅벌파 두목에게 한 발 뒤져 있는 것이 몹시 속상했다. 그런데도 조합장은 이를 모르고 남씨를 비상한 머리라고 하니 어처구니가 없었다.

그러나 정섭이가 나타나 특별한 전기를 마련해 주어서 이젠 반격할 여지가 있는 것이다. 남씨는 이 점이 약간은 즐거움을 주어서 현재 마음이 편안해진 것이다. 문제는 조합장의 진심인데 정섭이를 추적시킨 것이 조합장의 지시에 의한 것인지 아니면 그 자가 배신자로서 땅벌파의 지시를 받아서 한 것인지 남씨는 그것이 궁금했다. 그래서 지금 남씨는 조합장의 본심을 살펴보기 위해서 길게 자리를 가져보려는 것이었다. 남씨의 마음은 일단 조합장을 의심해 봐야 하는 입장이기 때문에 섣불리 정섭이 얘기를 꺼낼 수는 없었다.

"자, 드십시다!"

조합장이 술을 권했다. 남씨는 밝은 표정으로 술을 들면서 조합장의 심기를 살폈다. 얼핏 봐서는 간교한 마음은 전혀 보이지 않고 정성스럽게 남씨를 대하는 것 같았다. 그러나 남씨로서는 정확히 알 수가 없었다.

'……저 사람의 마음은 과연 무엇일까? 진심인가, 거짓인가? ……정말 사람의 마음은 알 수가 없는 것이로구나! ……그런데 건영이는 어떨까? 건영이가 과연 사람의 마음을 알 수 있는 것일까……?'

남씨는 답답한 마음에서 건영이의 모습을 떠올려 보았다.

"남선생님!"

조합장이 남씨의 기색을 잠시 살피더니 미소를 지으며 다정스레 불렀다.

"무슨 근심이라도 있는 것 같군요!"

"예? 아닙니다. ……하하, 그냥 뭔가 생각이 나서……."

남씨는 깜짝 놀라서 생각하던 것을 멈추었다.

"하하하……."

남씨는 더 웃었다. 남의 마음을 살피려다 오히려 자신의 마음만 내보인 것이 우스웠던 것이다. 남씨는 이제 되는 대로 자연스럽게 지내보겠다고 마음을 정하고 조합장에게 말을 건넸다.

"술맛이 좋군요. 음식도 훌륭하고……."

"그렇습니까? 음식 말고 더 좋은 것이 있는데 한번 보시겠습니까 ……하하하."

조합장이 농담 비슷하게 말하는 순간 문밖에서 인기척이 나더니 마담이 다시 나타났다.

"얘들아! 어서 들어오너라!"

마담 뒤를 이어서 네 명의 젊은 여인들이 들어왔다.

"자, 저쪽에 앉아……."

여인들은 상냥한 미소를 지으며 인사를 하고는 조합장과 남씨의 좌우에 앉았다. 마담은 먼저 여인들을 일일이 소개하고는 자신도 좌석에 앉았다.

"조합장님! ……저도 술 한잔 주세요!"

마담은 애교 있게 조합장을 쳐다보며 잔을 내밀었다.

"그럼, 한잔 줘야지…… 자, 자!"

조합장은 마담에게 술을 따르면서 남씨의 기색을 살폈다. 남씨도 이제는 편안한 기분이 되어 있어서 술을 잘 마시고 있었다.

"선생님…… 제가 따를게요."

옆에 앉은 여인들은 예의 바르고 애교 있게 행동하였으므로 분위기는 점점 고조돼 갔다.

"자, 다 같이 듭시다! ……너희들도 같이 마시자!"

술자리는 밤늦도록 계속됐다. 남씨는 조합장의 자연스럽고 상쾌한 행동에서 한 점의 거짓도 발견할 수 없었다. 조합장은 진심으로 남씨를 존경하고 마음속에서 우러나오는 진실 된 우정으로 대하고 있었던 것이다. 남씨는 조합장이 진실한 사람이란 것을 확신했다.

술자리는 새벽이 가까워오도록 계속되었다. 그러나 누구 하나 흐트러짐이 없고 취흥도 여전했다.

"조합장님!"

남씨가 또 한 잔의 술을 비워내고 조용히 말했다.

"······이제 술을 주량껏 마셨군요!"

"예? ······그만하시겠습니까?"

"조금 쉬어야겠습니다."

"예. 그러지요······ 마담, 남선생님께서 쉬실 자리는 마련해 두었나?"

"그럼은요! 어디 쉬실 자리뿐이겠어요. ······호호호."

마담은 남씨의 얼굴빛을 슬쩍 살피고는 옆에 앉은 여인들에게 말했다.

"얘들아! 너희들 선생님을 잘 모셔야 한다. 알겠지? 남선생님! 얘들 가운데 누가 더 마음에 드시는지요?"

마담은 오늘밤 잠자리에 어떤 여인을 들일까를 물었던 것이다. 남씨는 아직 마담이 하는 말뜻을 정확히 몰랐다. 이런 자리를 한 번도 가져보지 못했기 때문이었다.

"두 아이들 모두 마음에 드는군요."

남씨는 두 여자애들을 번갈아보고는 이렇게 말했다.

"예? ······두 아이 모두라고요? ······그럼, 둘 다 데리고 주무시겠어요? ······호호호."

"아니, 그게 아니고······."

남씨는 그제야 정황을 깨달았다. 조합장은 웃으며 이를 보고 있다가 한 마디 거들었다.

"남선생님 마음대로 하십시오. 하하하⋯⋯."

"아닙니다. 내가 지금 조합장님에게 긴히 할 말이 있으니 자리를 물렸으면 합니다."

"예? 할 얘기라고요? ⋯⋯그러지요."

"얘들아 너희들 물러가거라! ⋯⋯나중에 다시 부르마!"

조합장은 마담과 여인들을 즉시 물러가게 했다. 남씨는 우선 술을 한 잔 더 마시고는 조합장을 진지하게 바라봤다.

"조합장님! 제가 지금부터 묻는 말에 솔직히 대답해 주시겠습니까?"

"예? ⋯⋯그럼요!"

조합장은 뭔가 심상치 않음을 느끼고는 정색을 했다.

"조합장님!"

남씨의 질문이 시작됐다.

"얼마 전부터 함께 다니는 젊은 친구 말이에요⋯⋯."

"누구요? ⋯⋯아, 박총무 말이로군요?"

"그 사람 어떤 사람인가요?"

"예? ⋯⋯그 사람⋯⋯ 무슨 일이 있나요?"

조합장은 무엇인가 말하려다 말고 잠시 생각에 잠기는 듯했다. 순간 조합장의 안색은 점점 흐려져 갔다. 그러고는 고개를 갸우뚱하더니 남씨를 바라봤다.

"남선생님! ⋯⋯미안합니다. 남선생님한테 미처 말 못한 것이 있었군요!"

"그게 무엇인데요?"

"예⋯⋯ 실은⋯⋯ 박총무는 내 사람이 아니었어요. 저쪽 편에서 내게 항복해 온 사람이지요. 평소 알고 있었는데 이번 사건 이후 내 밑에 오겠다고 해서 받아들였지요…… 뭔가 잘못된 것이 있나요?"

조합장은 근심스런 표정으로 남씨를 바라봤다.

"예. 잘못된 일이 있는 것 같군요. 내가 처음부터 그런 일이 있었으면 받아들이지 말라고 하지 않았나요?"

"……저, 죄송합니다. 남선생님께서는 분명히 그렇게 말씀하셨지요…… 저들 두목이 나타난 다음에는 일체 항복해 오는 사람을 믿지 말라고……."

"좋습니다. 그 친구는 언제 들어왔지요?"

"글쎄요…… 저, 저쪽 두목이 나타난 시기와 비슷하군요."

"비슷하다고요? ……잘 생각해 보세요."

남씨의 음성은 다소 날카로워졌다.

"예, 그렇군요. 두목이 나타난 바로 그 날이었어요……."

"그럴 테지요."

남씨는 입을 굳게 다물고 고개를 끄덕였다. 조합장은 아무 말 못하고 남씨의 기색만 살폈다.

"그 자는 염탐꾼이에요."

남씨는 날카롭게 선언했다.

"그 자가 말이에요…… 우리 정섭이를 미행했어요!"

"예? 미행을요?"

조합장은 깜짝 놀라고 말았다.

"그렇습니다. 그 자는 정섭이를 춘천까지 미행을 했지요."

조합장의 얼굴이 창백해졌다. 자신이 아끼던 사람이 염탐꾼이라는 사실과 적이 이토록 가까이에서 비밀한 행동을 전개 중이라는 것이 소름이 끼쳤던 것이다.

"……이제 어떡하지요?"

조합장은 자질구레한 변명을 늘어놓는 것보다 아예 남씨에게 대책을 묻기로 한 것이다. 남씨는 조합장이 어리석기는 하지만 솔직하고 담백한 사람인 것에 동정심을 가졌다.

"좋습니다…… 이미 저질러놓은 일이고…… 지금부터가 더 중요합니다. 조합장님! 박총무 외에 또 다른 사람 일은 없습니까?"

"예, 다른 일은 없습니다. 확실히 없습니다."

조합장은 당황한 듯 강조해서 말했다.

"알겠습니다. 대책을 세워야겠어요. 내가 지시하는 대로 정확히 해줘야겠습니다. 실수가 있어서는 절대 안 됩니다. 아시겠어요?"

"예, 이젠 조심하지요."

"좋아요. 내일 아침 출근 전에 대비해 놓으세요!"

"……방법은 이겁니다."

남씨는 미리 세워놓은 작전을 상세히 설명해 주었다. 조합장은 고개를 끄덕이며 심각하게 듣고 있었다. 이윽고 남씨는 설명을 다 마쳤다.

"자! ……이제 일어나 봐야겠습니다."

"예? 이곳에서 쉬지 않겠습니까? 아직 시간이 많은데요…… 일은 제가 해 놓으면 됩니다."

"아닙니다. 그냥 가지요. 나도 아직 할 일이 좀 있습니다."

이렇게 해서 두 사람은 새벽에 요정 문을 나섰다. 여인들이 한사코 말리는 것을 뿌리치고 나왔다. 조합장은 고개를 돌려 여인들을 향해 손을 몇 번 흔들어 주는 것으로 아쉬움을 달래고는 자기의 갈 길로 방향을 잡았다. 남씨는 조합장이 먼저 사라지는 것을 보고는 큰길을 향해 잠시 걸었다. 사람은 없고 차량만 드물게 지나다녔다. 남씨는 한동안 걸으며 생각을 하다가 택시를 잡아타고 박씨가 있는 병원으로 향했다. 얼마 되지 않아 날은 밝았다. 남씨는 피곤한 몸이었지만 여느 때처럼 정확한 시간에 안국동 사무실에 출근했다.

"안녕하세요?"

방금 전 미리 나와 있던 조합장이 평소처럼 인사를 건넸다. 조합장도 정시에 출근했고 인사도 여느 때와 똑같은 어조로 한 것이었다. 잠시 후 박총무라는 사람도 나타났다.

"어! 이 사람 어젠 어디 갔었어?"

조합장은 짐짓 아무 일 없었던 것처럼 반갑게 안부를 물었다.

"예, 어제 갑자기 먼데 있는 친척이 찾아와서 함께 지내느라고요……."

박총무도 대수롭지 않게 둘러댔다. 남씨는 두 사람의 말에 유의하지 않고 어제와 똑같은 자세로 자연스럽게 시간을 보냈다. 시간은 흘러 어느덧 점심시간이 되었다.

"남선생님! 식사하러 안 나가실래요?"

조합장이 물었다.

"아니요. 먼저 식사를 하세요. 생각할 일이 좀 있어서요!"

어제와 똑같은 말이 오고 갔다.

"그러세요. 그럼, 우리 먼저……."

조합장은 남씨에게 정중히 말하고는 박총무 쪽을 쳐다봤다. 박총무는 기다렸다가 조합장의 뒤를 따라나섰다. 평소와 똑같은 순서였다. 그러자 조합장이 마침 무엇이 생각난 듯 다시 남씨 쪽으로 걸어와서 말을 건넸다.

"남선생님! 저, 오늘 이만 들어가 봐야겠는데요…… 갑자기 집에 볼 일이 생겨서……."

"예, 그러세요. 여긴 별일이 없으니까……."

남씨는 관심을 두지 않고 힘없이 말했다. 요즈음 남씨의 태도 그대로였다. 단지 박총무는 조합장이 먼저 퇴근한다고 하는 말에 미세하지만 반응을 나타낸 것이다. 두 사람이 문밖에 나오자 조합장은 다시 박총무에게 말했다.

"박총무! 오늘 식사 같이 못 하겠는데…… 갑자기 집에 볼 일이 있어서……."

"예, 조금 전 들었어요. 들어가 보세요. 내일 뵙지요."

이렇게 조합장이 떠나가자 박총무는 잠시 그 자리에 서서 망설이다가 어디론가 급히 사라졌다. 몇 시간 후 박총무가 나타난 곳은 땅벌파 두목이 은거하고 있는 암사리 마을의 기와집이었다. 박총무가 기와집 안으로 들어서려는데 마침 문을 나서던 같은 패거리와 맞닥뜨렸다.

"어, 형님!"

동생뻘 되는 이들이 먼저 박총무를 알아봤다.

"음, 회장님 계시냐?"

"예. 지금 큰방에 계시는데요."

"알았어! ……너희들 어딜 가니?"

"예, 뭐, 근처에나 놀러가려고요."

박총무는 이들이 나가버리자 마루를 통해서 큰방 앞으로 갔다.

"회장님! ……저 왔습니다."

"음, 박총무인가? 들어오게!"

두목은 신문을 보면서 한가하게 있다가 박총무를 맞이했다.

"평안하신가요?"

박총무는 방에 들어서자 가볍게 고개를 숙여서 인사를 하고는 두목의 정면에서 약간 비켜서 앉았다.

"어떻게 됐나?"

두목의 말투가 아주 부드러운 것으로 봐서 박총무는 어지간히 신임을 받는 것 같았다.

"실패했습니다."

박총무는 기가 죽은 듯 목소리를 작게 해서 말했다.

"응? 실패라니? ……아니, 어린아이를 뒤쫓는 일에 실패하다니…… 무슨 소리야?"

두목은 의아스러운 표정을 지었다.

"예. 그게…… 까다롭게 되었어요. ……그 아이는 춘천역에서 내려서 다시 산골로 들어가는 버스를 탔지요. 거기까지는 좋았는데 버스에 내려서도 어느 동네로 들어가는 것이 아니라 산길로 들어갔어요. 길도 아주 좁고 산길에는 인적도 없는 데다 어두워져서 멀리 거리를 두고 따라가면 놓치겠고 가까이에서 따라붙으면 들키게 되는 상황이었지요…… 그래도 잘 따라 붙었는데 돌연 놓치고 말았어요!"

"……음, 그 아이가 눈치 챈 것은 아닌가?"

"아니오. 그럴 리는 없어요. 아주 조심했거든요."

"그럼, 잃어버린 그 근처에 인가가 없던가?"

"예, 그 근처에는 없었지만, 좀 떨어진 곳에 집이 몇 채 있었어요. 거기를 은밀히 살펴봤지만 그 아이의 동네는 아니었어요."

"……허, 그럼 그 아이가 왜 산길로 들어갔을까? 더군다나 밤중에…… 미행을 따돌리려 일부러 산으로? ……이건 말도 안 돼, …… 미행이 싫거나 무섭거나 했다면 오히려 인가 쪽으로 갔을 텐데…… 좋아. 그럼, 길을 따라 계속 가보지 그랬어?"

"예. 한참 가봤는데 역시 인가는 없었어요."

"그래? 이상하군! ……강가 쪽은 가봤나?"

"예? 아니오. 강가에 인가가 있을라고요?"

"허, 이 사람아, 그게 무슨 소리야? 강가라고 인가가 없으란 법이 있나? ……더구나 강을 건널 수도 있잖아?"

"죄송합니다. 미처 거기까지는 생각지 못했어요."

"할 수 없지…… 다시 해 봐야지. 이제부터 내가 시키는 대로 확실하게 해야 돼! 알겠지?"

"예. 그렇게 하겠습니다."

"좋아. 첫째…… 그 아이를 잃어버린 지점에서부터 계속 길을 따라 가보게! ……백 리쯤이라도 좋아! 가는 데까지 가보라고! 그리고 강 쪽에서도 살펴봐. 건너편 쪽도…… 나루터가 있나 보면 되는 거야…… 그리고……."

두목은 속으로 생각하면서 치밀하게 방법을 일러주기 시작했다.

"둘째, 근처의 인가를 다시 한 번 찾아보고, 셋째, 버스에서 내린 곳부터 탐문해 보라고! 운전사나 차장, 혹은 그 정류장에서 일하는 사람들에게 그 아이가 그 곳에서 버스를 탄 적이 있나 알아보라고! ……그 산골에서 타는 사람이 몇 명이나 되겠어? ……더군다나 어린아이가 혼자 탔다면 기억에 남아 있을 거야…… 만일 그곳에서 그 아이가 탄 적이 있다면 바로 그곳으로 다시 와서 내린 것이니까 거기가 그 아이의 집 동네로 가는 길목이란 거야! 그러니 그 근처를 폭넓게 찾아봐! 여러 날이 걸리더라도 꼭 찾아야 돼! 애들을 많이 데리고 가서 그 근방에 숙소를 정하고 며칠이라도 샅샅이 찾아봐! ……그리고 …… 이건 경비야! 지금 당장 출발해! ……강가를 찾아보는 것도 잊지 말고!"

두목은 돈뭉치를 박총무에게 건네주면서 당장 떠나라고 재촉했다. 이것이 두목의 성격이었다. 두목은 원래 치밀하고 사려 깊으며 신속한 것은 이루 말할 수 없다. 두목의 방식은 언제나 적이 생각할 새도 없이 급격히 들이닥치는 것이고, 만약의 경우를 생각해서 자신의 도주로는 미리 확보해 놓는 사람이었다. 또한 자신이 하는 일을 철저히 비밀에 붙여두어서 모든 부하들이 누구나 아는 짓은 하지 않는다. 지금 이곳 산골 마을에 숨어 있는 것도 몇몇 측근들만 알고 있을 뿐이었다. 물론 이 장소는 오래 전부터 이미 관리해 둔 곳이다.

박총무는 즉시 출발했다. 서두르면 오늘 밤 안에 춘천까지는 갈 수가 있다. 부하를 소집하는 문제는 시간이 걸리지 않는다. 두목은 박총무를 보내놓고는 또 다른 문제를 생각해 봤다.

'이제 적의 본원지를 찾을 수 있겠지…… 그런데 인왕산 문제는 어떻게 할까? 분명 그 산에 검은 도포의 괴인이 있는 것 같은데…… 강리 선생이 오늘 당장 찾아가서 결판을 내주면 좋을 텐데…… 강리 선생은 무엇을 생각하고 있는 것일까? 혹시, 그 검은 도포보다 실력이 모자라는 것은 아닐까?'

두목은 지난밤 강리 선생과의 대화를 생각해 봤다. 어제 강리 선생은 인왕산 일을 듣고서 이렇게 말했었다.

"회장님! 신중을 기해야 합니다. 급할 것은 없어요…… 좀 더 두고 봅시다."

강리 선생은 아주 평화롭게 말하면서 한 가지를 덧붙였다.

"내가 이제는 공력이 조금 나을 겁니다. ……그러나 저쪽 편에는 한 사람이 더 있어요. 그러니 방법을 구해야 됩니다."

"예? 방법이라면 무엇이지요?"

두목은 근심스레 물었다.

"둘을 떼어 놓으면 좋겠지요. ……그러나 그리 될 것 같지는 않고…… 그보다는 약이나 더 구해 보세요!"

"예…… 수일 내로 구해질 것입니다. 쓸 만한 것이 있다고 해서 지금 사람을 보냈습니다."

"수고했군요. 그리고 칼도 몇 자루 구해 주시오!"

"칼이라면? 검을 말하는 것입니까?"

"예. 검이라면 더 좋지만 검이 없으면 도(刀)라도 상관없습니다. 중간 정도 크기가 좋아요."

"예, 알겠습니다. ……그것은 내일 당장 준비하지요."

"……됐습니다. 이만 가보세요. 칠성들을 공부시킬 시간입니다."

두목은 이 날 강가에서 보내지 않고 멀리 떨어져 있는 지금의 기와집으로 나온 것이다. 두목의 마음은 지금 편안했다. 모든 일이 시간이 흐를수록 유리해지는 것을 느낄 수 있었다.

'오늘은 참 날이 맑구나…….'

두목은 한가히 이런 생각을 하고는 어디 산책이라도 할까 하고 방문을 열고 밖으로 나왔다. 이때 마침 부하 하나가 대문을 열고 들어섰다.

"회장님, 다녀왔습니다."

들어선 부하는 이십대 후반의 앳돼 보이는 얼굴이었지만 체격이 건장하며 혈색이 좋고 날카로운 눈매를 가지고 있었다.

"음, 어떻게 됐나?"

"예, 좋은 곳을 마련했습니다. 지금 당장 이주할 수 있습니다."

"어딘가?"

"인천 쪽입니다. 바닷가인데 집도 넓고 아주 외따로 떨어져 있는 곳입니다."

"주변에 시끄러운 일은 없나? 경찰이라든지······."

"예, 그 집 주인이 지역 유지라서 그 계통 일은 잘 아는가 봐요······ 조용히 수도하고 싶은 장소를 구한다고 해 두었어요. 돈도 충분히 줘 두었습니다."

"좋아. 오늘 당장 옮기지······."

두목은 기분 좋은 목소리로 말했다. 방금 부하가 말한 집은 강리 선생이 옮길 집인데 두목이 이토록 일을 신속하게 처리하는 것을 강리 선생은 몹시 만족스러워하고 있었다. 두목이란 사람은 무슨 일이든지 지금 당장이란 말을 좋아한다. 두목은 한평생 이것이 습관이 되어서 언제나 남보다 한 발 앞서있는 것이다. 더구나 이것이 투쟁과 관련되어 있을 때는 두목은 평소보다 더욱 빠르게 행동한다.

"그런데······."

두목은 한 가지 일을 마무리 짓고 다음 문제를 거론했다.

"물건은 준비됐나?"

"예. 준비해 두었습니다. 무엇이 필요한지 몰라서 여러 개를 갖고 왔어요!"

"그래? 어디 보자!"

부하가 꺼내놓은 것은 두 자루의 검과 한 자루의 도인데 세 개 모두 중간 정도 크기였다.

"음····· 좋은 것을 구했구나! ······어떤 것을 좋아하실지 가져가 봐야지······."

두목은 부하가 꺼내놓은 칼을 잠시 살펴보고는 고개를 끄덕였다.

"저는 그럼 가보겠습니다. ······다른 지시는 없습니까?"

"음? 가보겠다고…… 가만 있자…… 그래, 가봐! 내가 연락하지……
그런데 처녀 무당건은 어떻게 됐나?"

"예, 오늘이나 내일쯤이면 소식이 있을 겁니다."

"알겠네. 가보게!"

부하는 방에 들어서지도 못한 채 그 길로 다시 왔던 길을 되돌아
갔다. 두목도 방에 들어가 옷을 갈아입고는 강리 선생을 찾아 강변
방향으로 급히 떠났다. 얼마 후 두목이 강변의 폐가에 도착하자 밖
에 나와 있던 칠성이 맞이했다.

"선생님은 안에 계신가?"

"예…… 지금 명상 중이신데 밤까지 누구도 만나지 않겠다고 했습
니다."

"그래? ……그럼 나는 그냥 가야겠군! 자, 이것을 선생님께 전하
게!"

"그냥 가시겠습니까? ……금방 오셨는데 좀 쉬시지요."

"아닐세…… 또 일이 있을지도 모르니까 가봐야지…… 그리고 내일
은 도장을 옮길 테니 새벽에 선생님을 모시고 나오게!"

두목은 부지런하게도 그 즉시 폐가를 나와 한참 만에 다시 기와집
으로 돌아왔다. 어느덧 해가 지고 한적한 시골 마을에는 어둠이 찾
아왔다. 두목은 방에 들어서서 차를 한 잔 마시고는 잠시 앉아 있다
가 잠을 청하기로 했다. 아직 잠자리에 들 시간은 아니었지만 내일
새벽 출동에 대비하여 휴식을 취해 두는 것이 좋다고 생각한 것이
다. 두목은 오늘 하루가 잘 풀려나갔다고 느끼고는 쉽게 잠들 수 있
었다. 잠들기 직전 두목의 마음속에는 잠깐 검은 도포의 환영과 남
씨의 존재가 떠올랐지만 이것이 잠을 방해하지는 않았다.

두목이 잠든 시골 마을은 벌써 캄캄하여 나다니는 사람이 보이지 않았지만, 서울 거리는 가로등이 환하게 켜지고 거리에 행인도 많은 가운데, 남씨는 아직 안국동 사무실에 있었다. 조합장은 보이지 않았고 남씨 혼자만 의자에 기대 눈을 감고 있었다.

"따르릉 —"

조용한 사무실에 갑자기 전화가 울렸다. 남씨는 급히 전화기를 들었다.

"여보세요? 응, 나야. 어찌 됐나? 좋아! 인왕산 입구에서 만나지……."

남씨는 전화를 끊자마자 급히 밖으로 나와 택시를 잡아탔다. 택시는 인왕산 쪽으로 가지 않고 남대문 시장 쪽으로 달렸다. 뒤따라오는 차량은 없었으나, 남씨는 시장 입구에서 차를 갑자기 세우고는 시장으로 뛰어들었다. 그러고는 다시 반대편으로 나와 택시를 타고 이제는 인왕산 쪽으로 차를 몰았다. 얼마 후 차가 서대문을 지나 인왕산 입구에 당도하자, 누군가가 도로에 나와서 남씨의 차를 마중했다. 남씨가 차에서 내리자 젊은 청년 두 명이 예의 바르게 고개를 숙였다.

"나오셨습니까?"

"음, 자네 둘뿐인가?"

남씨는 다정한 음성으로 물었다.

"예. 한 사람은 조합장님에게 보고하러 갔습니다."

"알겠네. 저리로 갈까?"

남씨가 가리킨 곳은 인왕산 쪽으로 올라가는 길목이었다. 산으로 향하는 길에는 다니는 사람은 없었고 주변도 어두웠다.

"그래, 어찌 되었나?"

남씨는 앞만 보고 걸으며 조용히 물었다.

"예. 적의 본거지를 알아냈습니다. 멀지 않은 곳에 있더군요!"

"어디든가?"

"경기도였습니다. 암사리 마을이었지요."

"음. 수고했네! 거기엔 누가 있는 것 같은가?"

"누가 있는지는 잘 모르겠습니다. 위험할 것 같아서 집 속은 살펴보지 않았습니다. 두목이 거기서 나오는 것은 확인했습니다."

"두목? ……그래? 나와서 어디로 가던가?"

"글쎄요…… 조심하느라고 끝까지 쫓아가보지는 않았지만 강변 쪽으로 가는 방향이었어요!"

"음? 강변? ……강변이라면 어느 쪽일까?"

"예, 뭐…… 광나루 쪽이거나 좀 더 상류쯤 되겠지요."

"광나루 쪽이라? ……거기가 어딜까?"

남씨는 광나루라는 지명을 처음 들어봤기 때문에 고개를 갸우뚱했다.

"지도책 있나?"

"예. 이미 지도책에 표시해 왔어요. 광진교라는 다리 위쪽이에요."

"그래. 잘했다."

남씨는 표정을 밝게 하면서 지도책을 받아두었다.

"그리고…… 다른 일은 없었나?"

"사람이 자주 드나들더군요. 박총무는 기와집에 들어갔다가 금방 다시 나와서 서울행 버스를 탔어요. 버스 속까지 따라가지는 않았어요."

"음…… 잘하는군!"

남씨는 고개를 끄덕였다. 이들 조합장 부하들은 일을 썩 잘해주었다. 남씨가 각별히 조심하라고 일러둔 대로 욕심을 내지 않고 위험하지 않은 미행만으로 저들의 향방을 대충 파악한 것이다.

'이들은 미행 하나만은 정말 잘하는군……'

남씨는 속으로 만족해하면서 다음에 취할 방도를 궁리해 보았다.

'강변에 근거지가 또 하나 있구나! ……인적이 드문 강가라면 칠성들이나 혹은 그 괴인이 있을지도 모르지…… 오늘은 밤이 늦었으니 내일 출동해서 뿌리를 뽑아야겠어……. 조합장 부하들을 대거 동원하고 박씨도 데려가야겠지…… 그 괴인이 나타날지도 모르는 일이니 능인 할아버지도 가셨으면 좋겠는데……'

여기까지 방침을 세워놓고 남씨는 지시를 내렸다.

"자네들 …… 이만 돌아가게! 가서 조합장에게 이르게. 특별 지시이니 착오가 없어야 하네! 알겠나?"

남씨는 어조를 날카롭게 해서 지시하는 내용을 단단히 유의하도록 했다.

"예…… 알겠습니다. 무슨 지시인지요?"

"좋아. 잘 들어서 전하게! 지금부터 준비해서 내일 새벽 조합장이 직접 날랜 부하 여러 명을 데리고 암사리 지역으로 출동해야 하네! 그곳에 도착해서는 내가 올 때까지 행동을 하지 말고 대기해야 되는 거야! 그리고 자네 둘은 나를 데리러 오게! 최대한 이른 새벽에 출동하기로 하세…… 내일은 결판을 낼 거야!"

남씨는 단호한 표정을 지으며 입을 굳게 다물었다.

"그럼, 저희는 가 보겠습니다. 내일 새벽 모시러 오지요."

"음. 어서 가봐!"

남씨는 고개를 끄덕이고는 혼자 산길로 들어섰다. 밤공기는 선선했고 날씨는 맑아서 하늘에는 수많은 별들이 보였다. 남씨는 지난번에

한 번 와서 쉽게 마치 누구의 집을 방문하듯 가벼운 마음으로 찾아 올라갔다. 저만치 정상이 보였다. 능인은 저번처럼 저쪽 절벽 아래쪽 에서 불쑥 나타날 것인가? 남씨는 어디서 능인이 나타날까 하고 궁금해 했는데 바로 뒤에서 부르는 소리가 들렸다.

"남군! ……여길세."

남씨가 반갑게 돌아보니 능인이었는데, 그 옆에 사람 하나가 더 서 있었다. 어두워서 그 사람의 모습이 자세히 보인 것은 아니었지만 위풍이 당당하고 몸에서 기운이 뻗어 나오는 것 같았다.

"남군! 인사드리게! 이분은 나와 같이 온 분일세."

"예? ……할아버지와 함께 오신 분이라고요?"

남씨는 급히 무릎을 꿇고 정중히 고개를 숙였다.

"흐음. 일어나게! 나는 좌설이라 부르네! ……자네 얘길 들었네!"

좌설의 음성은 냉엄한 가운데에도 다정함이 깃들여 있었다. 남씨는 일어나면서 재빨리 생각해 봤다.

'이 사람도 범상한 분이 아니야…… 능인 할아버지와 도력이 같은 분이시겠지…….'

"남군! 이분을 훗날 또 보게 될지도 모르기 때문에 미리 인사를 시켜두는 것이야……."

능인은 미소를 띠우며 인자한 음성으로 말했다.

"고맙습니다. 할아버지! ……이렇게 높으신 분을 뵙게 해 주셔서……."

남씨는 몹시 즐거운 기분이 되어 능인에게 감사를 표했다.

"허허…… 그건 그렇고 무슨 소식이 있나?"

"예. 조그마한 단서를 가지고 왔습니다. 내일이면 더 자세한 소식을 가져올 수 있을 것 같습니다."

"그래? ……어디 무엇인지 들어보세!"

"예. 확실한 것은 아니지만 그 괴인의 거처가 한강변 어디인 것 같습니다."

"음?"

능인은 상당한 관심을 나타냈다.

"현재 저쪽 두목의 거처는 확인되어 있는데, 그 자가 강변 쪽으로 떠나가는 것을 목격했습니다. 두목이 있는 곳은 한적한 시골 마을인데, 그곳에서도 인적이 아주 드문 강변 쪽으로 두목 혼자 찾아간다는 것은 필경 심상치 않은 일이 있는 것 같았습니다. 더군다나 두목이 강변으로 떠나간 시간은 저녁이 지나서였기 때문에 더욱 수상합니다. 웬만한 일 같으면 부하를 시킬 텐데 직접 가는 것도 그렇고 밤중에 강변에 볼 일이 있다는 것도 이상합니다."

"흠, 그렇구먼……."

능인은 잠시 생각에 잠겼다.

'강변이 수상하구나…… 남군은 역시 생각하는 바가 비상해…… 앞으로 많이 발전하겠구나…….'

능인은 고개를 천천히 끄덕였다. 옆에 있는 좌설은 아무런 표정도 짓지 않고 묵묵히 대화를 나누는 두 사람을 지켜보고 있었다.

"좋아. 남군은 어떻게 할 텐가?"

"예. 저는 내일 새벽에 두목의 거처를 급습하려고 합니다. 그런데 그 괴인이 등장할까 봐 우려됩니다. 그래서…… 할아버지께서도 함께 가주시면 좋겠는데…… 어떡하면 좋을까요?"

남씨는 선뜻 능인에게 함께 가자고는 말하지 못하였다. 능인 같은 고인에게 이러자 저러자 하는 것이 몹시 민망했기 때문이었다.

"허허. 글쎄, 아마 그 괴인이 나타날 수도 있겠지…… 그런데 장소는 어디라고 했나?"

"예. 광나루 위쪽 어느 근방인 것 같습니다. 두목의 거처는 지도에 표기해 가지고 왔는데요……."

"그래? 어디 줘보게!"

남씨는 주머니에서 급히 지도를 꺼내 능인에게 넘겨주었다. 능인은 지도를 받고 찬찬히 훑어보았다. 보통 사람이라면 밤이 어두워서 글이든 그림이든 아무것도 보이지 않을 텐데 능인 같은 사람에게는 그렇지 않은가 보았다. 능인은 지도를 좌설에게 넘겨주었다. 좌설도 지도를 세심히 살펴보더니 고개를 끄덕였다.

"음…… 가능성이 있구면."

좌설은 지도를 남씨에게 다시 돌려주면서 다정하게 말했다.

"자네는 이만 돌아가게! ……내일 일은 걱정 말고……."

"예? ……예, 알겠습니다."

남씨는 급히 대답해 놓고 능인을 바라봤다. 능인은 미소를 지었다.

"돌아가게! 그간 수고했네!"

"예…… 그럼 저는 돌아가겠습니다. 다시 와도 되겠습니까?"

남씨는 몹시도 아쉬운지 은근히 능인을 바라봤다.

"허허…… 앞으로 보게 되겠지…… 열심히 해 보게! 인왕산은 오늘이 그만인 것 같구면."

능인은 인자하게 남씨를 바라보며 내려가기를 기다렸다. 남씨는 하는 수 없이 발걸음을 돌려 하산할 수밖에 없었다. 남씨가 떠나가자 좌설이 조용히 말했다.

좌설, 강리와 재대결하다

"능인! ……지금 가봐야 하지 않을까?"

이 말에 능인은 대답은 하지 않고 입을 굳게 다문 채 고개를 천천히 끄덕였다. 이미 좌설의 눈은 날카로운 안광을 뿜어내고 있었다. 두 사람은 즉시 절벽 아래로 뛰어내렸다.

이들은 얼마 후 한강 상류인 광진교 위쪽에 홀연히 나타났다. 이어 능인은 벌판 쪽으로, 좌설은 강변 쪽으로 흩어졌다. 하늘에는 별만이 총총히 떠 있었고 암사리 근방 강가 쪽은 일체 사람이 없었다. 논과 밭, 그리고 벌판들은 캄캄하여 아무것도 보이지 않았으나, 능인은 벌써 수상쩍은 발자국을 발견했다. 발자국은 벌판을 가로질러 강가 쪽으로 향했는데, 갈수록 외진 곳으로 뻗어 있었다. 이것으로 능인의 육감이 발동했다.

'음…… 뭔가 수상하구나…….'

능인은 이렇게 생각하고 강가 쪽으로 소리 없이 다가갔는데, 얼마 가지 않아서 이미 좌설이 기다리고 있었다.

"발견했네!"

좌설은 조용하게 그러나 단호하게 말했다. 능인은 고개를 끄덕이고는 좌설을 바라봤는데, 좌설의 몸은 벌써 호흡이 깊게 가라앉았고 미세한 힘이 끊임없이 발출되고 있었다. 좌설은 이미 결투를 시작한 것이다. 이번만은 실수를 하지 않으려고 사전에 만반의 준비를 철저히 해두는 것이다.

"어떻게 하겠나?"

능인이 물었다.

"혼자 가겠네! ……혹시 저 자가 도망을 한다면 나는 강가 쪽을 막겠네! 자넨 이 근방에 있게!"

좌설은 혼자 일을 처리하려 했다. 이는 처음에 자기에게 주어진 임무였기 때문이기도 하지만 자존심의 문제이기도 했다. 강리를 혼자처치하지 못하고 능인과 함께 한다는 것이 자신의 약한 모습이어서 싫은 것이다.

능인도 좌설의 이러한 마음을 간파했다. 그러나 말릴 수는 없는 것이다. 스승께서는 단지 좌설을 도우라고 했지만 현지 사정은 그게 아니었다. 더구나 지난번 인왕산에서는 자신의 실수로 강리를 놓치지 않았나? 능인은 좌설이 이겨주기를 바랐다. 만의 하나 강리가 이쪽으로 도망해 온다면 그때는 나서도 되겠지!

"조심하게!"

능인은 이런 말밖에 할 수가 없었다. 좌설은 바람처럼 사라졌다. 이 시간 강리는 자기 방에서 명상에서 깨어났다.

'어! ……이상한데, 누가 왔나……?'

강리는 무엇인가 육감을 느끼고는 옆방에 있는 칠성들을 불렀다.

"얘들아! ……밖에 누가 왔는가?"

"예? ……잠깐만요……."

칠성 하나가 집 밖으로 나와서 주위를 살폈다. 날카로운 칠성의 관찰력으로도 저쪽 멀리까지 아무것도 보이지 않았다. 칠성이 서 있는 곳은 강가 쪽과 벌판 쪽이 한눈에 바라다보여서 주위를 살피기 적당했다.

"선생님! 아무것도 없습니다. 바람소리인가 봅니다."

칠성은 대수롭지 않게 말했는데 강리는 방문을 열고 급히 나왔다.

"아니야! 뭐가 있어…… 이 살기! ……그렇구나! 좌설이 왔구나!"

강리는 이렇게 말하면서 즉시 운기를 시작했다. 그리고는 조심스레 집 밖으로 나섰다. 그러자 과연 거기에는 검은 도포를 입은 좌설이 우뚝 서서 강리를 쏘아보고 있었다. 사방은 캄캄했다.

"좌설! ……또 왔는가?"

강리는 침착하게 말을 건넸다. 그러나 속으로는 이미 살기를 품고 심리적 공격을 시작한 것이다.

"음…… 강리! 오늘은 결판을 내야겠지……."

좌설도 서두르지 않고 천천히 말했다. 이때 강리의 뒤쪽에서 칠성들 다섯 명이 쭈르르 몰려나왔다. 칠성들은 강리의 좌우 쪽에 늘어섰다.

"잠깐!"

강리가 급히 소리쳤다. 그리고는 칠성들을 돌아보며 근엄하게 말했다.

"너희들, 어서 들어가 있지 못해!"

칠성들은 스승의 말에 찔끔했지만 좌설을 쳐다보며 망설였다. 좌설은 미동도 하지 않고 강리의 움직임에만 주의를 주고 있었다.

"좌설······."

강리가 이번에는 좌설의 발동을 제지하기 위해 애원하듯 불렀다.

"이들을 보내주게······."

강리는 좌설에게 동정을 구했다.

"음······ 글쎄······ 악의 종자를 기르고 있었군."

좌설은 쓴웃음을 지으며 칠성들을 한 번 둘러봤다.

"좌설······."

강리가 또 불렀다.

"이미 이들 중 하나가 죽었네······ 자네의 장풍에 맞아서이지. 이들은 죄가 없네! 아직 어리지 않나?"

"허허. 강리, 네놈이 인정 있는 척하다니······. 그런데 나는 네놈만큼 인정이 있는 것은 아니야."

좌설의 태도는 단호했다. 좌설은 이참에 악의 온상을 도려내려고 작정했다.

"좌설, 자네가 이 애들을 살려주면 나도 조건을 제시하겠네!"

"음? ······조건? ······하하, 그래 뭔가?"

"좋아, 말하지. 만일 자네가 애들을 보내준다면 나는 도망가지 않고 끝까지 싸우겠네! ······어떤가?"

"그래? ······글쎄······."

좌설은 속으로 생각해 봤다.

'조건은 괜찮군. 강리가 도망한다면 귀찮고 싱거운 일이야. 애들은 내가 문제 삼을 필요 없지······.'

좌설은 이렇게 생각하고는 고개를 끄덕였다.

"좋아. 네놈에게 인정이 있다니······ 별일이로구나. 얘들아! 너희는 가거라!"

좌설의 음성은 인자하게 들렸다. 칠성들은 영문을 몰라 강리를 돌아보면서 무엇인가 물어보려 했다.

"선생님! ……저……."

이 순간 강리는 번개같이 따귀를 쳐서 말문을 막았다.

"뻑 —"

"이놈! 빨리들 없어지지 못해? ……어서 강변을 떠나!"

강리의 음성은 벼락같았다. 강리는 제자들의 생명을 구하기 위해 급히 위험의 현장으로부터 쫓아내려는 것이다. 칠성들은 애처로운 사랑을 느끼면서 겨우 정신을 차리고는 급히 떠나갔다. 칠성들이 떠나가는 발짝 소리는 잠시 폐가 근방의 공기를 부드럽게 하는 듯했으나, 다시 공기는 냉각되고 음산한 고요가 엄습했다.

강리는 한 발을 천천히 좌측으로 이동시켰다. 좌설은 서서히 손을 펴고 팔은 앞으로 향했다. 절대 절명의 결투는 시작 된 것이다. 강리의 몸이 미세하게 진동했다. 얼굴은 약간의 홍조를 띠며 하단전의 기운은 급격히 중단전으로 모여들었다. 좌설은 서서히 앞으로 한 걸음을 내디뎠다. 순간, 강리의 기합 일성이 발출되었다.

"야 압!!"

기합 일성은 주변의 모든 것을 얼려버릴 듯 차갑고 날카로웠다. 가까이 나무 위에 자고 있던 새들이 푸드득 떨어졌다. 벌레들과 들쥐, 작은 물새 등은 모두 그 자리에서 즉사했다. 강리가 발출한 상음신공(商音神功)은 아주 잔인한 공격으로 이는 필살의 수법인 것이다. 보통 이러한 수법은 여간해서는 사용하지 않는 법이다. 이것은 결투 당사자 외에 주변에 있는 수많은 생물을 죽이고 상당한 거리에 있는 사람도 손상을 입기 때문이다. 일찍이 능인도 정마을에서 상음신공을 시전하여 호랑이 두 마리를 즉살시킨 바 있었지만 이는 건영이를 확실하게 보호하기 위한 부득이한 수법이었다.

좌설은 의외의 공격을 받은 것이다. 강리의 생각은 뜻하지 않은 공격을 시도하여 상대방이 이에 동요하기를 기대한 것이다. 만약 상대방이 조금이라도 동요하면 이를 틈타 두 번째의 공격을 전개하여 기선을 제압하고 상대방을 파멸로 몰아가려는 아주 위험한 발상이었다. 좌설은 찰나지간이었지만 내심 약간의 동요가 있었다. 마침 날아오르려는 참이었기 때문에 자세가 변했던 것이다.

강리는 이를 즉시 파악하고 두 번째의 공격을 발출했다. 이번에는 장풍이었다. 태산도 밀어낼 강력한 살기가 좌설의 안면을 향해 뻗어왔다. 좌설은 고개를 숙여 이를 피했다. 순간 강리의 몸이 화살처럼 날아왔다. 이 자세는 실로 기묘한 자세로 극강의 무인만이 펼치는 절예였다.

강리의 몸은 공중에 떠 있었고, 하체는 위에 있고 상체는 아래로 향해 있으면서 한 손으로는 머리를 내리찍고 또 한 손으로는 안면을 밀어 친 것이다. 이때 좌설이 앞으로 숙이면 밀어 친 손의 일격을 받게 된다. 그리고 뒤로 피하면 강리의 몸은 회전하면서 두 발로 위로 후려 차는 동작에 맞게 된다. 강리는 이 세 가지 동작을 간발의 차이를 두고 거의 동시에 펼쳤다. 이는 상음신공을 전개할 때 이미 생각해 두었던 것인지도 모른다. 그러나 좌설은 옆으로 피했다. 이제 강리의 몸은 등 쪽이 땅을 보고 있고 배는 하늘을 향해 있는 자세가 되었다. 좌설은 옆으로 급히 피했기 때문에 자세가 부자연스러웠다. 만일 여기서 강리의 공격이 한 차례 더 시도된다면 좌설이 위험할 수도 있다. 그러나 강리의 공격은 너무 깊었기 때문에 앞으로 뻗어나갈 뿐 그런 상태에서 정확한 공격을 할 수는 없었다. 공격은 이제 좌설의 차례가 된 것이다.

좌설은 몸을 비스듬히 뉘면서 왼발로 번개같이 올려 찼다. 좌설의 이 공격은 옆으로 피함과 동시에 행해졌는데, 극강의 공력이 실려 있는 회심의 공격이었다. 결과적으로는 강리의 세 번째 공격에는 약간의 무리가 있었다. 원래 공중에서 회전하면서 두 발로 아래 방향으로 뻗는 것은 빠르고 강력하기는 하지만, 실패했을 때는 반격을 받을 수가 있는 것이다.

강리는 처음 상음신공으로 공격한 후 장풍과 날아오르며 할퀴는 공격으로 끝을 냈어야 한다. 이어 회전하면서 두 발로 뻗는 것은 욕심이 과했다. 좌설은 이 무리한 공격을 피함과 동시에 그 결함을 정확히 응징했다. 강리의 어깨에 좌설의 발이 적중했다. 강리의 몸은 옆으로 기울어지면서 불안하게 착지했다.

좌설은 이를 놓치지 않고 두 번째의 공격을 쏟아냈다. 이번에는 장풍이었다. 좌설은 뒤도 돌아보지 않고 마음속으로 가늠한 대로 어림잡아 공격한 것이다. 이는 좌설의 발이 강리의 어깨에 닿는 순간 다음 자세를 예상해서 연속적으로 공격한 것이다. 뒤돌아서 강리가 어떤 상태로 어디에 있는가를 살펴보면 이미 늦은 것이다. 물론 좌설이 몸을 되돌리지 않고 손을 등 뒤로 해서 장풍을 발출하면 속도는 빠르지만 그만큼 힘은 약할 수밖에 없다.

그러나 좌설은 우선 강리에게 적은 타격이라도 주기 위해 속도 위주의 공격을 전개한 것이다. 이번에도 좌설의 생각은 옳았다. 강리의 복부에 좌설의 장풍이 적중했다.

보통 때 같으면 이로써 승부는 끝이 났을 것이다. 그러나 힘이 덜 실려 있는 공격이었기 때문에 뒤로 나자빠질 뿐 다시 자세를 수습할 수 있었다. 강리는 좌설의 장풍에 밀려 뒤로 내동댕이쳐지면서 집 바깥쪽의 기둥에 부딪혔다.

"우직!"

순간 기둥은 꺾이면서 지붕이 내려앉았다. 좌설의 세 번째의 공격이 쉴 사이 없이 뒤따랐다. 좌설은 손바닥으로 땅을 구르면서 번개처럼 빠른 발을 뻗어냈다. 이것으로 끝장을 내려는 셈이었다.

강리는 가까스로 이를 피했다. 강리는 땅바닥을 필사적으로 뒹굴면서 원래 좌설이 있던 쪽으로 날아올라 피했다. 그와 동시에 강리는 공중에서 좌측 옆으로 회전하며 땅바닥에 엎드렸다. 마침 좌설의 장풍은 우측으로 답지했다. 좌설은 이번에도 역시 뒤돌아볼 사이 없이 공격을 전개한 것이다. 강리가 피할 곳은 좌측, 혹은 우측, 둘 중에 하나였다. 높이는 상관없다. 중간 정도에 뻗어내면 되었다. 그런데 우연히 좌설의 공격이 우측으로 되어서 피할 수 있었던 것이다. 강리가 좌측으로 피한 것은 행운이었다.

그러나 이것도 좌설의 생각이 조금만 치밀했더라면 강리를 적중시킬 수 있었다. 왜냐하면 강리의 왼쪽 어깨는 이미 약간이나마 상처를 입었기 때문에 회전할 때 좌측으로 피할 가능성이 있는 것이다. 사람은 아픈 쪽을 먼저 피하고자 하기 때문이다. 물론 무술의 극강 고수라 해도 결투의 와중에 이토록 섬세하게 생각할 수는 없다.

사실, 무술 고수의 행동은 하나의 흐름이지 생각의 산물이 아니다. 좌설의 장풍은 벽에 맞으면서 벽면이 크게 뚫려나가고 지붕 전체가 주저앉았다.

강리는 지붕이 내려앉기 바로 직전, 무너지는 흙더미 속으로 몸을 감추었다. 좌설은 간발의 차이를 두고 그 뒤를 따라 들어갔다. 그런데 그 직후, 좌설은 밖으로 튕겨 나오듯 뒤로 굴러 흙더미속에 떨어졌다.

좌설의 왼쪽 소매가 칼로 날카롭게 베어져서 그 속에 맨살이 드러나 보였다. 팔에 상처를 겨우 면한 것이었다. 흙더미 속에서 강리가 불쑥 솟아났다. 흙먼지가 좌우로 우수수 떨어졌고 강리의 하얀 얼굴이 드러났다. 강리의 얼굴은 먼지를 뒤집어썼으나 평화로워 보였고 오른손에는 검이 쥐어져 있었다.

강리는 팔을 구부려 검을 잠시 왼쪽으로 보냈다가 다시 오른쪽으로 뻗으며 좌설을 향해 쏜살같이 날아왔다. 좌설은 이를 바로 선 자세에서 옆으로 가볍게 피했다. 그러자 이번에는 강리의 검이 갑작스레 옆으로 그어왔다. 그런데 이 자세가 너무나 괴이하여 찌르는 것인지 베는 것인지 알 수가 없었고, 그 움직임도 번개 같았다.

좌설은 자세를 낮추면서 이를 피했다. 강리는 다시 왼손으로 장풍을 뻗었다. 좌설은 이를 맞받아 쳤다. 순간 강리의 검이 좌설의 안면을 찔러왔다.

칼은 이어서 아래로 내리찍어졌다. 좌설이 아래로 피했으면 여지없이 어깨가 잘려나갔을 것이다. 그러나 좌설은 치밀하게 뒤로 날아올라 이를 피했다. 그렇다고 강리가 낙심하고 속도를 늦춘 것은 아니다. 오히려 더욱 속도가 빨라지면서 두 손으로 검을 맞잡고 곧장 찌르며 날아올랐다.

이때가 가장 위험한 순간이다. 좌설은 이를 아래로 피할 것이냐, 위로 피할 것이냐가 문제였다. 물론 바로 찔러오는 칼을 좌설이 뒤로 날면서 피하는 것도 쉽지가 않다. 비유하자면 앞으로 달리는 것과 뒤로 달리는 차이이다. 강리는 앞으로 달리는 것이다. 더구나 칼을 뻗은 상태이다. 좌설은 위도 아래도 아닌 상태에서 칼을 손으로 쳐 내렸다.

이는 극히 위험한 방법으로 최악의 상황에서 비상수단으로만 드물게 사용될 수 있는 것이었다. 자칫하여 칼날을 손으로 쳐내게 되면 큰일이다. 그러나 좌설은 아슬아슬하게 칼의 면을 골라낸 것이다. 당초 강리는 그 급한 공격의 와중에서도 함정을 파놓았었다.

칼은 보통 날을 바로 세워서 공격하는 법인데, 강리는 칼을 뉘어서 찌른 것이다. 보통, 찌르는 칼을 무심히 옆으로 쳐낼 수가 있는 것이다. 이렇게 되면 함정에 걸리는 것이다. 강리는 좌설이 다급한 경우에 칼을 쳐낼 수도 있을 것이라고 생각해 둔 것이었다. 그러나 좌설은 이를 힘겹게 발견하고 절대 절명의 순간 손바닥으로 칼의 면을 내리친 것이다. 이로 인해 좌설은 그 반동력으로 더욱 빨리 솟구칠 수 있었고, 이어서 강리가 위로 후려친 칼을 피하게 된 것이다. 강리의 칼은 단지 허공을 쳤을 뿐이었다.

좌설은 공중에서 재빨리 반전하면서 강리의 반대 방향으로 내려섰다. 그러나 땅에 있는 강리는 이보다 빨랐다. 어느새 좌설이 내려서는 곳에 도착하여 수평으로 칼을 그어내고 다시 찔러왔다.

이때 좌설은 자그마한 실수를 저질렀다. 사실 실수라기보다 부득이한 경우였다. 찔러오는 강리의 칼을 피하는 것이 급선무였기 때문에 다른 사소한 일을 생각할 수는 없었다. 좌설은 작은 돌멩이를 밟은 것이었다. 그런데 이 돌멩이가 미세하게 옆으로 밀리면서 자세가 약간 부자연스러워졌다. 보통의 경우는 이것이 문제될 것은 조금도 없었으나, 지금처럼 절대 속도를 다 내는 위험한 순간에는 이런 사소한 것도 위험할 수도 있다.

좌설의 몸은 자연히 돌멩이가 튕겨나가는 반대쪽으로 피하게 된다. 강리는 이를 노리면서 혼신의 힘으로 후려쳤다. 좌설은 뒤로 나자빠졌다.

어떻게 달리 피할 방법이 없는 것이다. 다음 찰나에 죽을지언정 이번 찰나를 살기 위해 뒤로 자빠질 수밖에 없었다. 그 다음은 운에 맡길 수밖에 없었다.

좌설은 뒤로 넘어지면서 옆으로 구를 것을 생각했지만 넘어진 곳은 집이 무너져 내린 흙더미 위였다. 옆으로 구르는 것이 쉽지 않은 것이다. 강리는 이 찰나에 속으로 생각했다.

'이겼구나!'

좌설은 죽음이 곧바로 다가오는 것을 직감했다. 그러나 이 순간 기적이 발생했다. 강리는 칼을 찌르면 그만인 것을 그만두고 자세를 낮추면서 뒤에서 날아오는 돌멩이를 피했다. 이 절대 위기 순간에 강리의 뒤통수로 날아든 돌멩이는 좌설의 바로 옆에 강하게 파고들었다.

"뻑 —"

만일 강리가 이 돌을 개의치 않고 칼을 찔러왔다면 좌설은 즉사했을 것이다. 그러나 그 순간 그 돌이 강리의 머리통을 박살냈을 것이다. 이러한 상황에서 강리는 자기도 살고 좌설도 살려준 길을 택한 것이다. 강리는 좌설을 쳐다보지 않고 뒤돌아섰다. 저쪽 편에 능인이 태산처럼 우뚝 서 있었다.

"능인……!"

강리는 자기도 모르게 말을 내뱉었다. 그러고는 숨 돌릴 사이 없이 칼을 앞으로 향하는 듯하더니 허공을 걷듯이 날아올랐다. 능인은 이를 뒷짐을 진 채 바라봤다. 강리의 칼이 순식간에 짓쳐들어왔다. 칼은 능인의 목을 향해 그어졌는데, 능인은 어느새 이를 막아 쳤다.

"챙 —"

날카로운 금속성이 밤하늘의 적막을 갈랐다. 능인은 칼을 쥐고 있었던 것이다. 강리는 이어 발로 찼다. 능인은 이를 뒤로 물러나면서 피했으나, 어느새 강리의 칼이 가슴을 파고들었다. 강리의 칼 솜씨는 능인을 훨씬 앞지르고 있었다. 능인은 힘겹게 피하고 막으면서 뒤로 계속 밀려났다. 능인의 이마에는 땀방울이 맺혀 있었다. 강리는 혼을 빼앗을 듯 기합 일성을 토해냈다.

"이얍 —!!"

하나의 섬광이 수평으로 지나갔다. 능인은 이를 겨우 피해냈지만 자세가 불안해졌다. 이 순간, 돌멩이 하나가 강리의 등을 향해 날아들었다. 강리는 돌아서면서 이 돌을 소리 없이 베어냈다. 이 틈에 능인은 위기에서 벗어났다.

강리는 앞뒤의 적을 가늠하면서 잠시 숨을 돌렸다. 강리의 얼굴은 더욱 평온했다. 이는 살기가 극한에 이른 것이다. 강리는 누구인가를 먼저 죽여야겠다고 생각했다. 이때 좌설의 음성이 들려왔다.

검성(劍聖) 좌설의 신검(神劍)

"능인! ……칼을 이리 주게!"

좌설은 강리를 노려보면서 저쪽 뒤에 있는 능인에게 칼을 요구했다. 능인은 이 말을 듣고 멋쩍은 표정을 짓고는 고개를 끄덕였다. 강리는 무슨 영문인지 몰라 능인의 얼굴을 얼핏 쳐다보고는 다시 공격자세를 취했다. 그러나 공격은 능인이 먼저 시작했다.

능인은 갈 지(之)자 걸음으로 성큼 다가와서는 밑에서 위로 후려쳐왔다. 이어 칼을 가슴에 당기는 듯하더니 세차게 찔러왔다.

강리는 이를 가볍게 피하고 앞으로 나서면서 칼을 등 뒤로 번개처럼 돌려 베었다. 이것은 능인과 교차하는 순간에 펼친 동작으로 실로 위험한 일격이었다. 좌설은 이를 바라보며 놀라서 자기도 모르게 소리쳤다.

"능인!"

그러나 능인은 이 위험을 피해냈다. 능인은 강리와 서로 교차하는 순간, 재빨리 엎드려서 등 뒤로 날아오는 칼을 피한 것이다. 능인은 이에 멈추지 않고 다시 몸을 바로 함과 동시에 장풍을 쏟아냈다. 강리는 칼로 후려쳐 장풍의 기세를 조각내었다.

이때 약간의 틈이 보였으나, 능인은 공격을 하지 않고 오히려 뒤로 날아 멀찌감치 피해 버렸다. 강리는 일부러 틈을 보이고 능인을 기다렸는데, 능인이 이를 감지해서 공격을 하지 않고 멀리 물러선 것을 몹시 아쉽게 생각했다. 강리는 잠깐 웃는 표정을 지었다. 능인도 웃는 표정으로 강리를 바라봤다.

"능인!"

좌설이 등 뒤에서 불렀다.

"잘했네! ……위험이 두 번 있었어!"

능인은 좌설의 말에 고개를 끄덕여 수긍을 표시했다. 좌설이 다시 말했다.

"능인, 칼을 이리 주게!"

이 말에 능인은 말없이 칼을 좌설에게 던져주었다. 좌설은 재빨리 칼을 받아 쥐고는 한 발 앞으로 나섰다.

"강리!"

좌설이 한숨을 돌리며 조용한 목소리로 불렀다.

"나도 칼을 사용하겠네……."

좌설은 이 말을 무슨 선언을 하듯 엄숙하게 말했다. 강리는 무표정하게 좌설을 바라보더니 이내 무엇이 생각난 듯 말을 꺼냈다.

"좌설! ……능인은 어떡할 건가?"

"허허. 염려 말게! 능인은 끼어들지 않을 걸세!"

강리의 말에는 능인이 끼어들면 도망가겠다는 뜻이 담겨 있었다. 좌설도 이를 간파하고 강리를 달래듯 말한 것이다. 강리는 그래도 못 믿겠다는 듯이 능인을 바라봤다. 능인도 이러한 속사정을 눈치 채고 시원히 대답해 주었다.

"강리, 자네가 도망가지만 않는다면, 나는 좌설이 죽는 한이 있더라도 구경만 하겠네!"

능인은 이렇게 말하면서 잠깐 날카로운 눈빛이 되었다. 능인이 이렇게 말한 것은 사실 그대로 말한 것이리라…… 능인 같은 사람이 이토록 단호하게 약속을 한다면 이는 결코 어긋나지 않을 것이다. 강리는 고개를 천천히 끄덕였다. 그러고는 잠시 생각했다.

'……음, 이제 문제는 좌설의 검술 실력이 어느 정도냐 하는 것이다. ……좌설이 나의 검을 당해 낼 수 있을까?'

강리는 속으로 회심의 미소를 짓고는 서서히 검식(劒式)을 전개했다. 겉으로만 봐서는 강리의 표정은 아주 온화하고 행동도 부드러워서 결투하는 것으로 볼 수는 없고, 단순히 검술 연습을 하는 정도로만 보였다.

이에 비해 좌설의 표정은 아주 무거운 편이었는데, 이는 좌설의 원래 모습이 그렇게 생겨서이고 현재 마음은 무심 평정한 상태였다. 좌설의 칼은 편안히 내려진 상태로 자세를 취했다. 강리는 칼을 정면으로 뻗은 자세에서 서서히 한 발을 내디뎠다. 좌설은 여전히 움직이지 않고 시선도 강리를 향해 있지 않았다.

"야 — 압"

강리의 기합 일성이 밤하늘을 흔들었다. 강리의 몸은 공중에 떠서 마치 바람에 어지럽게 날리는 낙엽처럼 가볍게 좌설의 몸에 부딪쳐 왔다.

"쌩 —"

강리의 칼은 옆에서 보기에는 좌설의 다리를 자르는 듯 그어왔는데, 실은 목을 수평으로 베고 나온 것으로, 어지럽게 날아온 강리의 몸은 좌설의 우측에 떨어질지 좌측에 떨어질지 모르는 상태에서 어느덧 필살의 일격이 가해진 것이다.

좌설은 이 혼란 속에서도 미동도 하지 않았다. 단지 강리의 공격이 가해지고 난 후, 왼발이 뒤로 약간 물러나 있었고 칼을 쥔 오른손은 수평으로 벌어져 있었다. 강리는 좌설의 정면에서 약간 비킨 지점에 서 있었다. 두 사람 사이의 거리는 두 발짝 정도였다. 잠시 그 상태가 유지되었다.

능인은 좀 떨어진 곳에서 이 모습을 바라보며 숨을 멈추고 상황을 예의 점검했다. 순간, 바람이 약하게 부는 듯하더니 강리의 옷이 펄럭였다. 강리의 상의가 비스듬히 갈라져 있었던 것이었다. 간발의 차이로 강리는 몸을 보존할 수 있었다.

강리의 얼굴빛은 더욱 맑게 변하고 평화스러운 모습이 되어갔다. 물론 마음은 겉보기와는 정반대 상태인 것이다. 강리는 두 번째의 공격을 전개했다. 그러나 이보다 먼저 좌설의 검이 파고들었다. 강리는 공격을 멈추고 뒤로 번개처럼 물러났다.

좌설의 칼은 중심에서 빗나갔다. 그러나 강리는 왼손에 통증을 느꼈다. 좌설의 칼은 이미 강리의 왼팔을 가볍게 찌른 것이다. 강리가 조금이라도 늦었다면 강리의 팔은 잘려 나갔을 것이다. 강리는 세 번째의 공격을 시도했다. 이번에는 얼굴을 정면으로 찔러왔다. 좌설의 검도 목표를 향했다.

이번에도 강리는 급히 공격을 멈추었다. 강리의 칼이 좌설의 얼굴로 가는데도, 좌설은 이를 피할 생각을 하지 않고 똑같이 강리의 얼굴에 검을 찔러왔다. 만일 강리가 물러나지 않고 공격했다면 어떻게 되었을까?

둘 다 얼굴을 찔려 죽었을까? 아니면 좌설이 먼저 죽었을까? 혹은 좌설은 이를 피하고 강리만 죽게 되었을까? 이런 것을 강리는 알 수가 없었으나, 단지 좌설의 칼을 자기는 피할 수는 없었을 것이라 생각되었다. 좌설이 자기의 칼을 피할 수 있었을지는 모르는 것이지만 자기가 피할 수 없었던 것은 분명했다. 그만큼 좌설의 칼은 날카롭고 정확하게 찔러온 것이다. 그리고 그 속도 또한 강리의 그것과는 달랐다.

'음…… 위험하구나…… 이 자가 전개하는 검식은 나로서도 도무지 모르겠구나.'

강리는 이렇게 생각하면서 자세를 완전히 수비로 전환했다. 자기가 공격을 하기는커녕 좌설의 공격을 받아낼지도 의문이었다. 좌설은 서서히 몸을 좌측으로 틀었다. 칼은 앞으로 회전하면서 상단에 멈추었다. 능인은 이 모습을 보면서 숨을 조렸다. 이제 승부는 종말에 가까워진 것이었다.

'과연 좌설이로구나…… 강리가 좌설의 검을 당할 수는 없겠지!'

능인은 속으로 이렇게 생각하면서 눈길은 좌설의 동작을 놓치지 않으려고 한 곳에 집중했다. 좌설은 검성(劍聖)이었던 것이다. 능인이 모든 면에서 좌설을 조금씩 앞서 있지만 검만은 한참 뒤져 있었다. 능인은 오늘 결투를 통한 좌설의 진면목을 실컷 구경할 수 있어 몹시 흥분되었다. 게다가 오늘 좌설이 처음 전개한 검법은 능인이 그토록 배우고자 했던 신검(神劍)이 아니었던가!

좌설이 전개한 이 신검은 지산겸(地山謙:☷☶)이라는 뜻을 가진 검법이었다. 이 검법은 겉으로는 아무런 뜻이 없어 보이고 위험도 없어 보인다. 그러나 그 속에 숨어 있는 위험은 이루 다 말할 수 없다. 누구든 이 검법을 전개하는 중이라면 아예 공격은 단념해야 한다.

　이 검법은 겉으로는 수비처럼 보이지만 실은 격렬한 공격의 수법이 그 속에 숨어 있는 것이다. 능인은 이것을 긴긴 세월 수련했지만 아직 터득하지 못하고 있었다. 이것은 좌설만이 능숙하게 전개하는 것으로서, 능인은 오늘 이것을 정확히 관찰할 수 있을 뿐이었다.

　'이번에는 무슨 초식을 전개할 것인가?'

　능인은 자못 궁금했다. 좌설의 몸은 자세가 약간 낮아졌다. 이제 또 한 번의 신검이 그 위력을 나타내려 하는 것이다. 좌설은 필사적으로 공격에 뛰어들려는 자세를 취했다. 능인은 천천히 고개를 끄덕였다. 좌설의 검법을 이해했던 것이다.

　좌설이 전개하려는 초식은 그 뜻이 천택리(天澤履:☰☱)였다. 이 검법은 마치 물에 뛰어들 듯 혼신의 힘을 다해 공격에 집중하는 듯 보인다. 그러나 이 검법은 그 속에 절대 수비가 포함되어 있었다. 그래서 마음껏 공격을 펼친 후에도 자기를 방어할 수 있는 것이다. 물론 이런 방식이 쉬운 것은 아니다.

　자연의 이치란 공격이 강하면 강할수록 수비에는 취약점이 있게 마련인 것이다. 그래서 이 검법에서는 수비를 단 한 가지밖에 할 수가 없다. 그 하나의 수비를 준비해 놓고 최강의 공격을 전개하는 것이다. 그 공격은 일정한 방향이 존재하는 것은 아니다. 그만큼 공격의 폭은 넓다.

　이는 천도(天道)의 자유자재(自由自在)를 본뜬 것이다. 단지 공격이 가해진 후에는 그 공격으로 인한 취약점에 온 힘을 경주하는 것이다. 물론 상대방이 검성의 경지에 이르렀을 때의 얘기지만 그렇지 않은 경우, 처음 공격에 이미 적은 쓰러져 있을 것이다.

좌설은 강리의 빈틈을 발견했다. 그런데 이 순간 강리의 장풍이 발생했다. 강리는 두 손에 십이성(十二成)의 공력(功力)을 실어 좌설의 가슴을 향해 극강의 살기를 분출시켰다. 좌설은 칼로 이를 가볍게 잘라냈다. 이 찰나 강리는 급히 몸을 솟구쳐 뒤쪽으로 멀리 날아갔다.

"서라!"

좌설이 다급히 소리치면서 날아올랐다. 그러나 강리는 이미 강 쪽으로 번개같이 움직여 물가에 먼저 도착했다. 강리의 경공술은 좌설을 앞서 있는 것이 분명했다. 좌설이 물가에 도착하자 강리는 벌써 물 위를 뛰어서 강 한가운데로 나아갔다. 이어 능인이 도착했고 좌설과 함께 물 위를 뛰어서 뒤쫓았다.

뒤를 쫓는 것은 능인이 빠른 것 같았다. 능인은 벌써 강리를 바싹 따라붙었다. 이 순간, 강리의 몸이 갑자기 물속으로 사라졌다. 능인도 물속으로 따라 들어갔다. 좌설도 잠시 기다리다 물속으로 따라 들어섰다. 그러자 강리의 몸은 다시 물 위로 나타나 강 건너편으로 뛰어갔다. 좌설과 능인이 물 위로 다시 나타났을 때는 이미 강리는 사라져 있었다.

"놓쳤군……!"

좌설이 한스럽게 내뱉었다.

"음……."

능인도 얼굴빛이 흐려져 있었다. 강변에서의 결투는 이렇게 허무하게 끝이 난 것이다. 두 사람은 넋을 잃은 듯 강 가운데를 망연히 바라봤다. 한동안 말이 없었다. 어느덧 하늘은 어둠이 조금씩 걷히고 있었다. 새벽이 찾아오면서 살벌했던 공기는 평상을 되찾기 시작했다.

"능인!"

좌설이 무거운 음성으로 먼저 말을 꺼냈다.

"또 실패했군! ……어떡하면 좋을까?"

좌설은 능인에게 물었지만 능인도 무슨 방법이 있는 것은 아니었다. 이제 강리는 더욱 깊게 숨을 것이다. 찾기가 쉽지 않을 것이다. 능인은 눈을 감고 고개를 가로저었다.

"돌아가지?"

한참 만에 능인이 조용한 목소리로 말했다.

"음? 돌아가자고? 스승님의 명령을 수행하지 못했는데?"

"그래도 할 수 없어…… 돌아가야 해!"

능인은 체념한 듯 좌설을 맥없이 바라봤다.

"글쎄?"

좌설은 아쉬움 때문에 어쩔 줄을 몰랐다.

"좌설!"

능인이 차분한 목소리로 불렀다.

"스승님께로 돌아가세! 지금 내가 생각해 본건데…… 아무래도 우리 힘으로 강리를 처치할 수 없을 것 같네!"

"음? 그럴까?"

"그럴 거야. 칼은 자네가 월등히 낫지! 그러나 그 자가 도망가는 것을 잡지는 못해. 나는 그 자를 따라잡을 수는 있어도 그 자의 검을 못 당해. 그러니 우리 둘이는 그 자를 이길 수가 없어."

능인의 설명은 정확했다. 좌설은 무엇인가 말을 하려다 다시 생각하고는 침묵했다.

"좌설! 강리는 한동안 숨어 있을 거야…… 우린 다시 대책을 세워 봐야지…… 스승님께서도 사정을 이해하실 거야."

좌설은 능인을 멀끔히 바라보더니 고개를 끄덕였다.

"할 수 없군! 돌아가지! 자네 같이 갈 건가?"

좌설은 체념하고 함께 돌아갈 것인가를 물었다.

"아니, 자네 먼저 돌아가게…… 나는 할 일이 좀 남아 있네. 나중에 가지!"

"좋아. 그럼, 나 먼저 가겠네!"

좌설은 바람처럼 사라졌다. 뒤이어 능인도 자리를 뜨자 강변의 공기는 한결 더 부드러워지고 밝은 새벽이 찾아왔다. 강리가 은거(隱居)하고 있던 폐가는 완전히 무너져 처량한 흙무더기로 변해 있었다. 가까이 소나무 숲에서 새소리가 들렸다. 벌판은 여전히 한가로웠고 날씨는 청량했다.

지난밤의 처절했던 싸움의 흔적은 어디서도 찾아볼 수 없었다. 강변의 모든 것이 조용한 가운데 하루의 시작을 맞이했다. 저쪽 멀리에 있는 마을에도 새벽은 소리 없이 찾아왔다.

땅벌파 두목이 있는 기와집에서는 지난밤 강변의 사건을 아는지 모르는지 조용하기만 하다. 아직 사람이 일어나지를 않은 것일까……?

대문이 갑자기 열렸다. 그러더니 험상궂게 생긴 장정 몇 명이 대문 안으로 성큼 들어섰다. 이들은 곧이어 신발을 신은 채 마루로 올라갔다. 대문에는 계속해서 사람들이 들이닥쳤다. 먼저 마루에 올라선 패거리들은 방문을 걷어찼다.

'우직 —'

방문이 부서지면서 방 안이 들여다보였다. 다른 방문도 모두 부서졌다. 그런데 안에는 사람이 하나도 없었다.

"어! ……사람이 없는데!"

패거리 중 하나가 다시 마루로 나와 그들의 지휘자에게 보고했다.

"조합장님! 모두 날랐는데요!"

"음? ……무슨 일이야?"

"벌써 눈치를 챘나 봐요."

"허 참, 우리가 올 줄 어떻게 알았을까?"

"아무튼 들어가서 좀 기다려보지요?"

부하 하나가 옆에서 제안을 했다.

"좋아, 일단 기다리면서 살펴보자!"

조합장은 기다리기로 했다. 어차피 남씨가 나타나야 다음 행동을 할 수가 있다. 방안에는 짐이 싹 치워져 있었다. 적은 이미 누가 올 줄 알고 아예 정리를 하고 떠난 것이다. 어떻게 알고 이토록 재빨리 도망갔을까?

조합장으로서는 지난밤 강변에서 빠져나온 칠성들의 일을 알 길이 없었다. 칠성들은 지난밤 초가에 도착해서 좌설이 나타난 일을 두목에게 보고하자, 두목은 그 즉시 서둘러 대피한 것이었다. 조합장은 부하를 시켜 근처를 수색하는 한편, 마을 사람에게 탐문하여 어떤 단서를 얻고자 했다.

시간은 더디게 흘러갔다. 조합장은 남씨가 빨리 나타나길 바랐다. 적에게는 칠성들이 있을지도 모르니 박씨가 와줘야 안심이 된다. 혹시 지금이라도 적이 칠성들을 데리고 나타난다면 어떻게 감당할 것인가? 그러나 조합장은 겉으로는 내색하지 않고 할 수 있는 일을 최대한으로 진행했다.

조합장의 부하들은 동네 사람들을 여기저기 찾아보면서 땅벌파 사람들이 언제 이 동네에 왔으며 어제 언제쯤 떠났는가를 알아보고 혹시 근방에 다른 근거지가 있는지도 탐색했다. 그 결과 머지않은 곳에 또 다른 근거지가 있음이 드러났다. 그러나 그곳도 이미 사람은 다 떠나가고 텅 빈 집이었다.

정말 맥 빠지는 일이었다. 새벽잠까지 설치고 출동했는데 적은 이미 그 낌새를 잡고 깨끗하게 사라진 것이다. 아직 그 이유는 알 길이 없었다. 이제 남은 곳은 두목이 어젯밤 찾아가던 강변의 집만 남아 있다. 조합장은 즉시 부하 몇 명을 벌판 쪽으로 보내 혹시 강변 쪽으로 인가가 있는가를 탐색시켰다.

부하들은 벌판 쪽으로 급히 떠나갔다. 그리고 얼마 후 남씨와 박씨가 나타났다. 조합장은 반가이 맞이하면서 급히 상황을 보고했다. 남씨의 안색은 흐려져 있었다. 당초 남씨는 자기가 나타날 때까지 행동을 하지 말라고 명령을 해 두었는데 조합장은 이를 무시하고 미리 행동한 것이다.

남씨는 속으로 몹시 못마땅했다. 그러나 조합장의 급한 행동으로 일이 어긋난 것은 없으므로 겉으로 문제 삼지는 않았다. 조합장은 이 문제에 대해서 간단히 변명을 했다. 은밀히 살펴보니 아무도 없는 것 같아서 행동한 것이라고…….

지금에 와서는 아무래도 좋았다. 현재 남씨가 할 일은 아무것도 없었다. 강변에 나간 부하들이 소식을 가져올 것도 기대되지 않았다. 적은 이미 이 지역을 떠나 먼 곳으로 사라졌을 것이다.

조합장은 남씨의 마음을 깊게 헤아리지 못하고 비교적 편안한 듯 보였다. 조합장이 생각하기에는 적은 크게 놀라서 근거지를 버리고 도망갔기 때문에 이제는 별다른 문제가 없을 것으로 판단했다.

"남선생님! ……이제는 어떡하지요?"

조합장은 건성으로 물었다. 적은 이미 다 도망갔는데 남씨라고 무슨 방법이 있겠는가? 남씨는 가볍게 대답했다.

"할 일이 없군요. ……돌아가야겠지요!"

조합장의 부하들은 아직도 바쁘게 드나들면서 마을 근방을 수색하는 척했지만 별다른 소득이 없다는 것을 이미 느끼고 있었다. 박씨는 별 생각 없이 상황의 추이를 기다렸다.

시간이 좀 흐르자 강변에 나갔던 부하들이 돌아왔다. 이들은 제법 예민하게 탐색하여 강변의 폐가를 발견하고 그곳이 땅벌파 근거지의 하나였다는 것을 유추해 내었다.

그러나 그들이 떠나가 버렸다는 사실은 움직일 수 없는 사실이었다. 조합장은 남씨에게 물어보고는 철수를 명령했다. 이제 돌아가는 것밖에는 할 일이 없었다. 그러나 조합장이나 부하들은 크게 낙심하는 기색은 없었다. 남씨는 서울로 돌아오면서 혼자 생각에 잠겼다.

'이젠 서울 일도 끝이 났구나! 이대로 정마을로 돌아가야 하는가……?'

흔들리는 차창 밖에는 한가로운 농촌 풍경들이 펼쳐져 있었다. 남씨는 이 정경들을 보면서 더욱이나 정마을이 그리워졌다. 옆에 앉아 있는 박씨는 아무 말 없이 그냥 시간만 보내고 있었다. 그러나 박씨의 마음속에는 이제 서울에 도착한 후 정마을로 돌아가야 할 것이라 생각하고 있었다.

박씨가 생각하기에는 건영이 아버지를 구하기 위한 서울 출행은 성공적이었으며 서울에서 많은 구경을 한 것이 인생의 폭을 넓히는 데 크게 유익했다고 느꼈다. 물론 이번 서울 출행이 남씨에게도 일생일대의 계기가 된 것이다. 그 점을 생각해 보면 이번에 서울에 오게 되지 않았으면 인생이 어떻게 전개될지 알 수 없었다.

이제는 남씨가 전생을 찾아내고 서선 연행으로서의 운명을 깨닫게 된 것이다. 차는 쉬지 않고 달려 어느덧 서울 경계에 들어섰다. 서울 영역에 들어서자 박씨는 차창 밖을 보기 시작했고, 남씨는 밖을 바라보는 것을 그만두고 눈을 감아버렸다.

차는 안국동 본부로 향했다. 한낮의 서울 거리는 여전히 생기에 차 있었고 거리의 사람들은 저마다의 생각 속에 분주히 움직였다. 박씨는 서울의 도심에 들어설수록 더욱더 열심히 지나치는 거리를 구경했다. 차는 이제 안국동에 도착했다.

"남선생님! 내리시지요……."

남씨는 얼핏 눈을 뜨고는 차에서 내렸다. 조합장은 먼저 사무실 문을 열고 들어가고 그 다음에 박씨가 들어갔다. 남씨는 맥없이 맨 나중에 들어섰다. 그런데 사무실에는 큰 사건이 기다리고 있었다. 조합장의 부하가 급히 일어나서 조합장과 남씨를 번갈아보면서 보고했다.

낙원으로 통하는 관문

"습격을 받았습니다."

"뭐? 습격을 받았다고?"

"예. 모든 지역이 공격을 받았습니다."

"그래? 어떻게 됐나? 자세히 얘기해 봐!"

조합장은 다급해졌고 남씨도 정신이 번쩍 들었다.

"저들은 늦은 아침에 왔습니다. 제일 먼저 나타난 곳은 종로인데, 칠성 세 명이 거기에 나타났습니다. 그리고 동대문에도 한 명, 명동에 한 명, 그 외의 지역에는 칠성도 없이 여러 명이 들이닥쳤어요……."

"어허, ……그래서 어떻게 되었나?"

"예. 많이들 다쳤어요."

"그들은 지금 어디 있나?"

"모르겠어요…… 공격 직후 조용히 물러가 버렸어요."

"물러가 버렸다고?"

조합장은 어쩔 줄을 몰라 하면서 남씨를 바라봤다. 남씨는 얼굴을 찡그리고 벌써 생각에 잠겼다. 조합장도 이제 남씨의 성격을 아는지

라 아무 말도 걸지 않고 남씨가 무슨 말을 할 때까지 기다렸다. 박씨
도 긴장되었고, 조합장과 서로 얼굴을 바라봤다. 남씨는 속으로 침착
하게 생각을 진행시켰다.

'뜻밖의 사건이 생겼구나……. 나는 참 바보야! 당연히 그렇게 나올
것이었어! ……내가 저쪽 두목이라도 그렇게 행동했겠지…… 저쪽 두
목은 상당히 무서운 작자야…… 이제는 어떻게 한다지……?'

남씨는 화도 나고 부끄럽기도 했다. 자신이 지휘자이니 모든 책임
이 자신에게 있는 셈이다. 이제 어떡해야만 좋단 말인가?

적은 이미 이쪽의 전력을 모두 다 파악하고 있었으며 우리의 작전
도 한계에 부딪친 것을 알고 있는 것이다. 더구나 적은 모습을 드러
내지 않고 작전에 임하고 있다. 우리 쪽에서는 언제 나타날지 모르는
적을 기다리고 있을 뿐 공격할 방법이 없다.

참으로 난감한 일이다. 그렇다고 이제 와서 나 몰라라 하고 정마을
로 떠나가 버린다면 공연히 조합장을 불러들여 나중에 보복만 당하
게 만들고, 더 나아가서는 건영이 아버지까지 당할 수도 있다.

남씨는 의리상 이런 상황에서 물러갈 수는 없었다. 그러나 무슨 방
법으로 이 상황을 타개해 나아가야 할 것인가. 일이 너무 복잡했다.
지금은 저쪽엔 그 괴인도 있다. 필경 능인 할아버지께서 그 괴인을
처치하는 데 실패했을 것이다. 아마도 힘이 부쳤던 것 같다. 그렇지
않고서야 적이 이토록 기세를 올려 반격해 나올 리가 없지 않은가?
남씨는 생각에 생각을 거듭했다. 지금 상황에서 반격할 길이 있는 것
일까?

적을 찾을 수 있는 것일까?

남씨는 모든 일이 커다란 벽에 가로 막혀 있는 것을 느꼈다. 적을

찾는다고 해서 일이 풀리는 것은 아니다. 남씨는 힘들게 생각을 이어 갔다.

'저쪽에는 괴인이 있다. 능인 할아버지께서는 어떻게 되셨을까? 칠성들도 다섯 명이나 건재하고 있다. 박씨 혼자서는 어떻게 할 수가 없다. 저쪽의 두목은 아주 비상한 작자이다. 나보다 한 수 위라고 봐야 한다. 모든 면에서 우리가 약한 것이다……'

남씨는 고개를 가로저었다. 조합장과 박씨는 남씨의 이 모습을 보면서 가슴을 졸였다. 저 훌륭한 남씨가 무슨 방법을 생각해 주겠지! 박씨도 조합장과 마찬가지로 이런 생각을 하고 있었다.

그러나 남씨는 점점 더 낙심하고 있었다.

'내 힘으로는 안 되는구나……. 조합장도 이젠 내 지시에 따르지 않고…….'

남씨는 이모저모를 심각히 생각하다가 조합장의 얼굴을 슬쩍 바라봤다. 조합장은 흠칫 놀랐다. 남씨는 혼자 쓴웃음을 짓고는 다시 생각에 잠겼다.

'조합장이 내 지시를 한 번 어긴 것으로 문제 삼을 필요는 없다…… 앞으로 내가 다시 대책을 세워나갈 수도 없을 것 같다…….'

남씨는 서서히 체념해 나갔다. 이제 자신에게도 한계가 온 것을 느꼈다. 그러나 어찌할 것인가? 지금에 와서 남씨가 무작정 물러난다면 조합장의 조직은 당장에 괴멸될 것이 뻔했다. 그렇게 되면 자신들이 서울에 와서 공연히 조합장을 끌어들여 조합장에게 더 큰 불행을 안겨준 셈이 될 것이다.

이제 곧 땅벌파에서는 세력을 장악한 후 조합장을 제거하려 들 것이다. 후환을 없애기 위해 조합장을 영원히 말살시킬 것이다. 남씨는 괴로웠다. 자신의 무능 때문에 조합장이란 사람을 파멸로 몰아넣고, 자신은 이곳을 피해서 도망가야만 하는 상황이다. 절대 그럴 순 없다. 그렇다면 최선을 다해 가는 데까지 가봐야 하는 것인가?

남씨는 고개를 가로저었다. 승리의 확신이 서지 않은 싸움은 더 큰 불행을 자초하는 것이다. 언제 끝날지 모르는 싸움에 한없이 매달릴 수는 없는 것이다.

'어떤 방법이 있을까……?'

남씨는 다시 한 번 대책을 생각해 봤다. 그러나 답이 나오지는 않았다. 남씨는 억지로 또 생각을 더듬어 나갔다. 무거운 침묵 속에 깊게, 깊게 문제를 파고들어갔다. 어쩌다 좋은 생각이 떠오르기를 기대했다. 그러나 언제나 제자리로 돌아왔다. 이런 문제는 억지로 생각해서 답이 나오는 것이 아니다. 일이 제대로 되려면 상황 발생 즉시 자명한 대응 방법이 떠올라야 하는 것이다. 남씨는 혼란 속에 시간만 허비하고 있었다. 조합장은 초조해서 어쩔 줄을 몰랐다.

"형님!"

옆에 있던 박씨가 견디다 못해 남씨의 생각을 제지했다. 남씨는 생각을 중지하고 현실로 돌아왔다.

"형님!"

박씨가 다시 한 번 조용히 불렀다. 남씨는 박씨가 무슨 말을 하려는 줄 알고 박씨의 얼굴을 힘없이 바라봤다. 박씨는 남씨를 위로하는 듯한 표정을 짓고는 씩씩하게 말을 꺼냈다.

"건영이한테 물어보지요!"

"응? 건영이?"

남씨는 정신이 번쩍 들었다.

'그렇다! 건영이가 있었구나……'

남씨는 고개를 끄덕였다. 건영이가 무슨 대책이 있을지 확신할 수는 없지만 기대는 해 볼만 한 것이다. 워낙 신통한 사람이니까!

남씨는 얼굴빛이 조금 밝아졌다. 그러고는 침착하게 자신이 할 수 있는 일을 생각해 내었다.

"조합장님……!"

남씨는 드디어 작전 지시를 내렸다. 조합장은 좋은 계책이 나올 것을 기대하고 주의를 집중했다.

"이제부터 각 지역에 인원을 최소로 배치합니다. 아울러 각사무소 근방에 폭넓게 잠복하여 적이 오는 것을 미리 발견하거나 아니면 적이 온 후에라도 즉시 보고할 수 있도록 해 두어야 합니다."

"예. 명령대로 해 놓겠습니다."

조합장은 정중하고 힘 있게 대답했다. 조합장은 현재 상황이 몹시 위태롭다는 것을 절실히 느끼고는 남씨에게 더욱 매달리게 된 것이다.

"그리고……"

남씨는 말을 이었다.

"이곳 안국동도 이젠 위험합니다. 이곳은 이미 알려져 있는 곳이고 적은 이곳을 공격하려고 할 것입니다. 당분간 본부는 폐쇄합니다. 조합장님은 항상 연락을 받을 수 있는 곳으로 피신해 있도록 하십시오! 수일 내로 다른 대책이 세워질 것입니다. 자, 지금 즉시 행동합시다."

남씨는 자리에서 일어났다. 그리고 조합장을 혼자 문밖으로 불러냈다.

"조합장님! 전번에 갔던 술집에 가서 며칠 숨어 있으세요! 그리로 연락을 하지요! 부하들은 상호 연락할 수 있도록 하고 나와 조합장님은 숨어서 지휘를 합니다. 아시겠지요?"

"예. 염려 마십시오. 철저히 해 놓겠습니다."

"좋습니다. 그럼, 우린 이만 가보겠습니다."

이렇게 해 놓고 남씨는 박씨와 함께 안국동 사무소를 떠났다. 조합장은 남씨가 떠나자 속으로 잠시 생각했다.

'건영이라고? ……누굴까? 어린 사람 같은데……. 남씨가 물어본다고? ……남씨보다 신통한 사람인가? ……허어, 그런 사람이 있을까……?'

조합장은 생각해도 모르는 것을 생각하지 않기로 하니, 마음은 한결 편안해지는 것을 느꼈다. 조합장은 고개를 갸우뚱하고는 부하들에게 지시를 내리기 시작했다. 남씨는 안국동 사무소를 나와서 병원으로 향했다.

'당분간 병원에 있는 것이 안전할 것이다. 박씨도 퇴원을 하려면 다시 한 번 점검을 해야겠지.'

남씨는 달리는 차 안에서 이렇게 생각하고는 다시 건영이의 모습을 그렸다.

'건영이가 틀림없이 좋은 생각을 해 줄 거야……!'

병원에 도착하여 병실문을 열어 보니 인규가 기다리고 있었다.

"어떻게 됐어요?"

인규는 상황을 모르고 명랑하게 물었다. 인규는 남씨가 출동했으니 당연히 시원하게 일 처리를 했을 것으로 믿었다.

"엉망이야!"

남씨는 멋쩍게 웃으며 말했다.

"예? ……뭐가 잘못됐어요?"

"그래. 한참 잘못됐지……. 그건 그렇고 인규가 수고 좀 해 줘야겠어……."

"제가요? 뭔데요?"

"음…… 또 정마을로 가야겠어. 가서 건영이를 만나고 와!"

"그러지요, 뭐……."

인규는 쉽게 대답했다. 인규로서는 어쨌든 건영이를 만나게 되는 것이 싫지 않았다. 남씨는 인규에게 모든 상황을 낱낱이 설명했다. 그러고는 마지막으로 건영이의 생각을 받아오라고 당부했다. 인규는 얘기가 끝나자 즉시 병원 문을 나섰다.

또다시 정마을을 향해 떠나가는 것이다. 이번엔 무슨 일이 있을까? 인규는 남씨가 부탁한 위기 대책보다 건영이를 만나는 일이 더욱 흥미가 있는 것이다. 남씨의 부탁은 오고 가는 길에 묻어두고 받아서 전달하면 그만인 것이다. 어려울 것이 하나도 없다. 자신은 심부름꾼에 불과했다. 그러나 그로 인해 건영이를 자연스럽게 만날 수 있으니 크게 즐거운 일이다.

인규는 상쾌한 마음으로 전차를 타고 청량리로 향했다. 전차는 얼마 후 청량리에 도착했고, 역에서 잠시 기다린 후 다시 춘천행 열차에 올랐다. 춘천역에는 저녁 늦게야 도착할 것이다. 그 시간이면 소양강으로 떠나는 버스 편은 떨어졌을 테니 오늘 중에는 정마을에 도달할 수가 없다.

그러나 아무래도 좋았다. 인규가 생각하기에는 급할 것이 하나도 없었다. 춘천에서 하룻밤을 자고 새벽에 출발하면 되는 것이다. 인규는 이번에 정마을에 가게 되면 여러 날을 쉬고서 천천히 서울로 오려고 마음먹었다.

서울 상황은 약간 혼란스러운 것이 사실이지만 남씨 혼자서도 능히 극복해 나갈 것이다. 건영이의 도움을 청하는 것은 박씨의 생각일 것이다. 이유는 뻔하다. 박씨는 이제 서울 생활이 재미가 없어서 하루빨리 정마을로 돌아가고 싶을 뿐이다.

건영이의 도움을 받으나마나 결과는 같을 것이다. 서울 일은 시일이 좀 더 지나야 해결될 것이다. 사실 일이랄 것도 없이 그냥 떠나면 그만인 것이다. 인규는 이렇게 믿었다. 그러나 인규 자신도 서울 생활이 재미있는 것은 아니었다. 인규에게는 날이 갈수록 서울 생활이 무미건조했다.

만일 세상에 정마을이란 곳이 없었으면 인규는 어디론가 무작정 떠났을지도 모른다. 지금에 와서이지만 인규는 정마을이 바로 천국이었고, 낙원이었다. 그곳에 있는 한 인생에 무엇이든지 해결하지 못할 것이 없을 것만 같았다. 더구나 그곳의 주인격인 건영이는 자신의 절친한 친구가 아니던가! 인규는 이 점이 새삼 행복하게 느껴졌다. 물론 때로는 건영이가 몹시도 어렵게 느껴져 자신의 친구라는 것이 크게 의미를 갖지 못할 때도 있었다. 그러나 그것은 마음먹기에 달린 것이다. 사람은 원래 아주 친숙한 것조차 낯설어질 때가 있다. 오히려 그래야만 인생이 생동감이 있는 것이 아닐까?

기차는 강을 바라보며 시원하게 달리고 있었다. 시간이 흐를수록 인규의 몸은 낙원에 가까워지고 있는 것이다. 인규는 혼자 미소를 짓고는 곱게 잠이 들었다. 차 안에 사람이 많지는 않았지만 여기저기 잠들어 있는 사람이 보였다. 이 사람들은 저마다의 꿈을 꾸고 있을 것이다. 인규는 꿈에 하늘을 날았다. 예부터 이런 꿈을 꾸는 사람은 천국에 가고 싶은 사람이라 했다. 그러나 천국이란 곳은 어떤 곳일까?

근심이 없고 행복하기만 한 곳이 천국일까? 그렇다고 하자! 그러면 그런 곳은 어떤 장소일 것인가? 그런 곳에 가면 자연히 마음이 선(善)해지고 행복해서 근심이 없어지고 절대가치(絕對價値)가 생긴다는 것인가? 장소에 의해서?

이는 당치 않을 것이다. 마음이란 완전히 환경에 의한 것만은 아닌 것이다. 마음은 마음인 것이다. 물론 환경에 의해 어느 정도 마음이 행복해지고, 선해지고, 근심이 없어질 수도 있을 것이다. 그러나 이것은 한계가 있는 것이다. 마음은 어디까지나 마음 자체의 수양(修養)에 의해 정해지는 것이다.

마음의 수양이 부족하면 비록 몸이 천국에 가 있다 하더라도 행복하기만 할 수는 없을 것이다. 그 반대로 비록 환경이 좀 나쁘다 해도 마음의 수양이 높으면 행복할 수 있다.

더구나 마음이란 죽을 때도 가져가는 것이 아닌가?

환경이란 무상(無常)한 것이다. 일시적으로 환경을 자기 것으로 할 수 있으나, 영원히 가질 수는 없다. 몸도 마찬가지이다. 이것도 영원할 수는 없는 것이다.

소중한 것은 마음이다. 마음속으로 이룩한 세계는 진정 온 세계의 어떠한 것보다도 가치가 있는 것이다.

수양이 높은 도인(道人)은 몸이 어디 있든 간에 마음은 이미 저 낙원에 있는 것이다.

기차는 어느덧 춘천역에 닿았다. 인규는 천천히 차에서 내려 역 구내를 빠져나왔다. 소양강으로 떠나는 버스는 역시 없었다. 이는 이미 예상했던 터라 인규는 곧장 버스 정류장 근방의 어느 여관을 찾아들었다.

인규의 방은 논을 바라보고 있어서 아주 한적했다. 날씨도 훈훈했고 걱정거리도 없었기 때문에 인규는 한가한 마음으로 술을 몇 잔 마시고는 편안히 잠을 청했다.

다음날 새벽에 일찍 일어난 인규는 소양강행 첫 버스에 올랐다. 버스에는 인규 외에 다른 승객은 없었다. 버스는 곧 출발했고 자주 흔들려 선잠에서 정신을 완전히 깨워주었다. 차창 밖에는 논밭이 계속 이어지고 자그마한 언덕을 여러 차례 넘었다. 인가는 보이지 않았다. 얼마 후 버스는 소양강으로 통하는 숲의 입구에 도달했다.

드디어 낙원으로 통하는 관문에 도달한 것이다. 인규가 버스에서 내리자 몇 명의 농부들이 보였다. 이들은 아침 일찍부터 읍내에 나가려고 버스를 기다리는 중이었다. 날씨는 아주 화창했다. 인규는 주위를 살피지 않고 곧장 숲 속의 길로 사라졌다. 이제 반나절이면 정 마을에 당도하게 될 것이다.

평허선공, 옥황천에 들다

이 시간 저 먼 옥황 천계에서는 평허선공이 옥황시 특구에 입성을 앞두고 있었다. 묵정선과 평허선공이 옥평관의 드넓은 평원을 막 통과하자, 날씨는 갑자기 흐려졌고, 이내 비가 오기 시작했다. 빗방울은 점점 굵어졌고 앞이 보이지 않을 만큼 큰 소낙비가 쏟아졌다.

"음…… 비가 오는군!"

평허선공이 무심히 한 마디를 꺼냈다.

"예…… 이는 선공께서 옥황시 특구에 입성하시는 것을 환영하는 뜻이옵니다."

묵정선은 정중히 설명했다.

"허허, 비를 가지고 사람을 환영하다니?"

"다른 뜻은 없사옵니다. 지금 하늘을 깨끗이 씻고 있는 것이옵니다."

"그런가? 정성이 대단하군!"

평허선공은 기분이 좋은지 밝은 얼굴로 고개를 끄덕였다. 두 선인은 한동안 빗속을 걸었다. 그렇다고 옷이 젖는다거나 발자국을 남긴

다든지 하는 것은 아니었다. 빗물이 두 선인의 몸에서 발사하는 기운의 막을 뚫고 들어갈 수는 없는 것이다. 땅에 발자국을 남기지 않는 것도 물 위를 걷는 것처럼 무게를 싣지 않고 가볍게 공기 위를 걸어가고 있기 때문이다. 저쪽 편에 웅장한 성문이 나타났다. 이 문이 바로 옥정문(玉晶門)으로서 통과하면 옥황시 특구가 된다. 평허선공은 잠시 걸음을 멈추고 옥정문의 위용(威容)을 감상했다.

"대단하군…… 잘 만들었어……."

평허선공은 성문의 자태를 칭찬하고는 다시 문 쪽을 향해 걸어갔다. 묵정선은 평허선공의 우측에서 한 걸음 처져서 조심스레 뒤따랐다.

어느새 비는 그치고 하늘에는 밝은 태양이 빛나고 있었다. 문의 입구에 한 선인이 나타나 빠른 걸음으로 이쪽으로 걸어왔다. 선인은 평허선공 앞에 당도해서는 정중히 무릎을 꿇었다.

"어른을 뵈옵니다."

"음…… 자넨 누군가?"

"예. 저는 선명(仙名)이 전지(全止)이온데, 봉영사(奉迎使)의 직책을 맡고 있사옵니다."

"그런가? ……일어나게!"

"감사하옵니다."

전지선은 일어나서 평허선공을 안내해 안으로 들어갔다. 옥정문을 들어서자 수많은 선인이 좌우에 도열해 서 있었다. 공식 환영 절차인 것이다. 전지선이 좌측에 앞장을 서고 묵정선은 우측에서 뒤따랐다. 평허선공은 중앙에서 수많은 선인들의 숲 속을 천천히 걸었다.

주변의 넓은 지역에는 음악이라든가, 사람의 말소리 등, 일체의 소리가 없이 고요하기만 했다. 선인의 숲은 상당히 길었다. 평허선공을 대대적으로 환영하기 위해 수많은 선인들이 동원된 것이리라. 평허선공은 원래 번거로운 것을 싫어해서 이토록 사람이 들끓는 것을 좋아하지 않았다.

그러나 이번만은 감수하기로 작정을 했는지 귀찮은 표정이 보이지 않았다. 아무리 평허선공이라 해도 전 우주에서 가장 권위가 있는 옥황천의 공식 절차를 마다할 수는 없을 것이다. 더구나 이런 절차는 문화와 예절이 모두 갖추어진 것으로 도인들에게도 좋은 공부거리가 된다.

평허선공은 이런 점을 생각해서도 번거로운 절차에 응했는지도 모른다. 길고 장엄한 선인들의 도열은 종착지에 다다랐다. 선인들이 도열해 서 있는 통로가 좌측으로 급하게 꺾이면서 전면에 태산처럼 거대한 건물이 나타났다.

"저곳이 영빈관이옵니다."

앞서 가던 전지선이 뒤를 돌아보며 평허선공에게 고했다.

"음 —"

평허선공은 가볍게 고개를 끄덕이는 것으로써 영빈관으로 들어가겠다는 표시를 했다. 영빈관의 문은 건물 크기에 비해서 그리 큰 것이 아니었다. 문은 이미 열려져 있었고, 안으로 들어서자 드넓은 정원이 화려하게 펼쳐져 있었다. 문 앞에는 몇 명의 선인이 무릎을 꿇고 평허선공을 맞이했다.

"선공께 인사 올립니다."

"일어나게!"

"예. 감사하옵니다."

선인들은 앞장섰고, 전지선과 평허선공·묵정선은 뒤따랐다. 일행이 정원을 가로질러 어떤 건물의 문으로 들어서자, 우측에 작은 연못이 자리 잡고 있는 아담한 별채가 나타났다.

"이곳에서 잠시 쉬시지요. 저는 귀인을 맞이하는 절차를 준비하겠사옵니다."

"음…… 수고했네. 그런데 먼저 할 일이 있네!"

"예? ……분부를 내려주옵소서."

전지선은 급히 오른쪽 무릎을 꿇고 두 손을 맞잡았다.

"음……. 옥황상제를 알현(謁見)해야겠는데……."

평허선공은 자신의 환영 절차에 앞서 먼저 옥황상제를 배견하겠다는 것이다. 이는 당연한 것으로 하늘의 법도와 의리인 것이다. 추호도 어긋남이 없는 평허선공이다. 옆에서 이를 지켜보고 있는 묵정선은 내심 크게 감명을 받았다.

'정확하신 분이시구나! 그럴 테지, 어떤 분이신데…….'

묵정선은 평허선공이 옥황부 특구에 들어서서 어떤 운신을 할까 자못 궁금했는데 평허선공은 겸손히 평범한 예절에 따른 것이었다.

"예, 분부대로 거행하겠사옵니다."

전지선은 정중하게 복명하고 일어나서 나갔다. 이제 평허선공은 옥황상제의 명을 기다리면 되었다.

"오르시지요."

묵정선이 별채로 통하는 층계를 안내했다. 이제 묵정선은 평허선공과 단 둘이만 남았다. 별채에 좌정한 평허선공은 묵정에게도 자리를 권했다.

"편히 앉게나!"

"예, 감사하옵니다."

묵정선이 조심스레 자리에 앉자, 평허선공이 인자한 음성으로 물었다.

"시석회(詩石會) 행사 일정은 어떤가?"

"예, 세세한 일정은 광무부에서 준비하고 있사옵니다. 현재 예비 심사를 진행 중일 것이옵니다."

"그런가? ……작품은 언제 보게 되나?"

"예, 우선 상품(上品)을 선정하고 나서 지난 천 년간의 상품 모두를 합쳐 다시 최우수 작품을 선정하게 되옵니다. 선공께서는 이 일을 하시는 것이옵니다."

"좋아. 시일이 좀 걸리겠군!"

"예, 죄송하옵니다."

"아닐세, 나도 좋아서 하는 일이야! ……자, 이제 쉬어야겠네!"

"예, 그럼, 저는 물러가겠사옵니다. 근간 다시 와서 뵙겠사옵니다."

묵정선이 물러가자 평허선공은 즉시 좌정하고 명상에 들었다. 마침내 묵정선은 평허선공을 유인하는 임무를 완수하고 이를 보고하기 위해 안심총 본부로 향했다. 그러나 안심총에서는 묵정선의 보고를 들을 필요도 없이 다음 작전을 위한 회의가 한창 진행 중이었다.

앉은 채로 발언을 하고 있는 선인은 안심총 분석관인 원회선이었다.

"방금, 보고가 들어왔습니다…… 평허선공께서는 영빈관에서 쉬고 있습니다만 선공께서는 본관에 당도하시자마자 옥황상제를 알현하시겠다고 하셨습니다."

원회선은 천천히 말하면서 바로 앞에 마주앉은 선인의 눈치를 살폈다. 그러자 마주앉은 선인은 즉시 의향을 나타냈다.

"그런가요? 그것은 당연한 예법이 아니겠습니까?"

원회선의 말을 가로막은 순청선(巡淸仙)은 원회선을 의아스러운 표정으로 바라봤다.

"그런 것이 아닙니다. 이것은 예법을 따질 문제가 아니지요!"

원회선은 말투를 부드럽게 하며 어린아이 타이르듯 말했다.

"예? 예법을 따질 문제가 아니라니요?"

순청선은 답답한 모양이었다. 그러자 안심총 대선관인 측시선이 말을 받았다.

"내가 설명하지요. 순청선께서는 사정을 잘 모르시는 모양입니다. 평허선공께서 옥황상제를 알현하시겠다고 하는 것은 물론 당연한 예법입니다. 그런데 문제는……."

측시선이 말을 잠시 늦추자 순청선은 재차 물었다.

"도대체 문제가 무엇입니까?"

순청선은 천행선관(天行仙官)으로서 옥황상제의 행사 일정을 담당하는 지체 높은 선인이었다. 순청선이 오늘 이 자리에 참석하게 된 것은, 실은 측시선의 계획으로써 순청선으로 하여금 평허선공의 옥황상제 알현을 사전에 봉쇄하려는 것이다. 그런데 측시선이 자신의 기도(企圖)를 발행하기도 전에 순청선은 이를 거부할 자세를 보인 것이다. 측시선은 속으로 난감하게 느꼈지만 겉으로는 내색하지 않고 더욱 부드러운 표정을 지으면서 말을 이었다.

"……평허선공께서는 그 마음을 종잡을 수 없는 분이십니다. 요는 그런 분이시기 때문에 황공하옵께도 옥황상제 앞에서 무례를 범하시지 않을까 우려되는 것입니다."

"그럴 리가 있겠습니까? ……평허선공으로 말하면 학덕이 우리 같은 사람보다 높으신 분 아닙니까? 어째서 무례를 범할 것으로 보는

지 이해가 잘 안 되는군요."

순청선은 측시선을 이상하다는 듯이 바라봤다.

"저희는 단지 만약의 사태를 우려하는 것입니다."

"글쎄요…… 우려가 지나치신 것 같군요."

순청선은 여전히 자신의 생각을 굽힐 기색이 보이지 않았다. 측시선은 아무래도 안 되겠다 싶어 직접 본론을 끄집어내기로 작정했다.

"예, 순청선의 생각도 일리는 있습니다만 이런 문제는 우리가 전문 부서 아닙니까? 그래서 순청선께 한 가지 부탁을 드리려 합니다만……."

측시선은 이렇게 말해 놓고 순청선을 바라봤는데 순청선은 아무 말 없이 측시선을 빤히 바라봤다. 이미 상대방의 생각을 알고 있다는 표정이었다. 측시선은 개의치 않고 단호하게 말했다.

"봉행부에서 평허선공의 옥황상제 알현을 청원해 올 경우 이를 거부해 주십시오."

"예? ……제게는 그럴 이유도 권한도 없습니다."

순청선은 확실히 거절했다.

"이유는 제가 방금 말씀 드렸지 않았습니까? 옥황상제의 안위를 생각해서입니다."

"허 참, 옥황상제의 안위 문제는 경호총에서 담당하고 있습니다. 제가 나설 문제가 아니지요."

순청선은 불쾌한 표정을 나타냈다. 이를 살펴본 측시선은 말투를 즉시 부드럽게 바꾸고 달래는 듯 말했다.

"물론, 그렇습니다. 그러나 직책을 떠나서 우리 모두가 옥황상제의 안위를 먼저 생각하는 것이 충성심 아닙니까?"

"글쎄요…… 그렇다고 직책을 소홀히 할 수는 없겠지요. 저의 직책은 봉행부에서 청원해 오는 것을 옥황상제께 상주하여 윤허를 기다리는 것뿐입니다. 만일 옥황상제께서 상주하지도 않고 저 혼자서 이를 거부한다면 이는 옥황상제의 성안(聖眼)을 가리는 대역 불충입니다. 저는 도덕과 법도를 어긋나게 처신 할 수는 없습니다. 그리고 오늘 저는 이 자리에 부르신 이유가 그 문제라면 저는 이만 물러가고 싶은데……."

순청선은 불쾌한 마음이 극한에 이른 것 같았다. 측시선은 속으로 일이 틀린 것을 깨달았다. 우선 순청선을 보내놓고 다시 연구해 봐야 할 것이다.

"허허, 순청선께서 무슨 오해가 계시는 것 같군요. 일을 하다 보면 종종 이런 경우도 있겠지요……. 마음을 푸시고 평안히 가십시오."

측시선은 웃는 모습을 보이면서 최대한 순청선을 달랬다.

"자, 그럼……. 저는 물러가겠습니다."

순청선은 여전히 불쾌한 표정을 보이면서 회의장을 떠났다.

"허 참…… 고지식하긴……."

측시선은 민망한 듯이 혼잣말을 하고는 다시 정색을 하며 다음 문제로 넘어갔다.

"어차피 안 될 일이군! ……저토록 협조를 안 해 주니…… 그리고…… 다른 사항이 있습니까?"

"예, 들어온 보고가 있습니다."

원회선이 분위기를 바꾸겠다는 듯이 애써 명랑한 목소리로 말했다.

"소지선의 일입니다."

"예? 소지선이오?"

측시선은 소지선 얘기가 나오자 긴장하며 관심을 나타냈다.

"동화선부에서 들어온 소식입니다. 현재 소지선은 남선부 산하 속계(俗界)에 은신 중인 것 같습니다. 동화선부에서는 소지선을 체포하기 위해 수색대를 파견했습니다. 곧이어 대규모 체포대를 증파할 것으로 보입니다."

"뭐요? 동화선부가 어째서 그런 일을 하지요?"

"예, 평허선공의 명령입니다. 평허선공은 이곳으로 오기 전에 이미 그런 명령을 해두었던 모양입니다."

"어허! ……염라대왕도 함께 있답니까?"

"아닙니다. 염라대왕과 소지선은 따로 행동하고 있습니다. 아무래도 소지선은 낙오돼 있는 것 같습니다."

"낙오라니요?"

"예, 당초 이를 보고해 온 곳은 동화선부 쪽이 아닙니다. 변방의 선인 둘이 평허선공의 명령을 받은 모양입니다. 이들에 의하면 평허선공께서 처음엔 곡주 근방에서 염라대왕을 기다리라 명령해 놓고 나중에 와서 소지선에 대한 명령을 동화선부에 전달하라고 했습니다. 이것을 보면 소지선이 낙오된 것 같지 않습니까? 만일 소지선이 염라대왕과 함께 있었다면 평허선공께서 직접 출행하셨을 것입니다. 태연히 동화선부에 명령을 전달하라고 한 것을 보면 분명 소지선 혼자 속계에 떨어져 있습니다."

"일이 크게 벌어졌군요!"

측시선은 근심어린 표정으로 잠시 생각하는 듯했다.

"그런데 변방이라면 곡주 근방일 텐데 어떻게 해서 그리 빨리 동화선부에 평허선공의 명령을 전달할 수 있었지요?"

"그건 이렇게 된 것입니다. 마침 동화선부의 수색대가 근방에 나와 있었던 모양입니다. 당시 수색대 지휘선관은 유적선(幽寂仙)인데, 이 선인은 아주 유능해서 즉시 휘하의 수색대를 속계로 파견하고 자신은 직접 보고하기 위해 동화궁으로 향했던 것입니다. 지금쯤 동화궁에서도 후속 체포대를 준비하고 있을 것입니다."

"음…… 먼저 파견한 수색대는 어떠한 선인들입니까?"

"예, 그들은 수색에는 능한 선인들이지만 소지선을 쉽사리 체포하지는 못할 것입니다. 문제는 뒤에 오는 체포대입니다."

"그렇다면 우리가 지금 구원대를 보내면 어떻게 될 것 같습니까?"

"당연히 동화궁의 체포대보다 먼저 도달하겠지요! ……그동안 소지선은 선발대를 제지하고 있을 겁니다."

"좋습니다. 지금 당장 조치하시오!"

측시선은 좌중에 있는 안심총 소속인 고정선(古正仙)에게 명령했다. 고정선은 즉시 일어나 회의장을 떠났다. 원회선이 잠깐 그 뒤를 쳐다보고는 다시 말했다.

"앞으로가 문제군요. 평허선공이 알게 될까 걱정입니다."

원회선은 측시선을 쳐다보며 근심스런 표정을 지었다.

"그렇게 안 되도록 해야겠지요. 평허선공께서 아시면 만사가 끝장입니다. 동화선부에서는 현재의 상황을 평허선공께 보고할 것입니다. 그러니 우리는 이를 방해해야 합니다. 평허선공께서는 우리의 작전대로 옥황부에 최대한 오래 머무르게 될 테지만 저들은 옥황부로 찾아와 평허선공께 은밀히 보고할 것입니다. 그래서 말입니다만……."

측시선은 좌중을 한 번 둘러봤다. 좌중에는 원회선 외에 다른 안심총 소속 분석관들이 몇 명 있었고, 외부인으로는 검색총 대선관인 좌청선(坐淸仙)이 참석하고 있었다. 좌청선은 현재 진행 중인 사안에 대해서는 별 관심이 없는지 미동도 하지 않고 자신의 차례만 기다리고 있었다. 측시선은 이에 상관 않고 안심총 소속 선관들을 향해 말했다.

"경비를 강화해야만 할 것입니다. 옥황부 외곽 경비대는 물론 특구의 경비대를 수시로 감독하여 평허선공을 찾으러 오는 모든 선인을 철저히 제재해야 합니다. 현재 4급 경호령이 발령 중이므로 그 이유를 들어 옥황부 밖의 모든 선부에서 오는 선인들을 통제할 수 있습니다. 그리고 필요시 검색총의 협력도 있어야 할 것입니다."

측시선은 이 말을 해 놓고 좌청선을 슬쩍 바라봤다. 좌청선은 이것을 자신의 대답을 구하는 뜻으로 해석했는지 말없이 고개를 몇 번 끄덕여 주었다. 측시선은 만족해하면서 말을 중단했고 원회선이 다시 이어 말했다.

"다음 문제입니다…… 우리는 일전에 입명총으로부터 염라부 감옥을 탈출한 죄수를 인계받아 조사한 바 있었는데 결과는 그 죄수의 자백대로 상황이 전개된 것을 입증할 수 있었습니다. 즉 그 죄수는 자신도 모르는 채 타인에 의해 비밀히 감옥에서 탈출, 아니 퇴거당했습니다. 이는 누군가 직무를 유기하고 염라부의 기강을 의도적으로 파괴하려는 것이었습니다. 그래서 당시 죄수를 감호하고 있던 옥리는 물론 그 건물 내지 외곽 경비대까지 포함하여 근무자 전원을 소환하여 조사할 필요가 있습니다. 이 일을 위해서는 검색총의 협력이 절대 필요합니다……"

원회선은 여기서 잠시 말을 멈추고 좌청선을 빤히 바라봤다. 좌청선은 이번에도 말없이 고개를 몇 번 끄덕였다.

원회선은 다시 천천히 말을 이었다.

"우리는 이미 소환 대상자의 명단을 작성했습니다……."

"그런가요……? 그럼, 그것을 저에게 주시지요……."

좌청선은 원회선을 향해 무심히 말했다.

"아, 예……."

원회선은 더 말하려다 그만두고 명단을 넘겨주었다. 좌청선은 명단을 받아들고는 측시선을 바라보며 퉁명스럽게 물었다.

"다른 사항이 또 있습니까?"

"아닙니다. 그것뿐입니다."

측시선은 급히 대답했다.

"그럼 저는 이만 물러가겠습니다."

좌청선은 일어나 회의장을 떠났다. 이제 회의장에는 안심총 소속 선관만 남았다.

"……모두들 안심총을 싫어하는군!"

측시선은 잠시 푸념을 하고는 미소를 지으며 옆에 있는 선인을 쳐다봤다. 그러자 소명선(素明仙)이 말했다.

"제가 보고하지요……. 서선 연행에 관해 말씀 드리겠습니다. 근위총에서는 옥황상제의 명을 받들어 서선 연행으로 하여금 《황정경》 일 권을 써 올리도록 입안(立案)한 바 있습니다. 이 일은 속계에 내려가서 해야 하는 작업이므로 안전과 정밀을 요합니다. 그래서 자연 우리 부서가 그 일을 인계받게 되었는데, 현재 서선 연행과 접촉하는 방법은 이미 수립되어 있습니다. 단지 속계로 내려가 연행의 글을 점검할 선인이 필요합니다. 저의 생각에 이 임무를 수행하실 분은 수치선(水雉仙)이 적격이라고 봅니다만……."

"수치선이 누구요?"

"예, 그 자는 지금 죄인이 되어 검색총에 구금되어 있는데 광정국 왕 서정의 신하입니다."

"아! 그 사람…… 아직 처형이 안 됐나요?"

측시선은 이제야 생각난 듯 그 사람의 신수를 물었다.

"예, 정마을과 연관 있는 선인이기에 신중을 기하고 있습니다."

"그런가요? ……어째서 그 사람이 적격이지요? 그 사람은 옥황상제를 기만한 대역 죄인인데……."

"예, 그렇기는 합니다만 수치선은 서선 연행의 절친한 벗일 뿐만 아니라 글은 연행에 버금갑니다. 당금 옥황부에도 그만한 서선이 없습니다. 그 사람만이 서선 연행의 글이 제대로 되었는지 점검할 수 있습니다. 더구나 수치선은 연행의 절친한 벗이기 때문에 연행의 정신 회복에 절대적인 도움이 될 것입니다……."

"알겠소……. 그 사람을 보내시오."

측시선은 더 들어볼 것도 없이 수치선 밖에는 연행을 만날 사람이 없다는 것을 간파했다.

"그럼 저는 이만 물러가도 되는지요?"

측시선은 고개를 끄덕이고 소명선은 조용히 물러갔다.

"다른 사람은 없습니까?"

측시선은 원명선을 바라봤는데 이 순간 인기척이 나고 입구에 묵정선이 나타났다. 묵정선은 입구에 서서 측시선 이하 좌중에게 고개를 숙여 정중히 인사를 올렸다.

"오, 묵정선, 어서 오시오……."

측시선은 얼굴색을 환하게 펴면서 묵정선에게 자리를 권했다. 묵정선은 측시선의 맞은편에 앉아서 좌중에게 다시 한 번 가볍게 예를 표하고는 즉시 서두를 꺼냈다.

"명령대로 평허선공을 모셔왔습니다."

"허허, 알고 있습니다. 수고가 많으셨군요…… 명령은 무슨 명령입니까? 부탁을 좀 드린 것인데……."

측시선은 다정한 미소를 지으며 능숙하게 말을 받았다.

"대충 경과를 얘기하지요……."

묵정선도 부드러운 표정을 지으며 보고를 시작했다.

"……평허선공을 처음 뵌 곳은 동쪽 변방으로 곡주로 향하는 관문이었습니다. 옥황부로 오는 동안 평허선공께서는 잠시 저를 기다리게 해 놓고 어디론가 떠났다가 돌아오셨습니다. 무슨 일인지 어디로 갔는지는 전혀 감을 잡을 수가 없었습니다. 그런 것을 생각해볼 필요도 없겠지요…… 오는 동안은 별일이 없었습니다. 저는 평허선공께서 눈치 채지 못하는 범위에서 최대한 느린 행보로 옥황부로 왔습니다. 다행이 평허선공께서는 지루해하지 않으시고 천천히 저의 행보에 맞추어 주셨습니다. 옥황부 특구에 도착해서도 번거로운 절차에 응해 주셨습니다. 현재 마음은 평안하신 듯 보입니다."

"예. 정말 큰일을 하셨습니다. 앞으로도 수고를 계속 좀 해 주십시오."

측시선은 묵정선을 치하(致賀)하면서 은근히 앞일을 당부했다. 이에 묵정선은 정색을 하고 단호한 자세를 보였다.

"예? 저의 임무는 끝난 것으로 아는데요…… 이제 이 일에서 떠나고 싶습니다만……."

묵정선은 평허선공을 기만하고 억지로 방향을 옥황부로 잡게 만든 것이 꺼림칙했다. 아무리 옥황부 사업이 중요하다 하더라도 대덕(大德)

을 기만한 것이니 마음 편할 리가 없는 것이다.

측시선도 묵정선의 이러한 마음을 아는지 미안한 표정을 짓고는 부드럽게 말했다.

"묵정선의 기분을 잘 알고 있습니다. 그러나 평허선공을 이곳에 모시고 온 장본인이 묵정선이니만큼 어느 정도는 관여를 해야 자연스러운 일 아닙니까……?"

"예. 그 점은 저도 잘 알고 있습니다. 그래서 시석회가 열리는 동안만은 평허선공을 수행하겠습니다. 그래야만 예의가 되겠지요. 그러나 시석회 행사 외의 일체의 정치적 행사 및 작전 등에 저를 제외시켜 주었으면 합니다. 저는 현재 옥황부의 다른 임무도 맡고 있을 뿐아니라 심정이 크게 동요되고 있어서 쉬고 싶습니다……."

"예, 잘 알겠습니다. 그렇게 하시지요……."

측시선은 묵정선이 이토록 심각하게 간청하니 어쩔 수 없다고 생각했다. 측시선의 당초 생각은 평허선공을 옥황부에 잡아두는 일에 묵정선을 언제까지나 이용하려 했었다. 그러나 묵정선이 저토록 불편해하니 억지로 시킨 일이 성사될 리도 없고 이미 어려운 일을 성취시킨 묵정선을 더 잡아두는 것은 의미가 없었다.

"저, 곡차나 한 잔 하시겠소……?"

측시선은 회의석상이지만 허물없는 자신의 부서 사람과 있기 때문에 마음 놓고 묵정선에게 사적인 정성을 표시했다.

"아닙니다…… 다음번에 자리를 갖도록 하지요…… 오늘은 이만 물러가고 싶군요……."

"예…… 그럼 근간에 다시 봅시다……."

묵정선은 자리에서 일어나 좌중을 향해 명랑한 표정으로 정중한 인사를 보내고 회의장을 떠났다. 다시 안심총 소속 선관만 남은 회의장에 원회선이 발언을 시작했다.

"좀 전에 묵정선이 보고한 내용을 보면 평허선공께서 곡주 근방에서 잠깐 사라진 바 있다고 하였는데, 이는 우리가 입수한 정보와 일치합니다. 생각건대 평허선공께서는 묵정선과 옥황부로 향해 오시는 도중 잠시 짬을 내어 동화궁주에게 전달하라는 명령을 그 지역 선인들에게 내리신 것 같습니다. 그런데 중요한 것은 염라대왕의 행적이 거론되지 않고 있는 점입니다. 아마 평허선공께서도 염라대왕을 놓친 것 같습니다. 물론 평허선공께서는 소지선을 찾는 것이 급선무이므로 염라대왕 쪽보다는 소지선 쪽을 먼저 추적하신 것 같습니다. 그렇다면 염라대왕께서는 소지선과 잠시 떨어졌었던 것이 분명합니다. 아직 그 이유는 알 수 없지만 아마도 다시 합류하는 과정에서 평허선공께서 출현하여 뜻밖의 방향으로 상황이 흘러간 것으로 보입니다. 소지선은 궁여지책으로 속계에 숨은 것 같은데, 염라대왕께서는 이를 모를 것입니다. 어떻습니까……?"

원회선은 자신의 분석을 측시선과 다른 동료들에게 평가를 구했다.

"음, 나는 원회선의 생각에 동감이오만……."

"예, 저의 생각도 원회선의 분석이 적절하다고 봅니다."

옆에 있던 안심총의 다른 분석관인 여일선(如一仙)이 측시선을 뒤이어 원회선의 생각에 동감을 표시했다.

"계속하시오……."

측시선은 원회선을 바라보며 추리 전개를 독려했다.

"예, 여기서 잠시 생각해 보면 우리는 당초부터 염라대왕의 계획을 돕는 것을 목표로 작전을 전개 중인데, 아직 상황은 진행 중입니다. 염라대왕께서 평허선공을 피해 도주하는 진정한 뜻은 우리로서는 아직 알 수 없으나 아마도 당금 우주의 사태를 해결하는 데 중요한 열쇠를 쥐고 있을 것입니다. 따라서 우리는 힘닿는 데까지 염라대왕을 도와야 할 것인바, 현재 염라대왕께서 출현하실 가능성이 있는 곳은 곡주 근방입니다. 이미 지나치셨을 지도 모르지만 염라대왕께서는 곡주 근방에서 소지선을 찾고 계실 것입니다. 우리가 지금이라도 출행하여 염라대왕을 탐색, 조우(遭遇)하여 소지선이 속계로 피신한 것을 고지(告知)해야 할 것입니다. 물론 우리의 구원대가 먼저 소지선을 속계로부터 이끌어낸다 하더라도 최종적으로는 소지선을 염라대왕께 인계해야 하겠지요. 필경 소지선도 염라대왕의 계획에 중요한 의미가 있을 것입니다. 따라서 우리가 소지선을 하루빨리 염라대왕께 인계한다는 것은 현재 상황에서는 염라대왕의 사업에 결정적인 도움을 주게 되는 것입니다. 더구나 우리의 힘으로는 오래 소지선을 보호할 수도 없습니다."

"……됐습니다."

측시선은 일단 원회선의 말을 가로막았다. 그러고는 여일선을 돌아보며 명령했다.

"지금 즉시 탐색대를 곡주 근방으로 파견하시오……."

"예, 시행하겠습니다."

여일선은 일어나서 나갔다. 측시선은 다시 원회선을 향해 물었다.

"봉행부에서는 연락이 없습니까?"

측시선은 눈앞의 현안을 정리하고 관심을 봉행부 쪽으로 돌렸다.

"예, 곧 연락이 올 것입니다…… 잠시 쉬시지요……."

회의는 일단 정회되었다.

옥황상제의 운명

측시선은 회의장 밖으로 나와 저쪽 아래로 광대하게 열려 있는 호
수를 바라보며 잠시 생각에 잠겼다.

'앞으로 이 천계(天界)는 어떻게 되려는가…… 아직은 그다지 큰 혼
돈은 도래하지 않았지만 이후로는 점점 커나가겠지. 이런 일들은 도
대체 어째서 일어나는 것일까? 우리 힘으로 극복할 수 있을까?'

측시선은 현실에 충실하여 그때그때 상황에 빠르게 적응하는 성격
이지만 당금 전 우주에서 일어나고 있는 혼란에 대해서는 크게 역부
족을 느끼고 있었다. 도무지 어디서부터 손을 대야 할지 종잡을 수가
없었다. 이렇게 생각하고 보면 자신이 하는 일들이 한낱 부질없는 어
린아이 행동으로밖에 보이지 않았다.

측시선은 호수 위쪽의 맑은 하늘을 바라봤다. 하늘은 끝없이 펼쳐
져 있고, 무심한 구름은 흔들리지 않고 있었다.

'자연의 신비는 끝이 없구나…….'

측시선은 새삼 자연의 깊은 섭리에 경외감을 느꼈다. 실로 무수한
세월을 통해 자연의 섭리를 탐구해 온 선인의 경지로서도 당금의 자

연 현상에 대해서는 전혀 그 뜻을 알 수 없었고, 우주의 앞날은 예측할 수 없는 위험에 노출되어 있는 것이었다. 이러한 위험은 마땅히 온 세계를 지배하고 있는 옥황부에서 해결해야 하는 문제이지만, 지금은 속수무책으로 막연한 희망마저도 점차 흐려져 가고 있었다.

'머지않아 절망과 걷잡을 수 없는 혼란이 닥쳐오겠지……..'

측시선은 불길한 육감에 휩싸였다. 이러한 기분은 측시선 외에도 온 세상의 수많은 선인들이 느끼고 있겠지만, 안심총의 책임자인 측시선은 더욱더 뼈저리게 느꼈다.

'지금의 혼란은 누가 그 뜻을 알 수 있는 것일까? 난진인께서는 지금 어디서 무슨 생각을 하고 계실까……?'

측시선은 답답한 마음에서 옥황상제의 스승인 난진인의 모습을 떠올렸다.

'그분은 지금의 상황을 알고 계시겠지! ……그런데 이런 와중에 무엇 때문에 잠적하신 것일까?'

측시선은 현재 염라대왕이 도주하고 있는 이유가 난진인과 관련이 있는 것이라는 확신이 더욱 굳어졌다.

'결국…… 염라대왕께 매달릴 수밖에 없다. 그러기 위해서는 어떻게 해서든지 평허선공을 따돌려야 할 것이다.'

측시선은 생각에 생각을 거듭했지만 원점으로 돌아오고 말았다.

'더 좋은 방안이 떠오를 때까지는 염라대왕을 도울 수밖에 없다.'

측시선은 속으로 다시 한 번 자신의 계획을 확인하고는 현실로 돌아왔다.

'봉행부에서는 소식이 늦는구나…….'

측시선은 이렇게 생각하며 회의장으로 들어가려는데 먼 곳에서 미세한 신호가 도착했다. 누가 오고 있는 것이다.

'이제야 오는 것인가!'

잠시후 한 선인이 나타났는데, 봉행부 선인이 아니고 뜻밖에 원지선(元止仙)이었다. 원지선은 측밀원(則密院) 책임 대선관인데, 측밀원은 옥황상제의 신변을 예측하는 기관이다. 그런데 측밀원은 비록 옥황상제 한 몸의 미래를 예측하는 기관이지만 옥황 천계 전체를 예측하는 옥황부 천명 예측원(天命豫測院)보다 그 규모가 훨씬 크다. 이는 옥황상제의 귀중한 신분 때문에 그런 것이 아니라, 원래 자연의 섭리가 작은 사건을 예측하는 것이 큰 사건을 예측하는 것보다 어렵기 때문이다. 운명의 결정력이란 것은 큰 것부터 정해진 후, 작은 것을 알기 전에 큰 것을 먼저 알게 되는 것이다.

더구나 작은 사건은 결정 자체가 요동하는 것이기 때문에 확실히 일어날 사건이라고 단정하기에는 여간 세심한 주의를 기울이지 않으면 안 된다.

이는 비유하자면 태산의 위치는 알기 쉬우나 태산 속에서 자라는 나무의 낙엽의 위치를 알기는 어려운 것과도 같다. 그리고 낙엽과 먼지를 비교하면 먼지가 어디에 떨어질지가 더욱 어려운 것이다.

이러한 자연의 섭리 때문에 측밀원의 작업은 극한적으로 정밀하다. 그러면서도 미세하게나마 종종 예측이 빗나갈 수도 있다. 더군다나 옥황상제의 미래를 세세한 생활사까지 예측하고자 한다면 실로 막대한 노력과 수많은 인원의 협력이 필요하다. 이는 온 우주에서 옥황부의 능력으로만 가능한 것이다.

"나와 계시는군요!"

원지선이 먼저 인사를 건넸다.

"허, 원지선이 오시다니! ……어쩐 일이시오?"

측시선은 궁금하기도 하고 반갑기도 하여 크게 표정이 밝아졌다. 마침 무료하기도 한 차에 품위가 높은 원지선이 나타난 것이어서 몹시 반가웠다.

"요즈음 일이 힘드시지요?"

원지선은 측시선을 위로도 할 겸 안부를 물었다.

"허허, 늘상 하는 일이지요…… 요즘의 현안은 평허선공의 문제라서 신경이 많이 쓰이는군요."

"그러실 테지요…… 저도 실은 평허선공과 관련이 있을 듯한 정보를 가져왔습니다."

"예? ……평허선공과 관련이 있다고요?"

측시선은 원지선의 말에 불안한 예감을 느꼈다. 측밀원 대선관이 정보를 가져왔다면 옥황상제의 신변 문제인데 이것이 평허선공과 연관이 있다면 필시 중대한 문제일 것이다. 대수롭지 않은 일이라면 막중한 신분에 있는 대학자가 이렇게 직접 안심총을 방문하지는 않았을 것이다.

"안으로 들어가실까요……?"

측시선은 정색을 하며 원지선을 바라봤다.

"이곳이 좋군요! 아니, 저쪽 호수가로 가실까요?"

원지선은 주위에 누군가 있을까 봐 몹시 꺼리는 눈치였다. 원래 측밀원의 정보는 비밀 중에서도 비밀이다. 따라서 원지선이 상당히 신중을 기하는 것은 당연하다.

"그러시지요……."

측시선은 가볍게 미소를 지으며 호수 쪽으로 걸었다. 그러나 속으로는 크게 긴장하고 주변 멀리까지 기척이 있는가를 세심히 유의했다. 원지선도 마찬가지로 상당히 주의를 기울여 주변을 감지하는 듯했다. 그러나 두 선인이 그렇게까지 하지 않아도 이곳은 안심총의 밀지로서 매우 안전한 곳이다. 물론 그런 사실을 두 선인이 모를 리 없지만, 비밀을 다루는 선인들은 언제나 주변 상황을 살피는 것이 습관이다. 두 선인은 물가의 풀을 바라보며 얼마간 걷다가 원지선이 먼저 한가한 말투로 서두를 꺼냈다.

"방금 전 우리 기관에서는 중요한 사건을 추산했습니다. 우선…… 평허선공께서 옥황상제를 알현하시는 것인데, 이 사건은 이미 예측되어 점차 발생점으로 흘러가고 있습니다. 그런데 문제는 평허선공께서 옥황상제를 알현하시는 자리에서 중대 사건이 발생하는 것입니다."

원지선은 여기까지 얘기하고는 한 번 더 주위에 인기척이 있나 살피고는 목소리를 조금 작게 해서 다시 얘기하기 시작했다. 측시선도 속으로 더욱 긴장했다.

"중대 사건은 다름이 아니고 옥황상제 신변에서 일어나는 것인데 황공하옵게도 옥황상제의 성관(聖冠)이 벗겨져 떨어지는 것입니다."

"예? ……아니, 그런 일이……. 평허선공께서 무슨 짓을 범하시는 것입니까?"

측시선은 적이 놀라는 한편 평허선공에 대한 우려를 나타냈다.

"아닙니다. ……평허선공께서는 아무 일도 하시지 않습니다. 단지 옥황상제께서 평허선공을 가까이서 보시려고 친히 한 걸음 내려오시다가 성관이 떨어지는 것입니다."

"큰일이군요! ……원인이 무엇입니까?"

"글쎄요…… 원인을 모르겠습니다."

"그렇다면 그것을 막을 방법은 없겠습니까?"

"불가능합니다…… 시간이 너무 촉박해요…… 우리가 그 사실을 너무 늦게 발견해서 막을 방법이 없군요!"

"허어, 난감하군요! 도대체 그 사건의 배상(配象)은 무엇입니까?"

측시선은 어린아이처럼 원지선을 쳐다봤다. 배상이란 것은 어떤 사건이 일어나기 위해 필연적으로 동반하는 사건이다. 우주 자연의 모든 사건은 반드시 배상이란 것이 있는 법이다. 따라서 한 사건이 일어나지 않게 하기 위해서는 배상을 찾아서 그것을 일어나지 않게 해야만 한다. 그러나 배상이란 그리 쉽게 찾아지는 것이 아니다. 원지선은 측시선을 빤히 보면서 고개를 가로저었다.

"우리는 그 사건의 배상을 찾으려고 무던히 애를 써봤지만 찾지 못했습니다. 아마도 배상은 오래 전에 존재했을 것으로 생각되어집니다."

"그럼, 그것을 막을 방법은 전혀 없단 말입니까?"

"그렇지는 않겠지요…… 옥황상제께서 평허선공을 면접하시지 않으시면 되겠지요…… 그리고 옥좌에서 일어나시지 않으셔도 되고……."

"그렇습니까? 그렇다면 옥황상제께서 평허선공을 면접하지 않으시면 되겠군요!"

원지선은 말없이 고개만 끄덕였다.

"알겠습니다. 제가 어떻게 그것을 막아보지요…… 평허선공을 면접 안 하시도록 해 보겠습니다."

"그러시지요…… 그럼 저는 그만 가보렵니다."

"예…… 이렇게 찾아주셔서 감사합니다."

원지선은 두 손을 맞잡아 보이고는 그 자리에서 사라졌다. 측시선은 잠시 물가를 바라보고는 입을 꼭 다물었다.

'천생선관 순청선을 다시 만나야겠군……'

측시선은 일단 회의장 안으로 돌아왔다. 회의장 안에는 조금 전에 이미 봉행부 대선관 진밀선이 와서 기다리고 있었다.

"어딜 나갔다 오십니까?"

진밀선이 먼저 친근한 미소를 지으며 인사를 건넸다.

"예…… 밖에서 누구를 만났습니다."

측시선도 밝은 표정을 짓고는 다시 말을 이었다.

"방금 원지선이 다녀갔습니다."

"예? 원지선이오?"

원지선이란 말이 나오자 진밀선은 잠시 놀라는 듯했고, 원회선도 긴장을 하며 측시선을 바라봤다.

'원지선이 다녀갔다면 옥황상제 신변에 무슨 중요한 일이 있구나……'

원회선이 이렇게 생각하는 사이에 측시선은 즉시 원지선을 만난 내용을 설명했다.

"측밀원의 추산에 의하면 수일 내로 옥황상제께서 평허선공을 면접하신다고 합니다. 그리고 그 자리에서 사건이 발생하는데…… 중요한 사건입니다…… 옥황상제의 성관이 벗겨진다는 것입니다."

"예? ……평허선공께서 무슨 일을 저지르시는 것입니까?"

진밀선은 깜짝 놀라며 이런 사건이 평허선공과 어떤 관련이 있는가를 물었다. 모두들 평허선공에 대해 몹시 신경을 쓰고 있는 것이다.

측시선은 천천히 고개를 가로저으며 말했다.

"아닙니다……. 평허선공과는 관련이 없답니다. ……그보다도 봉행부에서는 무슨 내용이 없나요?"

"아, 예. 그렇지 않아도 보고할 내용이 있어서 이렇게 찾아왔습니다."

진밀선은 측시선의 말을 긴장하면서 듣고 있다가 문득 깨어나서 말했다.

"조금 전 광무부에서 옥황상제 알현을 청원해 왔습니다. 알현 신청자는 평허선공이지요…… 그래서 우리는 이를 천행선관에게 정식으로 접수시켰습니다. 현재 옥황상제의 윤허를 기다리는 중입니다."

"그렇군요……."

측시선은 낙심하는 표정을 지었다. 측시선은 평허선공이 옥황상제를 만나지 못하도록 하는 것이 자신의 임무라고 생각하기 때문에 지금 진행되고 있는 일의 상황이 몹시 불편했다.

그러나 어쩌랴! 당초 평허선공을 옥황부에 끌어들인 것은 측시선 자신이었다. 이를 누구와 사전에 의논한 적도 없었다. 스스로 생각하여 결단을 내리고 묵정선에게 명령한 것이 아닌가! 이제 와서 생각해 보면 염라대왕을 돕기 위해 평허선공을 옥황부에 끌어들인 것으로 인하여 지금의 고민이 필연적으로 발생한 것이었다. 즉 평허선공이 옥황부에 들어오는 것으로 인하여 옥황상제의 성관이 추락되는 것이다. 말하자면 평허선공의 입성과 옥황상제의 성관 추락은 서로 배상 관계가 있는 것이다.

측밀원에서 이렇게 확실하게 추산해 낸 것은 아니지만 측시선은 자신의 생각이 거의 사실일 것이라 생각했다.

'세상에 쉬운 일이란 없구나…… 억지로 되는 일은 없는 것이야…….'

측시선은 약간의 후회마저 들었다. 당초 평허선공과 염라대왕의 쟁투에 끼어드는 것이 아니었는지도 모른다.

두 위대한 선인들의 섭리는 자신의 역량으로 감당할 문제가 아닌 것이다. 차라리 관여하지 말고 내버려두었으면 염라대왕이 알아서 처리했을지도 모를 일이다. 그만한 선인이 평허선공을 상대로 일을 벌였다면 미리 충분한 생각과 대비가 있었을 것이다. 공연히 어른 싸움에 어린아이가 끼어든 격이 된 것이었다. 지금에 와서는 문제가 더욱 커졌을 뿐이다. 황공하옵게도 옥황상제의 성관이 수많은 선인들이 보는 앞에서 땅에 떨어진다면 얼마나 품위가 떨어지고, 또 옥황상제의 심기는 또한 얼마나 불편하실까! 이토록 난감한 일이 어디 더 있겠는가?

측시선은 자기도 모르게 고개를 저으며 얼굴을 찡그렸다.

"……무엇이 잘못됐습니까?"

측시선의 침묵을 한참 주시하던 진밀선이 물었다.

"예? 아, 아니오…… 잠시 생각해 봤을 뿐이오…… 아무튼 운명의 흐름은 이미 시작된 것이오. 이제 와서 누구의 책임을 논할 문제는 아니겠지요. 진밀선께서도 좀 도와주시오."

"허허, 누가 누구를 돕는다는 것입니까? 우리 모두의 일이지요. …… 그런데 측시선의 생각에는 어떻게 했으면 좋겠습니까?"

진밀선은 원래 겸허하고 신중한 선인이기 때문에 자신의 생각보다 측시선의 생각을 먼저 물은 것이다.

"예, 지금으로서는 별 방법이 없군요. 단지 옥황상제께서 평허선공의 알현 신청을 윤허하시지 않길 바랄 뿐입니다…… 그러니 진밀선께서 순청선을 만나서 부탁하시든지 아니면 직접 옥황상제께 평허선공의 면접이 크게 상서롭지 못하다고 상주해 주십시오."

"제가요? ……그러지요."

진밀선은 고개를 끄덕였다. 그러나 속으로는 크게 모순을 느꼈다. 얼마 전에 자신이 평가해서 당연지사로 결론 내리고 청원했던 내용을 당장에 번복하여 정반대의 처리를 부탁해야 하다니…… 더군다나 직접 옥황상제께 상주할 경우 성관이 떨어질 것이라는 사실도 밝혀야 하는데, 이 얼마나 황송스런 일인가! 옥황상제께서는 크게 민망해하실 것이다. 진밀선은 어쩔 수 없는 일이라고 생각하고는 어색한 미소를 보여주었다.

"고맙습니다…… 그런데 저는 급히 나가볼 일이 있어서…… 이곳에서 좀 쉬시겠습니까?"

"아닙니다. 저도 가봐야지요……."

진밀선이 이곳에 있을 이유는 없는 것이다.

"그럼, 같이 나설까요?"

두 선인은 측시선부를 나와서 각자의 방향으로 사라졌다.

잠시 후 측시선이 몸을 나타낸 곳은 석수산(石守山)이었다. 석수산은 옥황부 특구 서쪽 종말점에 자리 잡고 있는 자그마한 산으로서 곡정선부(谷靜仙府)가 있는 곳이다. 곡정선은 옥황부 대복관의 직책에 있는 학문이 높은 역선(易仙)이다.

석수산 둘레에는 한적한 기운이 서려 있고, 따스한 햇빛이 조용히 내리고 있었다. 측시선은 선인들의 예법대로 신족의 운행을 중단하고 도보로 천천히 산을 올랐다. 석수산은 크고 작은 수많은 바윗덩이가 어우러져 몇 개의 봉우리를 이루고 있으나, 나무는 일체 없다. 하기야 바위뿐인 산에 나무가 있을 턱이 없다. 온 산에 풀잎이란 것은 바위를 감싸고 있는 푸른 이끼들뿐이다.

그러나 석수산이 이렇게 생겼어도 나름대로 아름다움이 있다. 이는 바위들이 워낙 기묘한 것들이 많아서이지만 바위의 재질도 아주 특수하고 여러 가지 빛깔이 배합되어 있어, 마치 하나의 가공적인 예술품처럼 독특한 미가 있었다. 물론 예술적 미라 하는 것도 지극히 자연스럽고 기묘하여 그 뜻을 가히 짐작할 수 없도록 신비한 분위기를 자아내고 있는 것이었다.

정상에는 자그마한 연못도 있는데 이곳에서 물이 조금씩 산 아래로 흘러내려, 산의 곳곳에 맑은 물의 웅덩이가 수백 개나 있다. 그리고 이 산은 그 자체로서 옥황부의 보물로 지정되어 있었는데, 주거하는 선인은 곡정이 유일하다. 곡정선은 이곳을 몹시 좋아하여 긴긴 세월을 떠나지 않고 산을 지키고 있었다. 그리고 옥황부 수많은 복사(卜事)들도 거의 다 이곳에서 도가 이룩되고 있다.

측시선은 정상으로 오르면서 주변을 살펴보았지만 이 석수산보다 낮은 곳은 보이지 않았다. 저쪽 가까운 곳의 옥황부 궁전만 해도 이 산보다 더 커서 전면으로 하늘을 크게 막아서고 있다. 물론 저 아래쪽은 깊은 숲들이 보이지만 이는 산이라기보다는 오히려 석수산이 거대한 수풀의 바다 위에 솟아나 있는 작은 섬 하나에 지나지 않는다.

정상은 어느덧 가까워졌다. 신족을 운행하지 않고 도보로 걷는다 해도 산이 워낙 낮고 또 신선의 걸음이니 시간이 걸릴 리가 없다. 작은 연못이 나타났다. 이곳이 석수산에서 제일 큰 연못이다. 산은 아직 위쪽이 남아 있었으나, 이곳이 정상이나 다름없다. 저쪽으로 갑자기 이끼가 많아지고 그 옆에 비스듬히 아래쪽으로 동굴 입구가 보였다. 석수산에 하나밖에 없는 동굴로서 곡정선이 기거하는 곳이다. 측시선이 동굴 입구까지 갔는데도 기척이 전혀 없다. 그러나 외출한 것은 아닐 것이다. 곡정선은 마중 나오는 법이 절대 없다. 언제나 찾아오는 선인이 지척까지 와서야 뒤를 돌아본다.

동굴은 산의 규모에 비해서는 제법 넓었지만 그래도 몇 걸음 내려가지 않아 곡정선의 뒷모습이 보였다. 곡정선은 단정히 앉아서 벽을 바라보고 묵상을 하고 있는 상태였다. 측시선은 소리를 내지 않고 잠시 그 모습을 바라봤다.

"앉으시지요!"

곡정선의 단정한 음성이 한가한 동굴에 고요하게 울려 퍼졌다. 그러고는 천천히 돌아서면서 해맑은 얼굴 모습이 보였다.

"방해가 안 되었는지요?"

측시선은 부드러운 미소를 지으며 인사를 건넸다.

"아니오. 기다리고 있었소이다."

"그렇습니까?"

측시선은 곡정선이 자신을 기다리고 있었다고 하니 이 또한 자연스런 운명으로 생각하고 마음을 편히 했다. 측시선은 가까이 있는 작은 평상에 걸터앉았다. 이곳에는 여러 선인들이 동시에 찾아올 수는 없다. 서서 있어도 좋다면 별 문제이겠지만 앉을 만한 자리나 평상은 몇 개밖에 되지 않는다.

"물어볼 것이 있어서 왔습니다만……."

측시선은 즉시 서두를 꺼냈다. 곡정선은 맑은 모습으로 고개를 끄덕였다. 당연한 일이다. 이곳에는 누구나 무엇을 물어보려 올 수는 있어도 한가히 놀러올 곳은 아닌 곳이다. 물론 측시선도 일 없이 어디를 나다니는 사람이 아니다.

"옥황상제에 관한 일입니다……."

측시선은 첫마디를 꺼내놓고 기색을 살폈다. 반응이 있었다. 아무리 평정무심(平靜無心)한 곡정선 같은 선인이라 할지라도 옥황상제에 관한 일이라면 관심이 있게 마련인 것이다. 측시선은 느닷없이 찾아와서 약간 미안한 기분이었는데, 곡정선이 다행히 관심을 보여주니 편안히 얘기할 수 있었다.

"측밀원의 판정에 의하면 수일 내로 옥황상제 신변에 커다란 불상사가 발생할 것이라는 예보입니다…… 내용은 황송스럽게도 성관이 벗겨진다는 것인데 어떻게 해야 좋을지 대책이 떠오르지 않습니다."

측시선은 간단히 내용 설명을 하고는 곡정선을 바라봤다.

"허어…… 그러한 일이…… 그런데 저에게 무엇을 묻는 것입니까?"

"예? 아, 예. 무슨 방비책은 없을는지요?"

"저 같은 선인이 무슨 방법이 있겠습니까? 그런 일은 원래 천행부나 안심총 소관이 아닙니까?"

"물론 그렇겠지요…… 그런데, 저…….."

측시선은 잠시 망설였다. 곡정선이 너무 태연하게 말하기 때문이기도 하지만 그보다는 측시선이 지금 묻고자 하는 내용이 몹시 거북한 내용이기 때문이었다. 그러나 측시선은 결국 물을 것을 묻고야 말았다.

"옥황상제의 성관이 벗겨 떨어진다는 것은 크게 상서롭지 못한 일인데 이는 무슨 징조입니까?"

"예? 징조라니오……?"

곡정선은 놀라서 목소리가 커졌다. 측시선은 이왕 내친걸음이기 때문에 거리낌 없이 더욱 자세히 물어왔다.

"옥황상제의 성관이 벗겨진다는 것은 크게 불길한 징조가 아닙니까? ……그 자체가 이미 박복한 일이지만 앞으로 어떤 일이 더 일어날지 두렵습니다."

측시선은 스스로 묻고 스스로 답하듯이 말했다.

"허 참, 측시선께서 무슨 말씀을 그리하십니까? 징조니 박복이니 어떻게 그런 말씀을 하실 수가 있습니까? 듣기 민망합니다. 허어……."

곡정선은 안색이 변하고 표정이 굳어졌다. 측시선은 말투를 약간 부드럽게 고치고는 조심스레 말했다.

"저는 사실 그대로를 묻고 있습니다. 제 마음이 불안해서 무슨 징조인가를 묻고 있는 것인데, 무슨 오해를 하시는 것 같군요!"

"이보세요. 측시선!"

곡정선은 더욱 큰 목소리로 말했다.

"저는 지금 측시선이 무엇을 묻고 있는지 정확히는 알 길이 없지만 단지 앞으로 일어날 일은 이미 일어난 일과는 아주 다르다는 것을 이 자리에서 말해 두고 싶군요! ……징조니 뭐니 하는 것은 사건이 일어난 후에 해석할 일이지 지금 아직 일어나지도 않은 일을 가지고 왈가왈부를 할 필요가 없어요."

"예? 그럼 곡정선께서는 측밀원의 예보가 빗나갈 수도 있다는 것입니까?"

"허어…… 그게 아니에요…… 아직 일어난 일이 아니니 징조니 뭐니 하지 말자는 것입니다. 측시선께서는 안심총의 대선관이신데 박복이니 어쩌니 하는 그런 불경스런 발언을 해서 되겠습니까? 누가 들으면 어쩌시려고……."

"그런 뜻이 아닙니다…… 단지 저는 모든 일은 미연에 대책을 세우려 하는 것뿐입니다. 곡정선께서도 지금 말씀하셨듯이 저는 안심총 대선관입니다. 안심총이란 원래 그런 임무를 위해서 존재하는 것 아닙니까?"

"……아닙니다. 세상에 나쁜 일이 일어나기 전에 방책을 세우는 것은 안심총에서 할 일이지만 아직 일어난 일도 아닌데 그것의 징조 해석을 원하는 것은 당치 않습니다. 도대체 측시선께서는 무엇 때문에 일어나지 않은 일에 대해 그 의미를 해석하려고 합니까? ……저는 세상에 일어난 일도 징조 해석을 신중히 하고 있습니다. 하물며 일어나지도 않은 일을 가지고 징조를 논할 수는 없지요…… 그리고 이미 일어난 일이라도 말할 수 있는 일이 있고 말할 수 없는 일이 있어요…… 저는 옥황상제 신변에 대한 징조를 해석할 필요도, 권한도, 의무도 없습니다…… 그만 돌아가 주시지요."

곡정선은 여전히 굳은 표정으로 냉정하게 말했다. 측시선은 일이 난감하게 되었다고 생각하고 더욱더 부드러운 자세를 취했다.

"죄송합니다. 제가 말주변이 없어서 오해를 하신 모양입니다. 저는 단지 그 일이 반드시 일어나는가를 알고 싶었고, 가능하다면 방비하고 싶었을 뿐입니다. 징조니 박복이니 하는 말은 저의 불찰입니다. 정식으로 사과드립니다."

측시선이 이렇게 말하자 곡정선은 조금 누그러진 것 같았다. 사실 측시선의 말은 지나친 것이다. 누가 들어도 징조니 박복이니 하는 말은 옥황상제를 비방하는 말로 들릴 것이다. 어쩌면 사실 측시선의 마음속에는 그런 생각이 자리 잡고 있는지도 모른다. 그러나 곡정선은 아무런 판단이나 가정도 하지 않고 천진하게 측시선의 사과를 받아들였다.

과연 역선(易仙)다운 태도였다. 측시선은 다소 안심이 되었는지 부드러운 미소를 지으며 그러나 조심스럽게 물었다.

"한 번만 더 묻겠습니다. 직책상 저는 걱정이 남달리 큽니다. 분명 그런 일은 일어나게 됩니까?"

곡정선은 측시선의 표정은 보지 않고 듣기만 하다가 고개를 끄덕였다. 측시선의 열성은 가상한 것이다. 안심총 총책임자로서 고초가 얼마나 클 것인가!

"글쎄요, 측밀원의 예보가 그렇다면 틀림없겠지요…… 그러나……."

곡정선은 말을 중단하고는 무엇인가 잠시 생각했다. 그리고는 일어나서 동굴 밖으로 나섰다. 측시선은 영문은 모르지만 함께 뒤따라 나왔다. 먼저 나온 곡정선은 어느새 작은 돌멩이 몇 개를 땅바닥에서 주워들었다.

"자! 보세요……."

곡정선은 측시선을 돌아보며 처음으로 미소를 지었다. 그리고는 말없이 돌멩이를 연못을 향해 던졌다. 돌멩이는 가까운 곳으로 날아가 고요한 호수에 동그란 파문을 일으켰다. 돌이 떨어진 곳에서 점점 퍼져가는 파문은 심오한 무엇인가를 말하는 것 같았지만 측시선으로서는 그 뜻을 정확히 알 길이 없었다. 그러자 곡정선은 다시 한 번 돌멩이를 던졌다. 또 한 번의 파문이 일어났다. 측시선은 말없이 있었다.

"자 보셨지요? ……연못에 돌이 떨어지니 어떻습니까?"

"예? 허허. 파문이 일어나는군요!"

측시선은 자신이 대답을 잘못하고 있는 것을 알기 때문에 멋쩍게 웃었다. 그러나 곡정선은 뜻밖에도 크게 고개를 끄덕이고는 측시선을 바라봤다.

"바로 그겁니다…… 돌이 연못에 떨어지면 틀림없이 파문이 일어납니다."

측시선으로서는 무슨 뜻인지 아직 알 수가 없었다. 단지 돌이 연못에 떨어지듯 옥황상제의 성관이 벗겨져 땅에 떨어지면 커다란 파문이 일어날 것을 암시하는 것 같았다. 당연히 그럴 것이다. 별 구구한 소리가 분분할 것이고 그 불길한 느낌은 온 우주로 퍼져나갈 것이다.

그것을 막을 방법은 없다. 측시선 자신만 해도 그렇지 않은가! 무슨 징조냐? 박복하다! 무슨 소리가 나올지 모른다.

옥황상제의 심기가 몹시 불편할 것은 물론 손상된 품위에 대해서도 끝없는 불평이 있을 것이고, 옥황상제의 권위와 지복(至福)에 대해서 의문이 제기될 것이다. 측시선은 속으로 가만히 한숨을 지었다. 곡정선은 또 하나의 돌을 들어 던지려 하고 있었다. 측시선은 아직 자신이 연못에 떨어진 돌의 뜻을 모르는 것인가 하고 곡정선의 팔을 쳐다봤다. 곡정선은 좀 전과 마찬가지로 돌을 던지려 하는 것이다. 그런데 곡정선은 돌을 던지려다 말고 측시선을 빤히 쳐다보며 물었다.

"측시선께서는 지금 무슨 생각을 했습니까?"

"예? ……별 생각을 안 했지요. 그저 또 하나의 돌을 던지는구나 하고 생각했지요!"

"그래요? ……돌을 던졌습니까?"

"허허, 아닙니다. ……무슨 뜻입니까?"

"뜻이라니요? 제가 호수에 돌을 던지겠습니까? 안 던지겠습니까?"

곡정선은 측시선을 더욱 강한 시선으로 바라봤다. 순간 측시선은 곡정선의 뜻을 깨달았다. 돌을 던지느냐? 안 던지느냐? 무엇이냐? ……알 수 없다. 왜냐? ……선택의 문제이기 때문이다. 행위에는 선택의 자유가 있다.

즉 성관이 떨어질 것에 대해 아무런 예보가 없이 무심히 지낸다면 성관은 측밀원의 예보대로 떨어질 것이 틀림없다. 그러나 지금은 어떠한가? 성관이 떨어질 것이 예측되어 있다. 그러므로 옥황상제께서 이를 미리 아신다면 안 떨어지게 할 수도 있을 것이다. 아주 단순하다. 어렵게 생각할 필요가 없는 것이다. 사전에 떨어지지 않도록 단단히 잡아매어 놓으면 되는 것이다. 누가 잡아 뜯지 않으면 성관이 왜 떨어지겠는가? 아직 일어나지 않은 사건은 모를 때는 일어나지만 알게 되면 그 사건이 일어날지 않을지 모르는 것이다.

이를테면 모를 때는 그 사건이 일어날 것을 안다. 그러나 알 때는 그 사건이 일어날지 알 수 없다. 모르면 알고 알면 모르는 것이 자연의 섭리이다. 그렇다. 아직은 사건이 발생한 것이 아니다. 일어날 것을 알기 때문에 모르는 것이다. 이제부터 노력하면 된다. 징조니 뭐니 미리 생각하는 것은 어리석을 뿐만 아니라 옥황상제에 대한 불충이 되는 것이다.

"허허. 고맙소이다. 저의 어리석음을 깨우쳐 주셨군요."

측시선은 곡정선을 감명 깊게 바라봤다.

"그럼, 내려가 보시지요…… 저는 쉬렵니다."

"예. 그럼……."

측시선은 두 손을 맞잡아 보이고는 정중히 고개를 숙였다. 곡정선은 어느새 뒤돌아 자신의 작은 동굴로 들어가 버렸다.

'대단한 분이야!'

측시선은 속으로 존경심을 느끼면서 석수산을 내려왔다. 측시선은 산을 내려오자 뒤를 돌아 석수산 위쪽을 한번 흘끗 쳐다보고는 즉시 신족을 운행했다. 이번에는 경금전으로 방향을 잡은 것이다. 측시선이 잠시 후 경금전 입구에 도착하자 마침 순청선이 어디론가 나가려다 마주쳤다.

"측시선, 웬일이시오……?"

순청선은 확실히 측시선을 반가워하지는 않았다. 그러나 측시선은 이를 개의치 않았다. 측시선은 일을 하는 데 있어서는 지칠 줄 모르는 열성이 있었고, 일로써 일어나는 감정 문제에 대해서는 아주 대범하고 능숙한 편이다.

"공무로 왔습니다만⋯⋯."

측시선은 무심한 말투로 서두를 꺼냈다.

"예? 아, 그렇군요. 안으로 들어가시지요."

순청선은 측시선의 말투에 금방 공식적인 분위기를 눈치 채고 예의 바르게 둘러댔다. 안으로 들어선 측시선은 순청선이 자리를 권할 사이도 없이 본론을 얘기했다.

"평허선공 일입니다. 옥황상제 알현을 청원했다면서요?"

"예⋯⋯."

"어떻게 되었습니까?"

"윤허를 기다리는 중입니다. 옥황상제께는 즉시 상주해 올렸습니다."

"그렇군요⋯⋯. 그런데 진밀선이 다녀가셨는지요?"

"예. 방금 다녀가셨습니다. 순청선께서는 어떻게 생각하십니까?"

측시선은 일부러 간단간단하게 핵심적인 방향으로 얘기를 이끌어 갔다. 순청선은 잠시 생각하는 듯했다. 아무리 안심총이 싫더라도 지금 측시선이 말하는 것은 옥황상제의 신변에서 일어나는 중대사이다. 더구나 사안을 살펴보면 옥황부 안심 사항이 들어 있어 가볍게 처리할 일이 아니다.

"글쎄요⋯⋯ 난감합니다. 측시선께서는 이 일을 어떻게 생각하십니까?"

순청선은 한풀 꺾인 음성으로 측시선의 생각을 물었다.

"제 생각이오? ⋯⋯좋습니다. 안심총의 공식 의견을 말씀 드리지요. 필요하시다면 서면으로 제출해도 됩니다만⋯⋯."

측시선은 최대한 사무적으로 대화를 진행했다.

"아, 아닙니다. 지금 듣고 싶군요……."

"그러지요…… 주지하시다시피 측밀원 예보대로 사건이 발생한다면 혼란이 클 것으로 예상됩니다. 그래서 말입니다만 옥황상제께서 평허선공 면접을 중단하셨으면 합니다."

"글쎄요…… 그건 제 마음대로 되는 일이 아니군요. 아마도 옥황상제께서는 평허선공의 알현 청원을 윤허하실 것으로 봅니다. 제가 옥황상제의 성색(聖色)을 살펴보기에는 평허선공께서 옥황부를 방문하시는 것을 기뻐하시는 것 같았습니다."

"예? 기뻐하시다니요?"

"뭐, 기뻐하신다기보다 반가워하시는 것 같았어요…… 곧 윤허가 계실 것입니다."

"저런! 난감하군요…… 그렇다면 할 수 없겠지요…… 그런데 측밀원 예보에 대해 상주했습니까?"

"아니오…… 그것은 방금 전에 들었기 때문에 아직 상주하지 못했습니다."

"그렇겠지요…… 그럼 지금이라도 측밀원 예보를 상주하시지요! 그리고 평허선공의 면접을 윤허하시지 않도록 해 주시지요."

"안 됩니다."

"예? 안 되다니요?"

측시선은 의아스러운 표정과 당당한 표정을 동시에 지으면서 날카롭게 반문했다.

"……어떻게 그리 할 수 있겠습니까? 저는 이미 옥황상제께 평허선공을 면접해 주십사 하고 청원한 바 있습니다. 그런데 어떻게 다시 반대의 청원을 할 수 있겠습니까? 이는 옥황상제를 번거롭게 하는 불충입니다. 게다가 도를 닦는 선인으로서 어떻게 두 말을 합니까? 저는 이미 틀렸습니다."

순청선은 낙심한 표정이었다. 맞는 말이었다. 일구이언을 할 수는 없는 것이다. 아무리 상황이 바뀌었다 하더라도 옥황상제를 모시는 대선관이 경솔하게 바로 앞날도 예측하지 못하고 면접 청원을 해 놓고 다시 안 된다고 상주할 수는 없다.

"그럼 어떻게 하면 되겠습니까?"

측시선도 순청선의 말이 맞기 때문에 달리 생각을 물었다.

"예, ……아무래도 진밀선께서 직접 옥황상제께 상고해야 할 것입니다. 그분은 평허선공의 옥황상제 알현 신청을 광무부로부터 접수하여 공식적으로 저에게 연결한 것뿐이니 진밀선 개인으로서 저하고는 입장이 많이 다릅니다. 그분이 면접 불가론을 상주한다 하더라도 이는 일구이언이 아닙니다. 그렇지 않습니까?"

순청선은 진지하게 측시선을 바라봤다.

"그렇군요…… 그럼, 그 일을 진밀선께 부탁 드려 보시지요."

"그러지요…… 내일 아침 일찍 진밀선이 직접 옥황상제를 알현하도록 조처하겠습니다."

"고맙습니다."

"고맙다니요? 우리 모두의 일인데요!"

순청선은 당연한 일이겠지만 결국 아주 협조적으로 바뀌었다. 측시선은 일이 좀 풀려나가는 것을 느꼈다.

"예…… 그럼 저는 순청선만 믿고 이만 물러가겠습니다."

측시선은 가볍게 예의를 갖추고는 즉시 순청선부를 나왔다. 그러고는 다시 광무부 쪽으로 신족을 운행했다. 광무부는 옥황부 본궁에서 상당히 멀리 떨어져 있는 외별전에 있었고, 그 부서의 직급은 안심총에 비해 한참 격이 낮은 하급 부서였다. 지금 광무부는 시석회를 주관해야 하기 때문에 크게 긴장 상태에 있었는데, 이는 평허선공을 보필해야 하는 임무도 함께 부여돼 있기 때문이다. 광무부의 임무가 단지 시석회뿐이라면 이는 일상사에 들어가지만 평허선공 같은 귀인을 맞이하는 것은 아주 드물고 어려운 일이었다. 원래 귀인을 맞이하는 일은 번거롭기 짝이 없다. 잘 하면 당연한 일이고 못 되면 큰 흠이 되거나 화가 되기도 한다.

 광무부는 현재 안심총의 염라대왕 지원 작전에 말려들어 힘겨운 일을 감당하고 있는 것이다. 측시선도 이러한 사실을 잘 알고 있다. 그러나 측시선이 광무부에 미안해하거나 동정심을 갖는 것은 아니다. 측시선은 일에 있어서만은 아주 거칠고 거리낌이 없는 선인이었다. 이러한 선인이 광무부의 건물 정면에 나타났다.

 "인사드립니다."

 정문을 지키고 있던 위선이 정중히 인사를 올렸다.

 "음…… 대선관께서 계신가?"

 "예, 안에 계십니다. 제가 뫼시지요."

 위선이 청실로 안내하고 측시선이 잠시 기다리자 광무부 대선관 명을선(明乙仙)이 나타났다.

 "오셨습니까……."

 명을선은 청실에 들어서자 큰 소리로 명랑하게 인사를 건넸다. 명을선은 측시선과 친분이 좀 있는 선인이었다. 측시선은 미소로 가볍게 인사를 건네고는 업무 안부를 물었다.

"일이 잘 돼 갑니까?"

"예, 뭐 그런 대로…… 경험이 없어서 실수가 있을까 걱정입니다만……."

명을선은 겸손하게 대답했다.

"되어가는 대로 하면 될 겁니다. 어려운 일이 있으면 묵정선에게 자문을 구하세요."

측시선은 광무부 업무에 묵정선의 지원을 천거했다.

"묵정선이오? 그분이 도와주실까요?"

"그럼요…… 당초 평허선공을 모신 분이 묵정선 아닙니까?"

"그렇군요……!"

명을선은 적이 안도감을 느끼는 것 같았다. 사실 평허선공처럼 엄격하고 까다로운 분에게는 묵정선같이 경력이 넓고 인품이 부드러운 선인의 중재가 절대 필요하다.

"앞으로 일정이 어떻게 됩니까?"

측시선은 시석회 행사에 대해서는 자세히 모르기 때문에 명을선에게 그 개요를 물었다.

"예, 우선은 상품 시석(上品詩石)을 결정합니다. 방법은 먼저 예비 심사를 하고 또다시 두 차례 심사를 거쳐 최종 작품을 선정하게 되지요. 현재 예비 심사는 마친 상태입니다. 그리고 나서는 이번 회의 작품도 포함해서 지난 천 년간의 상품 일백종(一百種)을 모두 모아 경선에 들어갑니다. 그 방법에 대해서는 정해진 형식이 있는 것은 아니지만 보통 다섯 개 내지 열 개씩 각 조를 묶어 몇 차례 예선을 거치는 방법이 되겠지요."

"그렇군요…… 그럼, 다섯 개씩 묶을 경우와 열 개씩 조를 묶을 경우는 무엇이 다릅니까?"

"예…… 다섯 개씩 조를 묶을 경우가 작품을 더욱 세심히 심사하는 것이 되겠지만, 물론 이렇게 하면 예선 두 번과 본선 한 번이 되기 때문에 절차가 좀 길어지겠지요."

"잘 알겠습니다. ……다섯 개씩 조를 묶어 심사하는 방식이 신중한 방식이 되겠군요…… 그렇게 해 주시겠습니까?"

"예…… 허어, 측시선께서 그토록 시석회에 관심이 있습니까?"

"당연한 일 아닙니까? ……나라고 해서 시석회에 관심을 가지면 안 되는 것인가요?"

측시선은 밝게 웃으면서 말했다. 그러나 그 마음속에는 시석회 행사를 가급적 길게 늘이려는 의도가 숨어 있는 것이다. 이것을 명을선이 아는지 어떤지는 모르지만 쉽게 응해 주었다.

"그렇게 하지요…… 모처럼 측시선이 가르침을 주셨는데 따라야 하겠지요."

"고맙습니다. 그리고 몇 가지 물어볼 것이 있습니다만……."

측시선은 자주 물어보면 마치 심문하는 것처럼 보일까 조심스럽게 양해를 구했다. 그러나 명을선은 별 생각 없이 부드럽게 반문했다.

"무엇인데요……?"

"예, 다섯 개씩 조를 묶는 방식으로 하면 두 번 예선을 거치게 된다고 하는데 한 번 예선에 시간이 얼마나 걸립니까?"

"시간이 걸릴 일이 뭐 있겠습니까? 보통 하루에 한 번씩 하게 되겠지요. 따라서 본선까지 치르면 사흘이면 됩니다."

"그런가요? ……그런데 각 예선 후 휴식 시간은 없는 것입니까?"

"예? ……휴식 시간이라니요?"

"다름이 아니라 각 예선 후 휴식 시간이 없으면 평허선공께서 피곤해하시지 않을까요?"

측시선은 일부러 염려하는 듯한 표정으로 말했다.

"예? ……아, 그렇군요! ……각 예선 사이에 간격을 둬야겠군요."

명을선은 평허선공에 관한 일이기 때문에 어려워하면서 측시선의 의견에 따르기로 했다.

'아무래도 측시선이 견문이 넓으니까 그 견해에 따르는 것이 무난할 것이다.'

명을선은 속으로 이렇게 생각하면서 고개를 끄덕였다.

"그리고 이번 시석회의 예비 심사는 마쳤다고 하는데 최종 심사는 언제 하게 됩니까?"

"그것도…… 현재 발표만 남아 있는데요."

"예? 무슨 뜻인지요?"

"심사 선관들이 작품을 미리 일람하고 평결만 남겨놓고 있습니다."

"그것은 언제 합니까?"

"내일 각 평결을 수렴하여 그 자리에서 발표하거나 다음날 하게 됩니다."

"그런가요?"

측시선은 고개를 끄덕이고 잠시 생각하는 듯하더니 갑자기 말했다.

"그것을 연기할 수는 없습니까?"

"예? 연기라니요? ……연기할 필요가 있습니까?"

명을선은 놀란 표정이었다. 연기는 당치 않는 일이었다. 시석회란 일단 진행되면 도중에 쉴 수가 없다. 왜냐하면 시석회 기간에는 각처에서 작품을 출품한 선인들이 모여들어 대회장에서 대기하고 있는데, 어떻게 이들을 막연히 기다리게 할 수 있겠는가?

만일 시석회 도중 작품 평결을 연기하려면 그에 상당한 이유가 있어야 한다. 물론 그 이유도 충분히 납득할 만한 정당한 것이어야 한다. 이런 사정이 있기 때문에 연기라는 말이 나오자 명을선은 놀란 것이다. 그러나 측시선은 태평하게 말했다.

"이유가 있습니다. 연기를 해야 합니다."

"글쎄요…… 그 이유가 뭔지요?"

명을선은 시석회 연기를 해야 할 이유 같은 것이 뭐 있겠느냐는 표정이었다.

"예. 말씀 드리지요. 옥황부의 중요한 행사 때문입니다. 현재 평허선공께서는 옥황상제 알현을 청원해 놓고 계십니다만 근간 윤허가 계실 것입니다. 빠르면 이삼 일 후가 될 수 있는데, 그때가 문제입니다. 평허선공께서 옥황상제를 알현하시게 되면 이는 옥황부의 아주 중대한 행사로서 문무 중요 대선관이 모두 참석해야 합니다. 당연히 옥황상제께서 임석하는 행사에 옥황부 대선관은 모두 참석하는 것이지만, 그 외의 옥황부 특구 내의 모든 선관들은 다른 행사를 치를 수가 없는 것입니다. 이것은 옥황부의 대례(大禮)입니다. 명을선께서도 대례를 알고 계시겠지요?"

"예? ……아, 예. 알고 있습니다."

명을선은 측시선의 설명이 너무 단호한 바람에 조금은 당황했다. 사실 측시선이 처음부터 대례를 들어 이것과 겹칠 우려가 있다고 하면 명을선은 쉽게 납득했을 것이다. 측시선은 명을선의 기를 충분히 꺾어놓았다고 생각했는지 음성을 낮추고 편안히 말했다.

"시석회의 평결이 내일 모레인 경우 대례를 범할 우려가 있습니다. 시석회는 큰 행사 아닙니까? ……평결이 내일 중에 있어도 문제입니다. 물론 그럴 경우 대례에는 어긋나지 않으나, 대선관 중 많은 분들이 시석회를 참관할 텐데 다음날 다시 옥황상제궁에 입궁하려면 마음을 정돈하고 재계할 시간이 급해집니다. 이렇게까지 할 필요가 있겠습니까?"

측시선의 설명은 결론이 나왔다. 누가 들어도 꼼짝없이 수긍할 수밖에 없는 내용이다.

"잘 알겠습니다…… 가르침에 따르겠습니다."

명을선은 명쾌하게 대답했다. 그럴 수밖에 없는 것이다.

이리하여 측시선은 자신의 필요한 목표를 달성하고는 광무부를 떠났다. 이제 시석회는 연기될 것이다. 현재 안심총의 계획은 순탄하게 진행되고 있는 것이다.

다음날 아침에는 또 하나의 안심총 주문 사항을 달성하기 위해 봉행부 대선관 진밀선이 옥황상제 알현을 청원했고, 상제는 이를 바로 윤허했다. 접견은 경금전 비원에 있는 현우대(玄雨臺)에서 이루어졌는데 시위 배석 선관도 없이 은밀히 행해졌다.

"신(臣), 진밀 문안드리옵니다."

진밀선은 머리를 깊게 조아려 상제께 배례를 올렸다.

"어서 오시오."

상제는 밝은 표정을 지었다. 진밀선은 다시 한 번 머리를 조아리고 용건을 상주했다.

"신, 진밀 긴히 상소할 일이 있사옵니다."

"무슨 일이오? 우선 편히 앉으시오."

상제는 친히 자리를 권했다.

"황공하옵니다. 신이 아뢰올 것은 평허선공에 관한 것이온데, 현재 알현 청원이 되어 있는 그 일을 윤허하시지 말았으면 하는 것이옵니다.”

“……? ……무엇 때문이오?”

“예, 측밀원 예보에 의하면 평허선공을 접견하는 자리에서 불상사가 있을 것이라 하옵니다.”

“……불상사? ……그게 어떤 일이오?”

상제는 약간 놀란 듯 크게 관심을 나타냈다. 측밀원의 예보란 원래 옥황상제 신변에 관한 것인바, 이토록 그 예보를 보고하고자 하는 것은 심상치 않은 일이 틀림없다.

“예, 황공하옵니다만 그날 성관이 벗겨질 것이라는 예보입니다.”

“무어요? ……짐의 관이 벗겨 떨어진다는 말이오?”

“그렇사옵니다…….”

상제는 한동안 말이 없었다. 속으로 크게 놀라고 무엇인가 생각하는 듯했다.

“그런 일이 있는 것이구려…….”

이윽고 상제는 상심한 듯 나지막이 탄식을 내뱉었다.

“황공하옵니다. ……그런 까닭으로 평허선공의 알현 청원을 윤허하지 않으심이 마땅하신 줄 아옵니다.”

상제는 또 말이 없었다. 진밀선은 송구스런 마음에서 어쩔 줄을 모르고 있는데 상제의 인자한 음성이 들려왔다.

“진밀선! ……짐은 방금 생각을 해 봤소. 운명이란 어쩔 수 없는 것이라고…… 만일 짐에게 그런 일이 있을 것이라면 짐은 그것을 피하지 않을 것이오.”

“예? ……아니되옵니다.”

“어째서 아니된다는 것이오?”

이번에는 진밀선이 말을 할 수 없었다. 성관이 떨어지는 것은 상서롭지 못한 일이고 온 우주가 옥황상제의 지복을 의심한다고 어떻게 말할 수 있겠는가?

"진밀선……!"

상제는 다시 불렀다.

"그 일의 뜻이 무엇이든 간에 짐에게 주어진 운명이 아니겠소?"

상제는 모든 것을 알고 있는 듯했다. 진밀선은 몹시도 괴로워하여 위로의 말을 찾으려 하는데, 상제의 말이 이어졌다.

"그러하니, 짐은 흔쾌히 평허선공을 접견할 것이오…… 더구나 평허선공은 학문이 높은 대덕(大德)이 아니오? 짐은 그분에게 자문을 구할 일도 있소."

상제의 결심은 굳건한 것 같았다. 진밀선은 모든 것이 천명이라 생각하고 체념할 수밖에 없었다.

"황공하옵니다…… 신들의 불충으로 인해 심려를 끼쳐 드려서……."

"아니오."

상제는 진밀선의 말을 막았다.

"이는 짐의 운명이니 달게 받겠소. 경은 더 이상 이 문제를 거론치 마오."

"황공하옵니다…… 그러하오면 평허선공을 언제 접견하시려는지요?"

"그것은…… 대덕을 친견하는 예에 따를 것이오."

대덕을 친견하는 예란 알현 청원 일로부터 열흘을 넘기지 않는다는 뜻이다. 원래 품직에 있지 않은 선관이 업무를 떠나서 옥황상제의 알현을 정식으로 청원했을 경우, 그 접견 날짜는 아흐레가 지나야만

한다. 이는 우주의 지존인 옥황상제를 위한 예법으로서 아홉 숫자는 무궁을 상징하는데, 상제를 청원자의 마음대로 너무 쉽게 만나볼 수는 없다는 뜻이다.

즉 말하자면 우주의 지존을 알현하기 위해서는 무궁한 날을 상징하는 아흐레를 기다려야 한다는 뜻이다. 그런데 이 규정에도 예외가 있다. 그것은 학문이 아주 높은 선인의 경우인데, 특히 옥황상제가 원할 경우 아흐레를 넘기지 않아도 된다. 물론 이 경우라도 반드시 닷새는 지나야 한다. 이는 5가 중앙을 뜻하는 숫자이므로 지존인 옥황상제는 언제나 쉽게 움직여서는 안 된다는 뜻이다. 그렇지만 이것도 절대는 아니다. 부득이한 경우 옥황상제의 재량으로 이 규정도 바뀔 수 있다. 물론 이런 경우는 극히 드물겠지만…… 그렇다면 평허선공의 경우 최소 엿새에서 최대 아흐레까지는 접견이 이루어지는 것이다. 그리고 현재 하루는 이미 지나고 있었다. 진밀선은 떠날 때가 되었음을 느꼈다.

"그럼, 신은 물러갈까 하옵니다. ……옥체 보존하시길 비옵니다."

진밀선은 고개를 숙인 채 뒷걸음으로 몇 걸음을 걸어서 상제 알현실을 나왔다. 상제는 인자한 표정으로 진밀선이 떠나는 것을 끝까지 지켜보았다. 이 날 정오가 되자 옥황상제는 평허선공이 청원한 알현 신청을 공식 윤허했다. 접견 일은 청원한 날로부터 엿새째, 그러니까 앞으로 닷새 후로 정해졌다. 이는 중앙 숫자인 닷새를 지난 바로 다음날이니 공식적으로 최상의 예우인 것이다. 사실 오지에서 온 선인이 옥황상제 알현을 청원했을 경우, 이것이 아흐레 이내에 실현되는 경우는 극히 드문데, 엿새로 정해진 것은 더더욱 없었던 일이다.

선인들의 혈투

결국 측밀원의 예보대로 옥황상제가 평허선공을 만나는 것까지는 공식 일정으로 확정된 것이다. 천행선과 순청선은 이를 광무부에 즉각 통보하는 한편 경금전 공시부에 고시했다.

얼마 후 이 사실은 비공식 통로인 안심총 연락망을 통해 측시선부에도 알려졌다.

'음, 피할 수 없는 일이군…… 이젠 성관이나 떨어지지 말아야 할 텐데…….'

측시선은 이렇게 생각을 하며 평허선공의 옥황상제 알현을 기정사실로 받아들이고 있었다. 그나마 접견 일이 닷새 후라는 것과 그 직후 광무부의 시석회가 더디게 진행될 것이라는 것 등이 다소 위안이 되었다. 앞으로 며칠 시간을 두고 연구하여 여러 가지 방법으로 평허선공을 잡아둘 공작을 꾸미면 되는 것이다. 측시선은 일단 마음을 편히 가지기로 했다.

"다른 보고는 없었나요?"

측시선은 다른 사항으로 관심을 돌렸다.

"한 가지 보고가 들어와 있습니다만……."

옆에 있던 원회선이 평온하게 말했다. 측시선은 원회선을 쳐다봤다.

"예, 상일선부에서 들어온 소식입니다. 현재 상일선부에서는 잠적 중인 연진인의 탐색을 위해 하계의 고휴선을 감시 중인데, 그곳에서 중요한 동정이 감지되었습니다. 그것은 엉뚱하게도 고휴선이 소지선을 만난 것입니다."

"음……?"

측시선은 관심을 나타냈다.

"알고 보니 이상한 일도 아니었습니다. 소지선과 고휴선은 서로 잘 알고 지내는 선후배 사이입니다. ……사실은 이렇게 된 것이겠지요. ……소지선이 하계로 피신하자마자 고휴선을 찾아간 것입니다. 하계의 실정을 알기 위해서입니다."

"그럼, 소지선은 지금 그곳에 있습니까?"

"아닙니다. 그곳에 도착하자마자 떠났습니다. 아마 고휴선이 그곳은 위험하다고 했을 것입니다. 왜냐하면 그곳은 평허선공이 다녀간 바 있는 곳입니다. 평허선공께서는 연진인·난진인과 관련된 문제의 단서를 얻기 위해 다녀갔습니다. 그리고 앞으로 다시 다녀갈 수도 있습니다. 그래서 고휴선은 소지선을 서둘러 떠나보낸 것 같습니다."

"그런 일이 있었군요."

측시선은 고개를 끄덕이며 잠시 생각했다.

"……그렇다면 소지선은 그곳 하계에 다른 아는 선인은 없습니까?"

측시선은 예리한 시선으로 원회선을 쏘아봤다.

"많이 있습니다. 그러나 갈 곳은 한 곳뿐으로 예측됩니다."

"예? ……한 곳뿐이라니오?"

측시선은 긴장했다.

"예, 저의 생각입니다만……."

원회선은 예의 자신의 특기인 추리 분석을 시작했다.

"당초, 소지선이 하계로 내려갔을 때, 갈 곳은 고휴선부 말고도 몇 곳이 더 있었습니다. 예를 들면 하계의 제법 큰 땅인 중화 국토(中華國土)인데, 이곳에는 수많은 선인들이 있습니다. 그러나 이곳에는 산은 깊으나 속인들의 출입이 빈번합니다. 말하자면 위험한 곳이지요. 따라서 소지선은 일부러 동방(東方)의 작은 반도(半島)를 찾아들었습니다. 이곳은 조용할 뿐만 아니라 역사적으로 보면 크게 상서로운 땅으로서 종종 선인들이 찾는 곳입니다. 더구나 친분이 두터운 고휴선이 있는 곳이기 때문에, 소지선은 자연히 그곳으로 발길이 향했을 것입니다. 그리고 현재도 그곳 상서로운 동방 국토에는 일곱 명의 선인이 은거하고 있는데, 그 중 소지선과 친분이 있는 선인은 한곡선뿐입니다."

"한곡선? ……아니 한곡선이라면 풍곡선과도 친분이 있는 선인이 아니오? 능인인가 누군가의 스승인……."

측시선은 얼마 전 옥황부 회의에서 거론된 적이 있는 능인을 기억해 냈다. 능인은 지일선의 암시를 받고 건영이를 호랑이로부터 구해낸 유명인이 아닌가? 그런데 그 자의 스승인 한곡선이 소지선과 친분이 있다니! ……측시선은 속으로 '세상의 인연이 참 복잡하구나' 하고 생각하는데 원회선의 말이 이어졌다.

"생각건대 소지선은 이미 그곳을 다녀갔거나 현재 그곳에 있을 것입니다."

"그럴 수도 있겠군요."

측시선은 고개를 끄덕이더니 다시 물었다.

"그런데 한곡선이 있는 곳은 어디입니까?"

"바로 고휴선부 근처입니다. 워낙 작은 땅이니까요…… 덕유산이라는 작은 산입니다."

"그렇습니까? 그럼 우리가 파견한 소지선 구원대에 알려야하지 않습니까?"

"예, 이미 긴급 연락 선인을 보냈습니다. 아마 우리의 구원대가 속계로 들어서기 전에 그 소식을 전할 수 있을 것입니다."

원회선의 조치는 빈틈이 없었다. 측시선은 만족한 표정을 지으며 고개를 천천히 끄덕였다. 속으로는 소지선의 행적을 잠시 떠올리고 있었다.

'소지선은 덕유산에 있을까? ……하계란 곳은 과연 어떻게 생긴 곳일까?'

측시선이 소지선의 행방과 하계에 대한 상상을 하고 있는 지금, 소지선은 아직 태백산맥의 어느 한적한 숲 속에서 명상을 하고 있었다. 태백산맥은 밤이 되자 어둠과 고요가 찾아오고, 하늘에는 수많은 별들이 아름답게 반짝였다.

속계의 이러한 정경은 소지선의 마음에 한없는 휴식과 희망, 그리고 깨달음을 주었다. 그래서 소지선은 지리산에서 고휴선에게 강제로 쫓겨나서도 이곳을 차마 떠나지 못하고 있는 것이다. 소지선의 이곳 생활은 그리 오래되지 않았으나 점차 익숙해지고 있었다.

소지선은 해가 뜨면 동해를 바라보며 산천초목과 꽃들, 그리고 다정한 바람들과 어울리고, 밤이면 명상에 들었다. 그러나 소지선의 명상은 심야에만 잠시뿐 평시에는 언제나 긴장상태를 풀지 않고 있었다. 속계란 워낙 좁고 시끄러워서 언제 무슨 일이 닥칠 지 모르기 때문이다.

태백산 저 아래 동해에 다시 해가 떠오르고 있었다. 소지선은 조용히 눈을 뜨고 명상을 풀었다. 비록 긴장해야 하는 시간이 되었지만 정다운 이웃이 점점 그 모습을 드러내고 밝게 인사를 건네는 것 같았다. 낙원의 하루가 시작되는 것이다. 낙원이란 저 속계에 사는 사람들에게는 대개 높은 쪽에 위치하고 있지만, 천상의 선인들에게는 낙원은 아래쪽에 위치하고 있는 것이다.

그러고 보면 낙원이란 너무 높지도 낮지도 않은 중간쯤에 위치하고 있는지도 모른다. 이것은 어쩌면 단순히 지형적 위치뿐만 아니라 마음의 세계에서도 그럴지도 모른다. 아무튼 지금 소지선은 자신의 원래 세계로부터 낮은 곳에 위치한 낙원에 와 있는 것이다. 그런데 소지선은 오늘 아침 왠지 불안한 기분을 느낀 것이다.

'……웬일일까? ……혹시, 상계에서 누가 찾아오는 것이 아닐까? ……아무래도 이상해.'

소지선은 생각이 여기까지 미치자 즉시 떠날 채비를 갖추었다.

'어디로 갈까? ……북쪽? ……저 멀리 중원? ……아니야, 너무 번거로워…… 그렇지, 근처에 한곡선이 있지! ……거기로 가봐야겠어.'

소지선은 지체 없이 출발했다. 밝은 낮이기 때문에 소지선은 더욱 세심히 주의하면서 천천히 소백산 영역으로 접어들었다. 덕유산은 여기서 멀지 않았고, 산의 정상을 타고 험한 지형으로만 조심스럽게 움직이면 크게 위험할 것은 없었다. 소지선이 이곳 하계에서 얼마간 지내본 바에 의하면 속계의 인간은 터무니없이 약해서인지, 대낮에도 경치 좋은 산의 정상에는 오르지 못하고 있었다. 소지선은 그래도 만약의 사태에 주의를 기울이면서 바람처럼 자연스럽게 움직여 나갔다.

'한곡선이 나를 반겨줄까……?'

소지선은 덕유산이 가까워오자 이런 생각을 하면서 일단 가던 길을 멈추었다. 밤이 되기를 기다릴 생각이었다. 아무래도 밤이 되면 더욱 조용하기 때문이다. 한곡선이 제자를 가르치고 있다는 것은 소지선도 이미 알고 있는 사실이었다.

'한곡선은 내가 오는 것을 느끼고 있을까?'

소지선은 밤을 기다리며 잠시 이런 생각을 떠올려봤는데, 머지않은 곳에 있는 한곡선은 벌써 누군가 심상치 않은 귀인이 찾아올 것을 알고 있었다. 한곡선은 막 명상에서 깨어나 도반의 제자인 좌설을 불렀다.

"좌설…… 지금 곧 이곳을 떠나게!"

"예……?"

좌설은 한곡 스승의 느닷없는 명령에 난색을 표했다. 좌설은 서울에서 혼마를 제거하는 일에 실패하고 보고차 이곳에 온 이래 지금껏 한곡 스승의 지도 아래 자신에게 부족한 경공을 수련하고 있는 중이었다.

"스승님…… 갑자기 웬일이십니까? 저는 아직 지시받은 수련을 다 마치지 못했는데……?"

"음…… 그렇긴 하지만 일이 좀 생겼네…… 공부는 지시해 준대로 계속하면 되는 것이야……."

한곡선은 좌설을 측은하다는 듯이 쳐다보며 말했다.

"그래도 스승님…… 저는……."

좌설은 몹시도 아쉬운 모양이었다.

"어서 가게…… 한가하게 되면 다시 오게……."

"예? 그때가 언제인지요?"

"허허…… 그건 나도 모르겠네, 아무튼 빨리 떠나게. 그리고 내가 연락할 때까진 이곳에 오지 말게…… 장차 이곳은 크게 위험한 곳이야…… 어서 떠나……."

한곡선은 제자에게 지금 상황을 상세히 일러주면서 부드럽게 타일렀다. 좌설은 어쩔 수 없었다. 스승이 이토록 간곡하게 일러주는데, 더 이상 고집을 피워서는 안 될 것이다.

'스승님께서 이곳은 위험하다고? ……그 위험이 무엇일까?'

그러나 좌설은 묻지 않았다. 능력이 없는 내가 그런 일을 물어본다고 어쩔 수 있으랴! 스승님의 근심만 더 가중할 뿐이다. 좌설의 성격은 원래 단순하고 과묵했다. 그리고 자신의 섭리를 넘어선 곳의 일에 함부로 달려들지 않는다.

"그럼…… 떠나겠습니다. 스승님께서는 옥체 보중하십시오."

좌설은 만 가지 생각이 떠올랐지만 말없이 덕유산을 떠났다. 좌설이 떠나자 한곡선도 산의 정상을 향해 경공을 운행했다. 한곡선은 자기를 찾아올 귀인의 입장을 미리 알고서 마중을 나선 것이다. 귀인은 밤까지는 움직이지 않을 것이다. 그러나 그분을 기다리게 할 수는 없다.

이곳 실정을 잘 아는 한곡선 스스로가 먼저 움직이면 되는 것이다. 원래 한곡선의 성격은 지극히 신속하고 적극적이다. 그러나 그 생각 또한 심오를 극한 경지여서 그 끝간 곳을 알 수가 없다. 한곡선은 어느덧 소백산맥의 준령 몇 곳을 넘어 소지선이 기다리는 곳에 가까워지고 있었다. 소지선은 누가 오고 있는 것을 감지했다. 그리고 적이 놀랐다.

'누가…… 오는 것일까? 한곡선인가……?'

소지선은 지금 자기를 향해 접근하고 있는 존재가 자신에게 해롭지 않은 존재라는 것은 순간적으로 느낄 수 있었다. 그러나 그 존재가 정히 한곡선이라는 것은 짐작일 뿐이었다. 소지선은 이왕에 자기를 찾아오는 것이 분명한 이상 가만히 기다리기로 했다. 잠시 후 한곡선이 나타났다. 틀림없었다.

"도형! ……어서 오십시오."

"한곡……!"

두 선인은 서로 마주보며 미소를 지었다. 한곡과 소지는 서로 다른 스승 밑에서 공부를 했지만 먼 위쪽의 도맥(道脈)으로 보면 스승이 하나였다. 말하자면 한 가족인 셈이었다.

"도형…… 어인 일로 이 험한 하계로 내려오셨습니까?"

한곡선은 부드러운 음성으로 친절하게 물었다.

"갑가지 찾아와서 미안하네."

소지선은 민망한 표정을 지었다.

"허허…… 무슨 말씀을…… 자, 누추하지만 저희 집으로 가보실까요!"

한곡선은 미소를 짓고는 즉시 되돌아 앞장을 섰다. 소지선은 한곡선의 뒤를 따라 덕유산으로 향했다. 한곡선이 가는 길은 산의 능선을 약간 비껴선 숲 속이었는데, 이렇게 가는 것이 더욱 은밀히 움직일 수 있기 때문인 것이다.

이것은 아주 사소한 일이지만, 소지선으로서는 크게 감명을 받았다. 사물의 이치란 항상 극한점에서 변화가 발생하는 법이다. 따라서 산의 정상은 그 아래의 어느 지점보다 확실히 위험한 것이다.

세상의 모든 일도 그렇다. 사건은 대개 일이 시작하고 난 직후에 일어나거나, 종말점 가까이에서 발생한다. 지금 한곡선이 산의 정상에서 약간 비켜 내려와서 움직이는 것은 매사에 극한(極限)을 경계하는 마음가짐에서 나온 아주 사려 깊은 행동이다.

'음…… 한곡선의 공부는 대단하구나……!'

소지선은 한곡선의 도력(道力)에 존경어린 찬사를 보내면서 편안히 뒤를 따랐다. 소지선은 지금 자신이 거대한 힘으로부터 보호를 받는다는 안도감을 느꼈다. 이런 기분은 하계에 내려온 이래 처음 느껴본 것이다. 소지선이 비록 마음을 비우고 무심히 자연과 접하며 지냈지만, 마음 한 구석에는 불안의 그림자를 떨칠 수가 없었다.

그런데 지금 한곡선의 뒤를 따르면서 느끼는 감정은 불안과는 아주 거리가 먼 휴식감이었다. 소지선은 모든 것을 그야말로 운명에 맡기고 있는 것이다.

두 선인이 바람과 섞여 유연하게 움직여가는 수풀 속에는, 한가한 바위들, 산 짐승들, 그리고 간간히 놀라는 새들이나 아름다운 꽃들이 보였다. 소지선은 더욱 마음의 여유를 가지고 지나치는 경관을 감상했다.

'하계의 산들은 어느 곳이나 아름답구나…….'

사실 경관으로 말하면 하계가 천계처럼 아름다울 리는 없다. 그러나 소지선의 현재 처지가 천계로부터 버림받은 입장이어서 모든 것이 소중한 것이다. 그리고 누구에게나 소중한 것은 아름답게 보이게 마련이다. 하계라는 것은 따지고 보면 버림받은 세계인데, 이곳이 아름답게 여겨지는 것은, 소지선과 이 세계가 하나로 화합(和合)되어 있다는 뜻이 있는 것이다.

지금 소지선이 넘어서고 있는 소백산맥의 준령들은 그 규모로 보면, 옥황부 정원 내에 있는, 자그마한 동산의 크기에 지나지 않지만, 형태의 다양성은 천계의 그것에 못지않을 뿐 아니라, 그윽하게 조화를 이루고 있는 바위와 나무숲, 그리고 계곡들은 신비하고 소박하다.

소지선은 지금 이 산들이 언제까지나 계속 이어져도 좋은 것이다. 이곳을 거닐고 있으면 근심을 잊게 되고 한가함을 얻게 된다. 바로 앞에서 날아가고 있는 한곡선은 소지선의 마음을 알기라도 하듯이 편안한 미소를 머금고, 가끔 멀리 보이는 산들을 바라본다.

이윽고 한곡선은 속도를 늦추고 소지선을 돌아봤다. 목적지에 다 온 것 같다. 저쪽 가까이의 산봉우리는 소지선도 지나쳐 본 적이 있는 곳이었다. 소지선이 지리산의 고휴선을 찾았을 때 지나갔던 것이다.

한곡선이 사는 곳은 향적봉과 남덕유산 그리고 금원산을 잇는 영역 어딘가에 있는데, 소지선은 이런 일에는 신경 쓸 필요가 없었다. 이 지역을 손바닥처럼 훤히 아는 한곡선이 자기를 지켜주고 있는 한, 위험에 노출될 염려는 하지 않아도 좋은 것이다.

"도형! ……저의 소굴에 다 왔습니다!"

"소굴? 허허, 필경 천상보다 좋은 곳일 테지……."

소지선은 한곡선이 자신의 거처를 소굴이라고 비하(卑下)해서 말하는 것에 한없는 평화를 느꼈다. 소굴이면 어떻고, 또 천상의 낙원은 어떠한가…….

모든 것은 그것을 지키고 있는 사람의 마음에 달려 있는 것이다.

한곡선은 경공을 중지하고 도보로 숲길을 내려가기 시작했다. 산의 아래쪽은 구름에 가려 아무것도 보이지 않았으나, 한곡선은 능숙하게 길을 찾아 내려갔다.

소지선은 길을 찾는 일은 한곡선에 맡겨놓고, 자신은 편안히 주변

경관을 즐겼다. 산의 경사는 완만했고, 안개 속에 흐르는 개울물 소리는 천상의 음악보다도 신비했다. 한곡선은 한참 동안이나 산을 내려갔다. 소지선으로서는 하계의 산을 이토록 깊게 내려와 본 적은 없었으나 불안한 마음도 일체 없었다.

안개 속에 차례차례 나타나는 나무숲과 바위더미들은 마치 두 선인을 마중이라도 하는 것처럼, 다정한 여운을 품고 있었다. 한곡선은 이제 더 내려가지 않고 방향을 옆으로 틀어 걷는 속도를 높였다.

산세(山勢)는 조금씩 깊어지는 듯했고, 경사도 점점 가파르게 변해 갔다. 이윽고 깊은 저 아래에 급격히 내려앉은 절벽이 나타났고, 속인이 다닐 수 없는 지점에 이르렀다.

한곡이 말한 소굴, 즉 한곡선부는 절벽 한가운데 틈을 통과해서, 산 위로 비스듬히 돌아앉아 있는 동굴이었는데, 그 앞에는 산령과 뚝 떨어져 있는 거친 봉우리가 몇 개 보이고 있었다.

"자, 들어가시지요…… 저는 이렇게 살고 있습니다. 허허."

한곡선은 동굴 속으로 들어섰고, 소지선도 천진한 미소를 지으며 따라 들어갔다. 동굴 속은 별로 넓지 않았으나 왠지 광활한 느낌을 주고 있었다. 실제로는 십여 명 정도 둘러앉을 정도나 될까?

한쪽 벽은 위쪽으로 비스듬히 밖으로 통하는 큰 틈이 벌어져 있었는데, 그곳으로 햇빛이 통하고 있었다. 동굴은 그 입구 앞에 조그마한 띠로 둘러져 있을 뿐, 전체적으로 보면 마치 높은 나무 위의 새둥우리처럼 깎아 세운 듯한 절벽 꼭대기에 조그맣게 자리 잡고 있는 것이다.

산의 더 큰 규모에서 보면 바위에 뚫린 자그마한 구멍에 지나지 않는다. 이곳은 도저히 선동(仙洞)이라고 볼 수는 없고, 단지 신선들이 거처하고 있으니까, 선혈(仙穴) 정도로는 볼 수 있을 정도였다.

소지선은 한곡선이 사는 곳이 생각한 것보다 너무나 엉뚱하여 웃음이 절로 나왔다.

"한곡! ……이게 자네 집 모두인가? 허허허……."

"아니지요! ……제 집은 또 있어요!"

"음? 여기 말고……?"

소지선은 가볍게 놀라면서 궁금해 했다.

"도형! ……이리 나와 보세요."

한곡선은 다시 동굴 밖으로 나왔다. 소지선은 어딘가 넓은 곳으로 안내하는 줄 알고 기대를 하면서 뒤따라 나왔다. 동굴 앞은 바로 절벽이어서 몇 걸음도 걸을 수 없었다. 한곡선은 동굴 옆으로 돌아갔는데, 길은 두 사람이 나란히 걸을 수도 없는 협소한 띠 같은 것으로, 그나마 얼마 가지 못하고 끝난 것이다.

앞에 가던 한곡선이 서자 소지선도 설 수밖에 없었다.

"도형!"

소지선은 옆으로 돌아서며 은근한 음성으로 불렀다. 이제 두 선인은 깎아 세운 절벽에 등을 대고 앞으로 훤히 뚫린 허공을 향해 섰다.

절벽 아래로는 구름이 짙게 깔려 있어서 마치 연못 앞에 서있는 듯한 느낌이었다. 그야말로 운지(雲池)!

저쪽 앞쪽에는 뾰족한 봉우리들이 보이고 길도 없이 돌만 세워져 있는 봉우리 위에는 몇 그루 나무도 보였다.

"지금은 잘 안 보이는군요…… 저 아래…… 이 모든 곳이 저의 집이지요! 어떻습니까? 도형…… 이만하면 제법 넓지 않습니까?"

"허허허…… 그렇구먼…… 허허, 자넨 아주 큰 집에 살고 있구먼……."

소지선은 한곡선의 뜻 깊은 농담을 이제야 깨닫고 유쾌하게 웃어 젖혔다.

"도형! 돌아갑시다."

이번에는 소지선이 앞장 설 수밖에 없었다. 두 선인은 한 줄로 몇 걸음 걸어서 다시 넓은 동굴로 돌아왔다. 동굴 안에는 짐승 털로 돼 있는 널찍한 깔개가 펼쳐 있었고, 한쪽 편에는 통나무로 만들어진 상도 하나 있었다.

벽에는 족자가 걸려 있었고, 한쪽 구석에 책이 몇 권 쌓여 있었다. 그러고 보면 도인이 사는 데 충분한 살림살이가 제법 갖추어져 있는 셈이다.

"도형! 여기 앉아서 쉬고 계십시오. 저는 잠시 나갔다 오겠습니다."

한곡선은 동굴을 나오자 즉시 경공을 운행, 거친 산봉우리를 직선으로 날아올랐다. 한곡선이 멈춘 곳은 높은 절벽의 한 지점으로 암석 벽에 자그마한 나무들과 푸른 이끼들이 기묘하게 장식되어 있었다.

그런데 그 세워진 바위벽에 제법 큰 구멍이 하나 있어, 사람이 하나 겨우 들어갈 수 있는데, 그곳에는 물통 같은 것이 많이 있고, 그 외에도 몇 가지 물건이 놓여 있었다. 한곡선은 여기서 잠시 뒤적여서 물건을 챙겼다. 소지선은 한곡선이 나가자 동굴의 구석구석을 살피며 한가한 마음으로 기다렸다.

"도형!"

잠시 후 한곡선이 나타났는데, 양손에 커다란 물통 같은 것을 들고 천진하게 웃고 있었다.

"이것이 뭔지 아시겠어요?"

"음?"

소지선은 세속의 물건이 무엇인지 알 길이 없었다.

"허허…… 술입니다! 인간이 직접 만든 것이지요."

"뭐? 술이라고! ……하하하."

소지선은 술을 마셔본 지 오래 됐다. 더구나 속계의 술은 평생 마셔보지 못한 것이다. 소지선은 크게 기대를 가지고 한곡선의 다음 행동을 지켜봤다.

"도형! 술통이 두 개입니다. 술잔도 있습니다만…… 어떻게 하시겠습니까?"

"음?"

소지선은 한곡선이 하고자 하는 말뜻을 몰랐다.

"허허, 도형…… 세상 물정을 이토록 모르시다니…… 술을 통째로 마시겠느냐고요?"

"통째로? 으하하…… 그래그래, 그거 좋겠구나!"

소지선은 그제야 한곡선의 뜻을 알아차리고 유쾌하게 웃음을 터뜨렸다.

"자, 그럼."

두 선인은 술을 통째로 들어 한바탕 마셨다.

"어떻습니까? 천상의 술과 비교하면……."

"음? 좋은데…… 아주 좋아."

소지선은 정말로 술맛이 좋은지 술통을 바라보며 즐거운 미소를 지었다.

"도형! 이곳에서는 이런 술을 마십니다. 능인이 직접 속가에 내려가서 구해 왔지요!"

"음? ……능인!"

"예, 능인은 저의 제자인데 이미 공부가 선인의 경지에 와 있습니다."

"그럼 아직 속인인가?"

소지선은 제자 얘기가 나오자 조금 놀라면서 물었다. 선인들은 누구나 속인을 피하는 법이다.

"염려 마십시오…… 능인은 속인이랄 수 없습니다…… 그리고 지금 이곳에 없으니까요."

"음……."

소지선은 말없이 고개를 끄덕였다.

"도형…… 자, 술이나 드시지요…… 술은 많이 있습니다."

소지선은 한곡선의 환대에 행복감을 느꼈다. 자신은 이곳에 오게 된 사연을 아직 밝히지 못했다. 그만큼 한곡선이 편안하게 대해 주어서 잠시 할 말을 잊고 있는 것이다.

두 선인은 한가히 덕담을 나누면서 밤새 술을 마셨다. 어느덧 새벽이 찾아왔다. 속계에는 하루가 짧다. 소지선도 이제는 이것을 잘 알고 있어서 즐겁게 적응하고 있다. 햇빛은 조용히 산정을 비추며 서서히 밝아오고, 절벽 아래는 신비한 운지가 펼쳐 있다.

두 선인은 동굴 밖으로 나와 장관을 감상하고 있었다.

아름다운 새소리가 들려온다. 소지선이 속계에 와서 자주 듣는 새소리이지만, 지금 이곳은 더욱 특이한 정경이다. 이곳은 기어 다니는 짐승이나 걸어 다니는 사람은 올 수가 없는 곳이다. 그런데 새들은 언제나 자유롭게 드나든다. 이 또한 낙원의 정경이 아니런가!

소지선은 시(詩) 한 구절을 떠올렸다.

重巖我卜居
鳥道絕人跡
庭際何所有
白雲抱幽石
住茲凡幾年
屢見春冬易
寄語鐘鼎家
虛名定無益

층층 바위틈이 내가 사는 곳
다만 새 드나들고 인적은 끊어졌다.
좁은 바위뜰 가엔 무엇이 있나?
그윽이 돌을 안은 흰 구름만 감돌 뿐.
내 여기 깃들인 지 무릇 몇 해인고?
봄 겨울 바뀜을 여러 차례 보았네.
좋은 곳에 사는 사람들이여!
헛된 명예는 진정 이익이 없다네.

　이 시는 고대 중국의 한산자(寒山子)라는 선인이 지은 시인데, 이 선인의 시는 은자(隱者) 또는 산 속의 평화로움을 읊은 시로서, 인간 세계뿐만 아니라 저 먼 천계에도 널리 알려져 있는 작품이다.

　한곡선은 소지선이 마음속으로 한산자의 시를 생각하는지는 알 길 없었으나, 한가롭고 안정된 기분을 느끼고, 잠시 저 산 아래 보이지 않는 운지 속을 들여다보며 서 있었다.

　운지 속은 아직 날이 밝지 않아 어두운 기운이 서려 있었다. 저 깊은 아래쪽은 속계의 인간들이 평화롭게 잠들어 있을 것이다.

"도형! ……아름답군요!"

"음……."

소지선도 고개를 끄덕여 동감을 표시했다.

"자, 도형…… 제가 또 모시고 갈 곳이 있습니다."

"음? ……어딘데?"

"하하하…… 도형은 그저 따라만 오십시오…… 좋은 곳입니다."

'그래? ……어딜까? 이 산 속에 어떤 좋은 곳이 있을까?'

소지선은 속으로 생각하며 궁금해 하였는데, 한곡선은 벌써 출발했다.

'음? ……아래쪽으로?'

소지선은 가볍게 놀랐다. 한곡선이 향하는 곳은 절벽에서 곧장 아래쪽으로 내려가는 운지 속이 아닌가?

'도대체 어디로 가려고?'

소지선은 의아스럽게 생각했지만 한곡선이 가자는 곳이니 크게 염려는 하지 않고 급히 뒤를 따라 내려갔다. 두 선인이 하강하는 모습은 구름 속이라 잘 보이지는 않았지만, 흡사 천상에서 꽃송이가 낙하하는 것처럼 서서히 절벽을 따라 떨어져 내려갔다.

잠시 후 두 선인이 착지한 곳은 산의 중턱에서 조금 올라온 지점으로 바로 앞에 시원한 계곡물이 흐르고 있었다. 산의 위쪽은 여전히 안개에 덮여 있어 먼 곳은 보이지 않으나 아래쪽으로는 길게 나무숲이 있어 전망이 탁 틔어 있었다.

'여기가 어디지? ……너무 내려온 것은 아닌가?'

소지선은 속계가 저 아래쪽으로 훤히 들여다보이자 약간 걱정이 되었다. 그러나 한곡선은 선뜻 숲 속으로 들어서서는 더욱 아래쪽으로 내려갔다.

"한곡!"

소지선은 한곡선이 계속 아래쪽으로 향해 가는 것에 불안을 느끼고 불러 세웠다.

"우리가 지금 어디로 가고 있는 거지?"

"예…… 지금 인간 세계로 내려가고 있는 중입니다."

"뭐라고? ……인간 세계를?"

소지선은 놀라면서 한곡선의 얼굴을 빤히 쳐다봤다. 그러나 한곡선은 태평한 웃음만 지을 뿐이었다.

"하하, 걱정하지 마세요…… 도형! 이왕 속계에 오셨으니 인간 세계를 구경해야지요!"

"아니! ……인간 세계로 내려가자고?"

"괜찮아요! 멀리서 잠깐 보고 오지요."

"글쎄…… 그래도 될까?"

소지선은 망설였는데, 이는 지극히 당연했다. 원래 인연이란 사람의 얼굴을 잠깐 쳐다보는 정도로도 생길 수 있는 법인데, 이는 선인들이 가장 경계하는 일이다. 인연은 한 번 발생하면 길게, 길게 이어질 수도 있고 운명의 흐름에 혼란이 생길 수도 있다. 그리고 자칫해서 인간에게 발견되거나 혹은 인간이 말을 걸어온다든지 하면 이는 미래에 번거로운 운명이 생길 가능성이 아주 커지는 것이다.

운명이란 선인이든 인간이든 혹은 동물이든 간에 그 행적에 의해 만들어지는 것인데, 아주 작은 행적도 미래에 큰 운명을 생겨나게 할 수 있는 것이다. 이는 마치 씨를 뿌리면 그것이 자라서 나중에 열매를 맺듯이, 인간의 모든 행동이 씨앗이 되어 미래가 결정된다는 뜻이다.

그리고 이렇게 해서 발생한 운명은 자체 증식력(增殖力)을 갖고, 또 다른 운명을 발생시켜 끝없이 이어지게 된다. 선인의 세계에서는 특히 미래에 생겨날 운명을 미리 조심해서 갈무리 하는 것이지만, 소지선으로서도 아직 길흉을 알 수 없는 새로운 운명의 씨앗을 만들기를 꺼려하는 것이다.

"도형! ……내려갑시다."

한곡선의 말소리가 소지선의 생각을 중단시켰다. 소지선은 속으로 잠깐 생각하고는 이윽고 결심을 굳혔다.

'그래…… 될 대로 되라지…… 내가 이미 하계로 내려올 운명에 처하지 않았었나!'

소지선은 편한 마음이 되어 한곡선을 뒤따랐다. 사실 걱정할 일은 하나도 없었다. 아직 날이 다 밝은 것도 아니었고, 또 길을 피해 숲으로 내려가는 것이니, 누구에게 노출될 염려는 거의 없는 것이다.

더구나 선인의 경계 능력은 주변의 미세한 기색도 감지해 낼 수 있으니 무엇을 염려한단 말인가?

소지선은 인간 세계가 점점 가까워옴에 따라 자신이 너무 소심했다는 것을 느끼고 속으로 웃었다. 한곡선은 지금 가는 길을 익히 알고 있었는지 이리저리 거리낌 없이 내려갔다. 어느덧 숲은 끝나고 가까이 산자락의 논밭이 보였다. 두 선인은 일단 멈추고 주변을 살펴봤다.

"저쪽으로 가봅시다!"

한곡선은 숲을 따라 옆으로 이어져 있는 자그마한 언덕을 가리켰다. 소지선은 고개를 끄덕이고 함께 그쪽으로 이동했다. 언덕의 아래쪽 저 멀리에는 초가집 몇 채가 보였다.

"도형! 저기 보이는 것이 인간의 집입니다."

"오! ……저것이! ……흙과 지푸라기로 만들었군!"

"예, 가난한 사람의 집입니다…… 저 아래 도읍 쪽으로 가면 좋은 집이 많이 있습니다."

"저 아래 도읍 쪽? ……그렇군!"

소지선은 신기한 듯이 한곡선을 빤히 바라보고는 고개를 끄덕였다.

"도형! ……조금 더 가까이 가봅시다."

두 선인은 초가집 앞으로 조심스럽게 이동했다. 날은 이제 거의 밝아서 주위 산천과 논밭이 점점 그 모습을 드러내고 있었다.

"저기! 인간이 나옵니다. 겉으로 봐서는 우리와 별다를 게 없지요!"

소지선은 고개를 끄덕이며 집 밖으로 나온 농부의 얼굴을 자세히 살펴보았다. 소지선이 있는 곳에서 집까지는 상당한 거리였으나, 선인의 눈에는 농부의 얼굴에 있는 미세한 주름살까지 다 보이고, 숨소리까지 다 들리고 있었다. 소지선은 농부의 표정에서부터 옷차림·걸음걸이, 그리고 마음에서 운명까지를 샅샅이 꿰뚫어보았다.

농부의 마음은 한가한 듯했으나 몸의 곳곳에 늙음이 있었고, 그 속에 장차 나타날 병들이 잠재하고 있었다. 마음속은 공연히 바쁘고, 생각은 짐승이나 거의 비슷하게 어두운데, 여러 가지 운명의 그림자가 드리우고 있었다.

이 농부의 운명은 머지않아 경사(慶事)를 맞이하게 돼 있었다. 소지선은 자기도 모르게 미소를 지었다. 인간의 생애란 아주 적은 영역 속에 한정되어 있어서, 길흉화복이 모두 무상할 뿐, 무한한 섭리와의 조화는 완전히 단절되어 있는 것이다. 날은 점점 더 밝아오기 시작했다.

"도형! 어떻습니까? ……인간 세계가 희한하지요?"

한곡선이 소지선의 마음이라도 읽듯 얼핏 살피며 물었다.

"……."

소지선은 할 말을 잊고 잠시 침묵했다.

"자! 이제 그만 올라가 볼까요?"

한곡선이 소지선의 의향을 물었다. 소지선은 무엇인지 깊게 생각하며 고개를 끄덕였다. 속계의 구경은 이것으로 족했다. 두 선인은 다시 산을 향해 움직였다. 산의 위쪽은 여전히 안개 속에 가려져 있었고, 두 선인의 운행은 내려올 때에 비해서 아주 신속했다. 잠깐 만에 다시 절벽의 동굴로 돌아온 두 선인은 각자 벽을 마주보며 명상에 잠겼다.

이제 두 선인의 몸은 동굴에 앉아 있건만 마음은 없어졌다.

시간은 두 선인의 마음 밖에서만 흐르고, 산의 하루는 시작됐다. 해는 점점 높이 뜨고, 바람이 불고, 꽃이 피고, 새가 울고, 계곡물은 흐르면서…….

속계의 하루는 덧없이 짧다. 어느덧 날은 어두워지려 하고 있었다. 한곡선이 먼저 명상을 풀고 동굴 밖으로 나왔다. 서쪽산은 태양이 붉게 지고 있었고, 동쪽 산은 더욱 한가롭게 보였다. 한곡선은 사방을 둘러보고는 고개를 가로 저었다.

'음…… 이곳의 평화는 깨지는 것인가!'

지금 한곡선의 마음은 왠지 불길한 느낌이 들었다. 누군가 갑작스레 찾아올 것만 같은 것이다. 소지선도 놀라서 명상을 풀고 동굴 밖으로 나왔다. 소지선은 명상 중 한곡선의 기분을 감지한 것이었다.

"한곡! ……무슨 근심이 있나?"

"예…… 도형! ……하계로 내려온 사정을 얘기해 주시겠습니까?"

한곡선은 소지선을 측은하게 바라봤다.

"음? ……그래…… 얘기를 해야지."

소지선은 다소 어두운 표정을 지으며 천천히 고개를 끄덕였다. 그러고는 그간의 사정을 얘기하기 시작했다. 두 선인은 하계를 바라보며 오랫동안 선 채로 얘기했다.

이윽고 소지선은 지나간 모든 사연을 얘기하고는 망연히 먼 산을 바라보고 있었다.

"도형…… 운명이 기구하군요! ……그런데 꼭 도망을 다니셔야되겠습니까?"

"그럼! ……무슨 말이야? 연진인께서 내려주신 벌을 피할 수 있단 말인가?"

"허 참, ……사면을 받는다는 것은 이미 도형 책임이 아니잖습니까?"

한곡선은 의아스런 표정을 지었다.

"그럼 누구 책임이겠는가?"

"예? 누구 책임이랄 것이 없겠지요…… 연진인께서 벌을 주시고, 난진인께서 용서하시는 것이니까, 두 어른의 문제가 아닐까요?"

"글쎄…… 그렇긴 하겠지만…… 그렇다면 뻔히 사면 받을 벌을 내리신 연진인의 뜻은 무엇이냐 말인가? ……난 그것을 알 때까지는 계속 벌을 받고 싶어…… 더구나 연진인께서는 천일 근신 후에 대선관으로 다시 복귀하라고 하셨는데, 이토록 자상한 명령을 어떻게 어길 수 있겠나? 나는 두 어른의 섭리도 알고 싶지만, 그보다는 최소한 연진인께서 내게 내려주신 지시를 완수하고 싶어…… 그리고 요즈음에 와서 생각해 본 것인데, 아무래도 연진인께서는 내게 나도 모르는 임무를 맡기신 것 같단 말이야. 염라대왕 때문에 얻은 생각이지만 틀림없이 뭔가 있을 거야…… 그것이 뭔지 모르겠지만……."

소지선의 생각은 대단히 치밀했다. 소지선은 연진인의 벌을 받기 위해 무심히 도망만 다닌 것이 아니었다. 한곡선도 소지선이 그간의 사정을 얘기하자마자 분명 연진인의 비밀한 임무 지시가 있을 것으로 판단했지만, 소지선의 생각은 역시 빈틈이 없었다.

"도형! 앞으로 어떻게 하실 생각인가요?"

"글쎄…… 생각해 둔 것이 없어…… 그럴 겨를이 없었지만서도…… 무작정 평허선공을 피해서 내려오긴 했는데……."

소지선은 허탈한 표정을 지으면서 고개를 가로저었다. 한곡선은 속으로 생각하며 잠시 침묵했는데, 소지선의 말이 다시 이어졌다.

"이곳도 조용하질 않겠어! ……느낌이 심상치 않아."

"예, 그렇습니다. 조만간 누가 찾아올 것 같습니다."

누가 찾아올 것 같다는 것은 두 선인이 함께 느끼는 것이지만, 분명 좋은 일로 누가 나타나는 것은 아닐 것이다. 두 선인은 서로 바라보며 할 말을 잊고 있었는데, 갑자기 어떤 미세한 신호가 답지했다.

"음? ……누가 오고 있는데!"

"그렇군요!"

두 선인이 감지한 신호는 그 기묘한 움직임으로 봐서 인간이 아님이 분명했다.

'……나를 찾아오는 것일까?'

소지선은 속으로 이렇게 느끼고 있는데 절벽의 위쪽에서 기척이 발생하고, 드디어 한 무리의 선인들이 나타났다. 순간 평화롭던 산의 기운은 사라지고 소지선의 얼굴에는 날카로운 긴장이 감돌았다.

"……"

나타난 선인의 무리는 바로 동화선궁의 수색대였다.

"여기 계셨군요!"

수색대의 선인이 냉소적이고 도전적인 말투로 얘기했다. 이들은 동굴 절벽을 에워싸고 소지선을 쏘아보고 있었는데, 한곡선에 대해서는 별 관심이 없는 듯 보였다. 소지선은 이들 선인이 기본적인 예의도 차리지 않은 채 위협적으로 에워싸고 하는 말투가 아주 오만한 데 기분이 탁 상했다.

"자네들……."

소지선은 수색대를 날카롭게 훑어보며 말했다.

"이곳엔 어찌 왔나?"

"예, 우리는 동화궁주로부터 소지 대선관을 체포하라는 명을 받고 왔습니다."

"체포? ……허허, 나를 체포하겠다고? 그래, 내가 무슨 죄를 지었나?"

"우리는 모릅니다. 그저 동화궁주의 명에 따를 뿐입니다."

"죄도 모른다? ……그저 동화궁주의 명에 따른다고? ……허허허."

소지선은 잠깐 재미있다는 표정을 짓고는 이내 냉엄한 모습으로 변해갔다.

"자네들……."

소지선은 싸늘하게 말을 내뱉었다.

"내가 누군지 알고나 있겠지? ……나는 남선부의 대선관이야! 나를 체포하려면 먼저 옥황부의 허가가 있어야 해…… 허가장은 가져왔나?"

"그런 것은 없습니다…… 우리는 상부의 일은 모릅니다. 우리는 단지 명령을 수행할 뿐입니다."

수색대 선인들은 막무가내였다. 이들은 원래 이런 존재들로 지휘부의 사무 절차는 곧잘 무시한다. 소지선이 다시 말했다.

"그래? 그렇다면 어찌할 생각인가?"

"예, 대선관께서 순순히 체포에 응하지 않으면 강제로 행할 수밖에 없습니다."

"뭐, 강제? 하하, 네놈들 정말 안하무인이로구나…… 처음부터 예의가 없더니만……."

소지선의 눈에서 살기가 뿜어져 나왔다. 그리고 다시 애써 참는 기색을 보이면서 타이르듯 말을 이었다.

"자네들…… 이곳이 하계이기 때문에 용서해 주겠네. 어서들 떠나게!"

"안 됩니다! 우리와 같이 가셔야겠습니다."

수색대 선인들은 더욱 위협적인 자세를 취하면서 한 걸음 다가왔다. 이들은 허공 위에 서서 동굴을 바라보며 공격을 취할 듯 보였다. 한곡선은 속으로 망설이고 있었지만 방침은 굳게 세워두고 있었다. 만일 소지선이 약세에 놓일 경우 자신도 적극 가담할 것을 결정해 두고 있었다.

그러나 소지선이 이들을 물리칠 수 있다면, 공연히 자신이 나서 일을 크게 만들 필요가 없다. 원래 천계의 공무(公務)에 하계에 있는 야선(野仙)은 절대 관여할 수가 없는 것이다. 이제 평화롭던 산 속 바윗가에는 살기가 가득 차고 일순 모든 것이 정지한 듯 보였다.

공격은 수색대 선인 쪽에서 먼저 시작했다. 한 줄기의 음습(陰濕)한 기운이 소지선을 향해 소리 없이 뻗어갔다. 이 기운은 뇌화풍(雷火豊:☲☳)의 기(氣)로써, 모든 움직임을 정지시키는 힘이 있는 것이었다. 수색대 선인은 먼저 풍(豊)의 기운을 발사하여 소지선의 움직임을 제압하려는 것이다.

이는 흡사 동물에게 그물을 씌우는 것처럼, 머리 위쪽에서 다리 아래쪽으로 내리누르는 힘인 것이다. 보이지 않는 극강(極强)의 그물 같은 힘이 소지선의 전신을 덮쳐 감기기 시작했다. 소지선은 제자리에 서서 이를 감당하고 있었다. 만약 소지선이 자리를 이리저리 움직이면, 풍력(豊力)의 중심을 피할 수도 있고, 그렇게 되면 공격받는 힘은 훨씬 약해지게 되는 것이다.

그러나 소지선은 자신의 힘을 시험하고 싶었다. 소지선의 생각에는 지금 나타난 선인들의 풍력쯤은 쉽게 물리칠 수 있을 것이다. 한곡선은 한 걸음 물러나서 소지선의 상태를 예의 주시하고 있었다. 소지선의 얼굴은 굳어져 있고, 전신은 미세하게 진동하면서, 끊임없이 덮쳐오는 풍력을 견디고 있었다.

지금 수색대 선인들이 필사적으로 발출하는 풍력은 거리가 멀수록 약해지는 힘인데, 수색대 선인들은 소지선의 반발력이 강한 것을 느끼고 풍력을 조금이라도 더 강화시키기 위해 서서히 접근하기 시작했다. 이에 따라 풍력은 더욱 강화되고 소지선의 얼굴은 붉어지기 시작했다.

이제 수색대 선인과 소지선과의 거리는 서너 걸음 정도, 수색대 선인의 얼굴은 고통이 역력했고 몸은 파르르 떨리고 있었다. 시간은 찰나가 영원처럼 길었다. 지금 산상(山上)의 결투에서는 모두가 사력을 다하며 한 치도 양보가 없었다. 드디어 결정적인 순간이 다가오고 승부는 결정이 났다.

수색대 선인 하나가 힘의 주입을 중단하는 것을 시작으로, 모든 선인이 차례로 공격의 힘을 늦춘 것이다. 만약 더 이상 진행 하다가는 자신들의 목숨이 위험 지경에 이를 것이기 때문이었다.

소지선이 이긴 것은 두말할 필요가 없었다. 소지선은 상대방의 공격이 중단되자 고통으로부터 급격히 해방되면서 얼굴빛도 평상으로 돌아왔다. 그러고는 잠시 휴식을 위한 침묵이 있었다.

"……"

"돌아들 가게……!"

소지선이 다시 조용히 타이르듯 말했다. 그러나 수색대 선인들은 아직 물러설 마음이 없는 것이다. 오히려 더욱 독한 수법으로 공격을 감행해 왔다. 한 줄기의 섬광이 수색대의 한 선인으로부터 소지선을 향해 발출되었다. 잠시 방심을 틈타 기습 공격을 가한 것이다.

이 섬광은 살기를 가득 실은 천뢰무망(天雷无妄:☰☳)의 기운으로서 소지선에 대한 살인을 시도하려는 셈이다. 이것은 이들 수색대의 권리를 넘어선 것이었으나, 만약의 사건, 즉 살생 같은 것이 발생해도 전투의 와중에 부득이 한 일이었다고 얼버무리려는 잔인무도한 생각으로 공격을 감행한 것이었다. 소지선은 이 공격을 맞받아칠 수도 없었고, 피할 수도 없었다.

"퍽……!"

소지선의 몸에 필살의 기운이 강타했다.

"업……!"

소지선은 신음을 했다. 무망(无妄)의 기운은 소지선의 호신강벽(護身剛壁)을 뚫고 급소를 약간 빗나가 적중된 것이다. 그러나 상처는 경미했다. 이는 소지선의 호신강벽이 워낙 튼튼했기 때문이었지만, 공격을 가한 선인도 피로한 상태에서 뽑아낸 기운으로, 완벽을 기할 수는 없었기 때문이었다.

소지선은 약간 찡그렸다. 한곡선은 자신도 원조하기 위해 나설까

하다가 잠시만 더 관망하기로 마음을 고쳐먹었다. 아직 여유가 있다고 판단했기 때문이었다. 소지선은 상처의 회복을 위해 간격을 두고 있었으나, 상황은 일촉즉발 상태로 긴장이 더욱 고조되었다.

이때 만일 같은 수법의 공격이 재차 시도된다면 소지선은 어찌될 것인가? 한곡선은 수색대 선인들의 미세한 움직임도 놓치지 않고 예민하게 살피고 있었다. 수색대 선인 쪽에서는 자신들이 한 일의 잔인성에 약간은 망설인 듯 즉각적인 거동은 없었다.

그러나 수색대 선인들의 마음속에는 난폭한 생각이 서서히 고개를 들기 시작했다. 기왕에 시도된 공격, 한 차례 더 시도하여 소지선을 완전히 제압하려는 것이다. 어차피 이들은 소지선을 체포할 때까지는 곱게 물러설 선인들이 아니었다.

"대선관! ……더 이상 반항하지 말고 순순히 갑시다."

방금 전 공격을 시도했던 선인이 위협적으로 경고를 해 왔다. 다른 선인들도 이에 동조할 태세를 갖추고 소지선을 노려봤다.

"음……."

소지선은 이들을 둘러보면서 고개를 천천히 끄덕였다. 그러고는 차분한 음성으로 말을 꺼냈다.

"자네들…… 정말 너무하군! 자네들의 생각이 정히 나를 끌고 가려거든 마음대로 하게…… 그러나 나도 이젠 인정을 두지 않겠네."

소지선의 말은 조용하고 차분했지만 분위기를 한순간에 얼려버리기에 족했다.

"그렇다면 할 수 없군요."

수색대 선인들은 서서히 산개(散開)하면서 공격의 •자세를 가다듬었다.

"야 — 압."

순간 소지선의 입에서 기합일성이 터져 나오면서 두 줄기의 섬광이 번득였다.

"억!"

"악!"

섬광은 방금 전 공격을 시도했던 선인과 바로 옆에서 재빠르게 공격 자세를 갖춘 선인을 여지없이 강타했다. 이와 동시에 이어진 소지선의 공격은 바로 손에서 발생한 극강의 장풍이었다.

수색대의 여러 선인들은 뒤로 밀려나고 무망의 섬광을 맞은 두 선인은 그 자리에서 즉사했다. 장풍을 받은 선인들은 뒤로 몇 걸음 물러났을 뿐 상처는 받지 않았다.

소지선은 인정을 베푼 것이었다. 몇 명의 선인을 더 공격해서 즉살시킬 수도 있는 것을 이 정도로 경고만 해 둔 것이다. 수색대 선인들은 물러서서 당황하는 눈빛으로 소지선을 쳐다봤지만, 어쩌지는 못하고 망설일 뿐이었다.

"자네들……"

소지선의 차분한 목소리가 들려왔다.

"살상은 이 정도로 그만두세! 물러들 가게! ……그리고 다시 오려거든 옥황부의 명령서를 가져오게…… 그러면 나는 순순히 응할 것이야……"

소지선의 말은 강력한 힘이 깃들여 있었고 당당한 명분도 있었다. 수색대 선인들은 서로 잠깐 쳐다보고는 물러갈 수밖에 없었다.

"대선관! 우린 물러가겠소! ……그러나 오늘의 수모는 반드시 갚을 것이오!"

"허허, 마음대로 하게."

소지선은 수색대 선인들이 내뱉은 약자의 푸념을 가볍게 흘려버리고, 등을 돌려 동굴 안으로 들어갔다. 한곡선은 떠나가는 수색대 선인들을 잠시 관망하다가 동굴로 따라 들어왔다.

"도형! ……다친 데는 없습니까?"

한곡선은 동굴 안에 들어오자 소지선을 살피며 물었다.

"음…… 다친 데는 없어. 단지 마음이 조금 상했다고나 할까!"

"예, 그렇군요…… 앞으로가 문제입니다!"

"그래, 저들은 다시 또 오겠지…… 이젠 하계를 떠날 때가 되었나 봐……!"

소지선은 몹시도 낙심한 음성으로 말했다. 이는 또다시 정처 없는 도피 행각을 벌여야 하는 것이 처량해서이기도 하겠지만, 그보다 정든 이 하계의 낙원을 떠나게 되는 것이 서운하기 때문이었다.

"저들이 어떻게 알고 이곳으로 왔을까요?"

"글쎄…… 아마 평허선공께서 내가 이곳에 숨은 것을 간파 하셨을 것이네…… 그래서 동화선부에 가셔서 직접 명령을 내리셨을 테지……!"

"그렇다면 왜 평허선공께서 직접 오시지 않았을까요? ……그러는 편이 일이 훨씬 간단할 텐데요!"

"음…… 일이 계셨겠지! 염라대왕을 추적하고 계시거나 아니면 다른 일이 생겨서 직접 못 오실 형편이신지도 모르겠고……."

"예, 그런 것 같군요…… 그렇다면 평허선공께서 오시기 전에 떠나야겠군요!"

"물론 그래야겠지……."

소지선은 어두운 얼굴을 하고 속으로 생각했다.

'이젠 어디로 가야 한단 말인가? ……수색대 선인 말고도 조만간 후속대가 오겠지…… 그런데…….'

"도형!"

소지선이 속으로 더 생각하려는 것을 한곡선이 막았다.

"빨리 서두르셔야겠습니다."

"그런데…… 어디 가야 할지…….'

소지선은 멋쩍은 표정을 지으며 망설였다.

"도형! 그것은 가면서 생각해 봅시다…… 제가 하계 밖까지 배웅하겠습니다."

"음? ……자네가? ……그럴 필요 없네. 공연히 자네까지 말려들 필요는 없어!"

"아닙니다! 도형께서 이곳에 오시게 된 것은 이미 저의 운명이기도 합니다."

"허허…… 자네 심정은 알겠네만, 내 일은 내가 알아서 처리해야지……."

"자, 여러 말씀하실 시간이 없습니다. 떠납시다."

한곡선은 먼저 동굴 밖으로 나섰다.

"잠깐…… 저, 한곡!"

소지선은 말리면서 뒤따라 나왔으나 한곡선은 이미 신족을 운행하기 시작했다. 소지선도 이젠 운명에 맡길 수밖에 없었다. 속으로는 한곡선에 대한 미안함과 고마움으로 가슴이 뭉클했다. 그러나 일은 이미 터진 것이다.

사건이 발생한 장소가 한곡선부이고 더구나 전투 중에 한곡선의 태도는 수색대 선인들에 대항하려는 기색이 분명했다. 수색대 선인들이 이것을 눈치 못 챘을 리가 없다. 어쩌면 그들은 한곡선을 경계하느라고, 소지선에 대한 공격에서 위축감을 느꼈을지도 모른다. 한곡선은 속계에서 수행 중인 야선(野仙)으로써 천계의 공무에 관여한 것이다.

수색대 선인들은 동화궁으로 돌아가서 이를 보고할 것이 틀림없다. 그렇게 되면 한곡선이 소환당할 것은 물론이고, 동화궁에 가서 어떠한 벌을 받을지는 알 수가 없다. 소지선은 하계에 내려와서 공연히 한곡선에게 피해를 준 것이다.

소지선은 후회를 하며 몹시도 괴로워했다. 그러나 앞장선 한곡선은 소지선의 생각을 알 바 없다는 듯이 부지런히 상계를 향해 움직여 갈 뿐이었다.

이로부터 시간은 빠르게 흘러 어느덧 두 선인은 하계의 출구인 인연의 늪에 가까워지고 있었다.

"잠깐!"

앞장서 가던 한곡선이 돌연 멈추었다.

"도형! ……이상한데요!"

"음? ……그렇구나! ……누굴까?"

두 선인은 먼 곳에서 진(陳)을 치고 있는 대규모의 선인들의 무리를 감지한 것이다.

"안되겠습니다! ……다시 돌아가야겠군요."

한곡선은 잠시 망설이고 있는 소지선을 급히 재촉하여 하계로 방향을 되돌렸다. 저 멀리 있는 선인들의 무리가 누구인지 알 수 없으니 당연한 처사인 것이다. 그러나 이는 일반적인 경우에 해당되는 것으로 이번 경우에 한해서는 크게 잘못되어 있었다.

지금 인연의 늪에 모여 있는 선인들은 실은 소지선의 적이 아니었고, 오히려 소지선을 돕기 위해 파견된 옥황부의 구원대였다. 이들에게는 현재 새로운 상황이 발생하여 속계로 향하는 걸음이 잠시 지체되고 있는 중이었다.

이들은 속계로 향하기 직전 뒤쪽 선계로부터 다급한 신호를 받았는데, 바로 옥황부 긴급 연락 선인의 만리전음(萬里傳音)이었다. 구원대는 일단 가던 길을 멈추고 긴급 연락 선인을 기다렸다. 얼마 후 한 선인이 나타났다.

"어인 일이시오?"

구원대 지휘 선관은 급히 당도한 연락 선인을 친근히 바라보며 물었다.

"예…… 아직 하계로 들어서지 않아서 다행입니다…… 안심총에서 전달 사항이 있어서 왔습니다."

"무슨 일인가요?"

"소지선에 관한 일입니다. 안심총 분석에 의하면 소지선은 현재 하계의 한곡선부에 있을 것이라고 합니다……. 한곡선부는 동방의 덕유산에 있습니다."

"그렇습니까……? 시간이 절약되겠군요! 또 다른 사항은 없습니까?"

"예…… 그것뿐입니다."

"고맙습니다…… 그럼, 우린 떠나겠습니다."

구원대 지휘선은 밝게 고마움을 표시하고 가던 길을 가기 위해 막 떠나려고 하였다. 그런데 이때 또 신호가 감지됐다. 이번 것은 누가 일부러 신호를 보내온 것이 아니라, 이쪽을 향해 오는 대부대(大部隊)의 선인들이 일으키는 파장이었다.

"어? ……이상하군!"

구원대 지휘 선관인 미기선(未己仙)이 경계의 눈초리를 띠면서 말했다.

"대단한 규모인데요!"

"그래…… 저 정도 규모이면 단위 병력은 되겠는데!"

"그렇습니다…… 느낌이 안 좋군요…… 혹시 근방에 있는 남선부 병력은 아닐까요?"

"아닐 거야…… 남선부에서 저토록 대규모 이동이 왜 있겠나? …… 더구나 이쪽으로 오는 것을 보면 속계로 진입하려는 것 같은데……."

미기선은 근심스런 표정을 지었다.

"그렇다면…… 동화선부의 병력일까요? 소지선을 체포하기 위해 후속 지원대가 올 것이라고 하지 않았습니까?"

"글쎄, 동화궁에서는 아직 올 때가 안 되었을 텐데…… 이상해…… 경계 태세를 취하게……."

소지선 구원대가 경계 태세를 취하고 기다리는 동안 접근하는 쪽에서도 이미 상황을 파악하고 있었다.

"저쪽에 누가 주둔하고 있군요!"

"음…… 누굴까?"

"남선부 경비대겠지요…… 이쪽 지역은 항상 경비하고 있을 테니까요!"

"아닐 거야…… 이쪽은 인연의 늪인데 저렇게 큰 규모의 경비가 필요 없지…… 원래 이쪽은 형식적으로만 경비를 하는 곳이야……."

"그렇다면 저들은 뭐지요?"

"아마 옥황부 병력일 것이네!"

이렇게 말하면서 예리한 표정을 짓는 선인은 유적선(幽寂仙)으로 지금 인연의 늪으로 이동하고 있는 이 부대의 지휘선관이었다. 유적선은 동화선부 직할 순찰부의 대선관인데, 현재 대부대를 이끌고 속계로 이동 중인 것이다.

당초 유적선은 평허선공이 내린 소지선 수색 명령에 동원되어, 남선부 동쪽을 수색하다 소지선이 속계로 피신했다는 보고에 접하고, 자신의 휘하 수색대를 속계로 파견했던 선인이다. 이 선인은 수색대를 속계로 파견하면서 소지선을 감시 혹은 체포를 명(命)해 놓고, 자신은 이를 보고하기 위해 동화궁으로 향했었다.

그런데 도중에 동화궁에서 증파된 대부대를 만나자 즉시 동화궁으로 향하던 발길을 돌려 다시 속계로 향하게 된 것이다. 유적선은 동화궁주가 크게 신임하는 지휘대 선관으로, 유능하고 신속한 점에서는 옥황부에도 널리 알려진 선인이었다.

현재 유적선은 자신의 생각만으로 대부대를 속계로 투입시키기로 결정하고, 원래의 부대 지휘 선관을 동화궁으로 자기 대신 보내는 한편, 자신이 직접 이 부대를 지휘해서 이곳까지 당도한 것이다. 유적선이 미리 파견했던 수색대는 소지선에 의해 이미 퇴치되었거니와, 지금 옥황부에서 보낸 소지선 구원대와 동화궁에서 보낸 대규모 체포대가 뜻하지 않게, 속계의 입구인 인연의 늪에서 우연히 서로 만나 상황이 묘하게 전개되어 가고 있는 중이었다.

옥황부 구원대의 지휘 선관 미기선은 짐작으로나마 상대방을 어느 정도 파악하고 있는 상태에서 초조하게 기다렸고, 동화궁의 체포대 지휘선관은 당당하게 접근을 시도했다.

드디어 서로가 상봉했다. 유적선이 먼저 말을 꺼냈다.

"미기선이 아니십니까?"

"아, 예…… 유적선이 웬일이십니까?"

두 선인은 서로의 마음을 감춘 상태에서 짐짓 태평하게 인사를 나누었다.

"허, 이상한 곳에서 만났구려! 옥황부에서 이곳까지 오시다니…… 필경 특별한 일이 있겠군요."

유적선은 상대방을 은근히 살피면서 물어왔다. 사실 이런 곳에서 만났을 때는 인사나 하고 지나치는 것이 관례이지만 서로가 같은 곳에서 용무가 있으니 어쩔 수가 없었다. 단지 유적선은 일처리가 냉정하여 어떤 상황 하에서도 거리낌이 없다. 그러나 미기선은 유적선에 비해서는 아주 점잖은 선인으로 이미 기선(機先)이 잡힌 격이 되었다.

"예…… 우리는 속계에 임무가 있어서……."

"속계요? ……무슨 일이 있는 것입니까?"

미기선은 심문조로 물어오는 유적선의 질문에 잠시 망설였다. 그러자 옆에 있는 미기선의 부관이 말했다.

"우리는 소지 대선관을 호송하러 가는 중입니다만 유적선이야말로 이곳에 웬일이십니까?"

"나 말인가……? 허허, 나는 미기선관에게 묻는 중인데, 자네가 끼어들다니!"

유적선은 날카롭게 쏘아보면서 웃음을 보였다.

"예? 끼어들다니요? 저 역시도 직책에 근무하고 있는 선관입니다…… 저는 옥황부 안심총 본부로부터 명령을 받았습니다. 이곳은 우리의 작전 지역이기 때문에 오히려 제가 물을 권리가 있는 것입니다."

미기선의 부관은 전혀 위축된 바 없이 명분을 정확히 얘기했다.

"음…… 자네의 말뜻은 알겠네…… 그러나 자네는 예의가 없어! 감히 나에게 대들다니……."

"미기 대선관님!"

유기선은 아주 싸늘하게 말하고는 도중에 미기선을 불렀다.

"……."

"당신의 부관은 임무를 아는데 예의를 모르는군요…… 아무래도 내가 조금 가르쳐 주어야겠군요."

"야 — 압!"

유적선은 갑자기 기합일성을 토해냈다. 순간 섬광이 번쩍이더니 어느새 미기선의 부관이 뒤로 나자빠졌다. 즉사한 것이다.

"아니! ……이게 무슨 짓이오?"

미기선은 놀라면서 유적선을 항의하듯 바라봤으나 유적선은 아무렇지도 않다는 듯 태평하게 대답했다.

"가르치려면 확실하게 해야지요."

그러고는 다시 천천히 말을 이었다. 표정은 싸늘했고 음성은 위협적이었다.

"우리는 평허선공의 명을 받고 여기에 왔소. ……당신들은 물러나시오!"

완전히 명령조였다. 미기선은 속으로 당황했지만 이내 평정을 되찾고 상황을 이해했다. 당초 미기선은 안심총으로부터 속계로 가서 소지선을 호송해 오라는 명령을 받았다. 그리고 동화궁에서도 체포대가 올 것이라는 말은 들었지만 이토록 난폭하게 나올 줄은 몰랐다.

미기선이 생각하기에는 동화궁에서 체포대가 오더라도 옥황부에서 호송하러 나온다면 즉각 물러날 것이라고만 생각했다. 그런데 상황은 그게 아니었다. 명령을 내린 옥황부 안심총에서도 수색대 외에 대규모 체포대가 이렇게 갑자기 들이닥칠 줄은 몰랐다.

더구나 동화궁 쪽에서 감히 옥황부에 정면 대항으로 나올 줄은 누구도 생각할 수 없었다. 기껏해야 언쟁 정도를 하다가 병력이 많은 옥황부 쪽에서 쉽게 소지선을 데려올 것으로 판단했다.

유적선의 행동은 실로 어처구니가 없었다. 그래도 미기선은 최대한 점잖게 합법적인 태도로 나왔다.

"유적선…… 나의 부관이 무례하긴 했어도 당신도 지나침이 있는 것 같구려…… 그러나 이 문제는 나중에 따지기로 합시다…… 당신네들은 어쩔 셈이오?"

"우리는 소지선을 체포하러 왔으니 속계로 갈 것이오!"

유적선은 상대방이 너무 점잖게 나오니 어쩔 수 없이 조금 누그러진 태도로 말했다.

"누구의 명령이오?"

"평허선공의 명령이라고 하지 않았소!"

"평허선공이라? ……정식 명령이 아니군요!"

미기선의 말투는 부드러웠으나 그 내용만은 날카로웠다. 평허선공의 명령이라면 당연히 공식 명령은 아니다. 그러나 동화선부에서는 이미 궁주 이하 모든 지휘선관들이 평허선공을 따르기로 되어 있는 것이다. 유적선은 미기선의 적법한 명분론은 이해하지만 자신의 처지는 그게 아니었다.

"미기선! 당신의 생각은 내 알 바가 아니오…… 우린 지금 바쁘니 길이나 비켜주시오!"

"허, 유적선 왜 그렇게 급하시오? 이렇게 많은 병력이 속계로 진입하려면 당연히 옥황부의 허가를 먼저 얻어야 하질 않겠소?"

"그건 내가 상관할 일이 아니오…… 나중에 동화궁주께 따지든 말든……."

"안됩니다…… 우리는 옥황부의 정식 명령으로 소지선을 호송하러 가는 것이오…… 당신네들은 돌아가시오!"

"나보고 돌아가라고……? 허허, 미기선은 내 성격을 잘 모르는구려!"

유적선은 위협적으로 나왔다.

"유적선……! 어서 돌아가시오. 당신이 지금 하는 일은 바로 옥황부에 정면으로 대항하는 일이오…… 나중에 후회하시지 말고……."

"난 후회는 안 할 것이오…… 그러니 빨리 비켜주시오."

"안됩니다!"

미기선의 태도는 단호했다. 미기선은 평소 행동이 미온적이기는 하지만 명분 하나만은 철두철미한 사람이었다. 미기선은 옳은 일을 하는 데 있어서는 아무리 위협을 해도 물러날 사람이 아니다.

유적선은 이와는 달리 선악을 떠나 자신이 하려고 정한 일은 기필코 밀고 나가는 성격이다. 그러니 두 선인은 지금 숙명적으로 부딪칠 수밖에 없었다. 유적선이 먼저 공격 자세를 취했다.

"할 수 없구려! ……힘으로 밀고 나갈 수밖에."

"음…… 유적선, 정히 그렇다면 할 수 없구려…… 그런데 잠깐…… 제안이 있소."

"무어요?"

"이젠 부딪칠 수밖에 없는데…… 우리 둘의 쟁투만으로 끝내는 것이 어떻겠소?"

"우리 둘만으로? 허허, 그것은 아니 될 말이오…… 나의 길을 막으면 당신은 물론 누구도 살아서 이곳을 나가지 못할 것이오."

"음……."

미기선은 자신의 병력이 적으니 만약의 경우 자기만의 희생으로 그치거나, 자신이 이겼을 때 다른 선인이 달려들지 못하도록 하려고 했으나, 유적선의 생각은 그게 아니었다. 미기선으로서는 이제 순순히 물러나거나 아니면 목숨을 걸고 싸우는 수밖에…….

그런데 싸움이라는 것은 누가 봐도 무모했다. 병력의 차이도 엄청났지만 선인들 개개인의 공력도 동화선부 쪽이 훨씬 높았다. 원래 동화선부의 수색대는 공력이 강한 선인들이 많이 있는 것이고, 옥황부에서는 급히 출동하느라 엄선된 선인도 아니었다. 그러나 미기선은 옥황부의 명령을 받은 몸, 힘에 굴복할 수는 없었다.

"할 수 없구려…… 모두들 전투를 개시하라."

미기선은 휘하 선인들에게 지시하고 자신도 자세를 갖추었다. 드디어 선인들의 대결전은 전개되었다. 공격은 유적선 쪽에서 먼저 시작되었다. 이들은 신속하게 대형을 갖추고는 조직적으로 공격해 왔다.

유적선이 먼저 미기선을 향하여 살기를 가득 채운 무망(无妄:☰☳)의 기운을 발사했다.

"여 — 엽!"

이와 동시에 미기선도 기합일성을 토하면서 맞받아쳤다.

"꽈앙!!"

극강한 두 기운이 부딪치면서 웅장한 소리를 냈다. 미기선은 이 틈을 타 급히 피신을 해 위기를 넘겼다. 두 진영의 선인들은 여러 대형으로 갈라지고 다시 합치면서 목숨을 건 쟁투를 전개했다.

"얍 —"

"이얍 —"

주변은 순식간에 아수라장으로 변했다. 이곳은 원래 적막하고 인적이 없는 오지(奧地)였는데, 수많은 선인들이 이와 같이 얽혀드는 것을 보면 과연 인연의 늪이라 할만 했다. 선인들의 싸움은 온 우주의 혼란이라도 반영하듯이 최악의 양상을 띠고 점점 더 치열해져 갔다.

"야 — 압!!"

드넓은 인연의 늪 곳곳에서는 천지를 가르는 차가운 기합이 터져 나오고, 서로 생명을 끊어놓기 위한 무망의 섬광이 쉬지 않고 번쩍였다. 양측의 사상자는 시간이 갈수록 늘어만 갔다.

"이 — 얍!!"

"억!"

그러나 선인들의 전투는 차츰 일방적인 실상의 형태로 변해가서, 마치 사냥꾼과 짐승의 관계처럼 쫓고 도망하고 하면서 처참의 극을 이루었다. 옥황부의 선인들은 후퇴를 거듭하여 이제는 한 곳에 모여들어 진을 치고 대치하고 있는 상태가 되었다. 전투는 잠시 소강상태로 접어들었다. 유적선이 미기선 쪽의 진영에다 말했다.

"자, 이제 그만 합시다…… 물러가시오."

"당신들이 물러가시오…… 우리는 최후까지 이곳을 지킬 것이오."

미기선은 처절하게 말하면서 조금도 물러갈 기색을 보이지 않았다. 미기선 휘하 옥황부의 선인들도 이미 죽음을 각오하고 있어, 이제 유적선이 물러가든지 모두를 처치하든지 둘 중에 하나밖에 길이 없었다.

원래 선인들의 싸움은 이럴 수밖에 없다. 선인들은 무슨 일이든 행동에 옮기기 전에 충분히 생각한 후에 움직이는 것이고, 일단 행동에 옮기면 끝까지 변화가 없는 것이다. 지금 전투도 그렇다. 처음엔 서로가 말로써 도리 논쟁(道理論爭)이나 명분 논쟁(名分論爭)을 전개하지만, 각자가 결론이 나면 그 뜻에 따라 철저히 진행되어 나가는 것이다.

죽음 따위는 선인들에게는 위협이 되지 않는다. 오직 도리와 명분이 선인에게는 중요한 것이다. 유적선 휘하의 선인들이나 미기선 휘하의 선인들은, 이미 전투에 돌입하기 전에 자신들의 행동의 근거, 즉 도리·명분·철학 등이 확립되어 있었고, 전투는 결국 살상의 쟁투로 치달을 것이라는 것을 깨닫고 있었다.

지금에 와서 새삼스레 망설일 필요는 없다. 한쪽은 죽을 각오가 이미 있었던 것이고, 또 한쪽은 죽일 각오가 철저히 서있었던 것이다. 단지 강한 쪽에서 최대한 관용을 베푸는 것이 선인들의 일반적인 인격인 것이다.

그러나 잔인성으로 말하면 선인들은 인간의 잔인성을 훨씬 능가하고 있다. 인간은 대개 명분을 정하고 시작한 행동도, 나중에 너무 잔인한 양상을 띠게 되면 그 참상이 괴로워서 역으로 명분을 다시 돌아보는 식이 되지만, 선인들에게는 이런 일은 절대 없다.

선인들은 명분이 서고 행동 방침이 정해지면 그것으로 끝이다. 도중에 잔인해지는 것은, 이미 행동에 앞서 충분히 감안한 것이고, 참상을 봐도 새로울 것이 없다. 지금 유적선 쪽에서 잠시 전투, 아니 살상을 중지한 것은 조금이나마 희생을 줄이려는 것일 뿐 크게 희망은 없는 일이었다.

"미기선!"

유적선이 엄숙히 불렀다.

"……."

미기선은 대답을 하지 않고 유적선을 쏘아봤다. 유적선은 가소롭다는 듯이 미소를 지으며 말했다.

"오늘의 참상은 모두 당신의 책임인 것이오. 당신의 고집 때문에 애매한 선인들이 다치는 것이 아니겠소이까……? 지금이라도 당신이 마음을 고쳐먹으면 아직 큰 피해는 면할 수 있소이다."

"닥치시오! 당신은 살인마요, 오늘의 책임은 전적으로 당신에게 있소…… 지금이라도 물러난다면 그만큼 죄가 가벼워지는 것이오, 그러니 그만 물러나시오."

미기선은 추호도 빈틈없이 숙연히 말했다. 유적선의 얼굴에 미소가 사라지면서 속으로는 다시 행동의 의지가 고개를 들기 시작했다.

"그토록 고집을 피운다면 할 수 없소…… 이제 당신들은 끝장이오."

유적선은 이렇게 말해놓고 휘하 선인들에게 최후의 살상 명령을 내리려는 찰나였다. 순간 하나의 미세한 신호가 끼어들었다. 신호는 남선부 쪽에서 발생했는데, 한 무리의 선인들이 오고 있는 중이었다.

"뒤에서 누가 오고 있습니다."

"음…… 남선부 쪽이군!"

이 작은 사건으로 인해 전투는 또 연기되었다. 미기선 쪽에서도 누가 오는지 관심을 가지고 지켜봤다.

잠시 후 한 무리의 선인들이 당도했는데, 남선부의 정식 복장을 하고 있었다.

이들 선인은 남선부 선인으로 인연의 늪 경비대 소속 순찰선이었다. 이들은 인연의 늪으로 정기 순찰을 나오던 중 대규모의 선인들이 모여 있는 것을 알고 급히 달려온 것이었다.

"어인 일이십니까? 어! 유적선이 아니십니까?"

남선부 순찰대 지휘선인 고유선(古幽仙)이 두 손을 모아 예의를 갖추었다.

"음…… 고유인가? 이곳에 순찰을 나왔나?"

"예…… 그런데 대선관께서는 웬일이십니까? 아니 저분은 미기선이 아니십니까?"

고유선은 미기선을 발견하자 그쪽으로 걸어 나와 인사를 올렸다.

"미처 몰라봤습니다…… 어인 일이십니까?"

"음…… 고유, 마침 잘 왔네…… 해결해야 할 일이 있네."

"무슨 일인지요?"

"유적선에게 먼저 물어보게!"

"예?"

고유선은 양쪽을 번갈아보면서 공기가 심상치 않음을 피부로 느꼈다.

"두 분 대선관께서 말씀을 해 주시지요…… 이곳에 무슨 일로 와 계신지……."

"내가 말하겠네."

유적선이 미기선을 흘끗 쳐다보고는 미소를 지으며 말했다.

"우리는 평허선공의 명령을 받고 이곳에 왔네. 그런데 저쪽에서 일을 방해하고 있지 않은가! ……허허허."

유적선은 재미있다는 듯이 말했는데, 속으로는 고유선의 일처리를 구경하자는 뜻이 들어 있었다.

"……무슨 일인데요?"

"속계에 볼 일이 있네!"

"예? ……속계요? ……저 우리는 그런 연락을 아직 못 받았는데요!"

고유선은 의아스러운 표정을 지었다. 누구든 인연의 늪을 통과하여 속계로 들어가려면 남선부 경비대에 공식 통보를 하게 되어 있었다. 그럴 경우 경비대는 남선부에 알려 허가를 받거나 자체에서 허가를 해 주는 것이다. 그런데 이번 경우는 아무런 기별을 받은 바가 없다.

더구나 이런 정도의 대규모 이동이라면 남선부의 허가는 물론 옥황부에까지 그 적법성을 점검받아야 하는 것이다. 지금 유적선이 거느리는 선인 부대는 수백 명에 이르고 있는데, 이 정도의 병력이면 한 나라를 궤멸시킬 수 있는 규모이다.

어디에 가서 전쟁이라도 벌일 생각인가? 그리고 속계에는 도대체 무슨 큰 볼일이 있단 말인가? 지금 유적선이 움직이는 선인들은 정예 중에서 정예이다. 고유선으로서는 도무지 이해할 수가 없었다.

"연락을 못 받았다고? ……그렇겠군! ……워낙 화급을 다투는 일이라서. ……그래! ……그럼 지금 이렇게 공식 통고하겠네!"

유적선은 여유작작하게 말해 놓고는 고유선의 태도를 살폈다. 고유선은 잠시 생각하는 듯하더니 이내 밝은 표정을 지으며 말했다. 그러나 고유선의 마음속에는 엄청난 상황이 발생했음을 직감했다.

"대선관님의 말씀을 잘 알겠습니다. 그러나 사안(事案)이 중대하므로 저 혼자 처리할 일이 아닌 것 같습니다. 지금 즉시 남선부에 보고하여 지침을 하달 받겠습니다…… 양해해 주십시오."

고유선의 일 처리는 빈틈이 없었다. 유적선은 고개를 끄덕이고는 넌지시 회유책으로 나왔다.

"우린 지금 시간이 없는데…… 그냥 어떻게 안 되겠나? 나중에 내가 책임지겠네."

"예? ……안됩니다! 규정에 어긋납니다…… 이곳에서 기다리십시오."

고유선은 정색을 하고 똑바로 대답했다. 이 때 미기선이 나섰다.

"나도 말하겠네…… 저쪽 얘기는 들었을 테니!"

"예? ……그렇군요! 함께 오신 것이 아닙니까?"

고유선으로서는 당연히 그렇게 생각하고 있었던 것이다. 그렇지 않고서야 이렇게 많은 선인들이 금기(禁忌)의 땅에 갑작스럽게 모여들 일이 없을 것이다. 고유선의 생각으로는 아마 대규모의 공식 작전이 속계에서 이루어질 것인데, 자기는 미처 연락을 못 받은 정도로만 생각했었다. 미기선은 웃으며 고개를 가로 저었다.

"고유선! ……자네의 일 처리는 엄정한 것으로 알고 있네. 우리는 말일세…… 옥황부의 공식 명령을 받고 출동한 것이야…… 여기 정식 명령서도 있네…… 남선부에는 미처 연락을 못 했는데, 이는 안심총의 긴급 업무라서 그렇게 된 것이네. 내가 여기 명령서를 가지고 있지만, 옥황부에서 다시 연락이 올 걸세…… 아마 지금쯤 남선부에 연락이 와 있을지도 모르지…… 자네가 이 명령서를 가지고 남선부에 갔다 온다면 나는 기다리겠네…… 저쪽의 의사를 물어보게!"

미기선의 논리는 정연해서 흠잡을 데가 없었다. 옆에서 유적선이 들어보니 뻔한 일이었다. 사실 자기네들의 출동은 공식적인 출동이 아니었다. 그러나 그 이상의 명분 혹은 섭리가 있다고 굳게 믿고 있는 것이다. 유적선이 어쩔까 하고 망설이는데 고유선의 말소리가 들려왔다.

"명령서를 제가 봐도 되겠습니까?"

"물론!"

미기선은 명령서를 고유선에게 넘겨주었다.

미기선은 옥황부에서 긴급 명령을 받고 출동하는 와중에서도 공식 문서를 철저히 챙기고 나온 것이다. 이것이 미기선이 일하는 방식이다.

고유선은 명령서를 찬찬히 훑어보았다. 틀림없이 옥황부 공식 문서였다. 그런데 모를 것은 옥황부 선인들과 동화궁의 선인들이 이곳에 모여 대치하고 있는 점이었다.

"대선관님……."

고유선은 미기선을 보며 말했다.

"명령서만 가지고도 통과할 수 있습니다. 그러나 신중을 기하기 위해 기다려주신다면 더욱 감사하겠습니다. 시간은 걸리지 않습니다."

"알겠네…… 기다리겠네."

"좋습니다…… 그리고 유적선께서는 평허선공의 명령을 수행한다고 하셨는데 옥황부의 허가를 받으셨는지요?"

"음? 평허선공의 명령을 수행하는 데 옥황부의 허가가 꼭 필요한가?"

"꼭 그런 것은 아닙니다. 다른 곳이라면 허가가 필요 없겠지요. 그러나 속계에 들어가 일을 하려면 반드시 옥황부의 허가를 받아야 합니다. 이것은 대선관님께서도 잘 알고 계시리라 믿습니다만……."

"허허…… 자네는 분명한 사람이군…… 그래서 내가 얘기하네만…… 우리가 지금 하는 일은 아주 큰일이야. 나는 옥황부 명령은 이미 받지 않고 있네…… 지금은 전투 중이야!"

"예? ……무슨 말씀이신지요?"

"잠깐! ……내가 얘기해 주겠네!"

미기선이 끼어들었다. 유적선은 미소를 지으며 되어가는 대로 내버려두었다.

"우리는 속계에 가서 소지선을 호송하려는 중일세. 그런데 이들이 불법으로 소지선을 납치하려고 해서 이런 분규가 있었네. ……당연히 우리는 옥황부 공식 명령을 수행하기 위해 이들이 물러나길 바랐는데, 오히려 우리를 공격하여 사상자가 발생했네…… 자네는 남선부에 보고하여 남선부 방위군을 동원시키게…… 어서 가게!"

미기선의 얘기는 누가 들어도 합리적이었다. 더구나 공식 명령서도 있지 않은가!

고유선은 혼자 생각하고 방침을 정했다.

"예…… 그럼 저는 남선부에 다녀오겠습니다."

고유선은 미기선에게만 인사를 하고 급히 떠나려 했다.

"잠깐……!"

이번에는 유적선이 끼어들면서 말했다.

"필요 없는 짓이야…… 자네가 갔다 올 때쯤은 우리는 이미 이곳에 없네…… 그보다는 여기 기다렸다가 부상자 들이나 호송하게."

"예?"

고유선은 유적선과 미기선을 번갈아보면서 망설였는데, 유적선의 추상같은 명령이 떨어졌다.

"이들을 체포하라!"

유적선은 남선부 순찰선들을 체포하라고 한 것이다. 순간 미리 대비하고 기다리던 선인들이 달려들어 순찰선들을 구속했다. 순찰선은 아무런 반항도 하지 않고 순순히 체포되어 유적선 진형으로 끌려갔다. 이제 전투는 다시 재개되려는 것이다.

"미기선! 저쪽으로 물러나시오. 우리는 공격할 것이오."

"좋소!"

미기선은 즉시 자기 진형으로 물러갔다. 공격은 예의 유적선 쪽에서부터 시작되었다. 유적선이 뒤쪽으로 신호를 보내자 일대의 선인들이 앞으로 나와 땅바닥에 일렬로 길게 늘어앉았다. 그리고 이어 그 뒤에 또 한 줄로 늘어섰다. 지금 이들은 최후의 공격을 시도하려는 것이다.

"발음(發音)을 시작하라!"

유적선이 명령을 내리자 앞에 앉아 있는 선인들은 일제히 경문(經文)을 외우기 시작했다. 그런데 이들이 외우는 경문은 특별한 의미가 있는 것이 아니고 단순히 모든 선인들의 박자를 맞추기 위한 방편일 뿐, 아무런 경문을 선택해도 상관이 없다.

요는 경문을 읽는 중에 똑같은 박자로 음성 속에 살기를 분출시키는 것이다. 이것은 선인들의 전쟁 중에 시전하는 독랄한 수법으로 육체와 영혼에 동시에 공격을 가해, 살상력을 극대화시킨 조직적인 공격법이다.

일컬어 감음내진신법(坎音內震神法)!

수많은 선인들이 발출하는 감음(坎音)은 서로 공명(共鳴)을 일으켜 증폭되고, 하나의 방향, 즉 미기선의 진형으로 서서히 밀려들었다.

미기선 쪽에서도 이를 막아내기 위해 심신의 공력을 끌어 모아 방벽을 만들고 있었다. 감음은 경문 읽는 소리 속에 섞여 점차 그 힘이 고조되어 가고 있다.

"……천지가 아직 있기도 전에 하나의 기운(氣運)이 있었도다……."

경문을 읽는 소리는 뒤에서 들으면 아무런 기운도 느낄 수 없고, 오히려 잠잠하고 평화스러운 느낌이다. 그러나 그 앞쪽 방향이 정해진 쪽에서는 실로 가공할 만한 힘이 있는 것이다.

"……이 기운은 정지하고 때로 움직여, 서로 낳고, 서로 죽이며, 쉬지 않았도다……."

경문 읽는 소리는 일정했다. 그 뒤에 서 있는 선인들은 엄호를 하고 있는 중으로 전면에 움직임이 있으면 일제히 무망의 힘을 발사하는 것이다.

"……마침내 이 기운은 천지를 낳았고, 다시 천지는 서로 당기고 밀며, 작용을 시작했으며……."

경문 읽는 소리는 시간이 지나도 여전했으나 그것에서 발생하는 기운이 이제 극한에 이르러 미기선 진형에서는 서서히 효과가 나타났다.

"윽!!"

"억!!"

공력이 약한 선인들이 차례로 쓰러졌다. 경문 읽는 소리는 끊임없이 계속되었다.

"……마침내 다섯 가지 기운이 형성되었도다. 그 하나는 극양의 기운으로, 이는 하늘의 기운을 그대로 받았음이오……."

"으억!"

"악!"

미기선의 진형의 선인들은 계속 쓰러져 가는 중에 미기선만은 힘겹게 견디고 있었다. 경문 읽는 소리는 흐르는 냇물소리처럼 완급을 다투지 않고 자연스럽게 계속 이어져 갔다.

"……이 기운이 음(陰)의 기운을 만나, 정지하고 떨어지는 것이니…… 또 하나의 기운을 이룩함이며……."

"아 악!"

"엄!"

"음!"

마침내 선인들이 즉사하거나 깊은 상처를 입고 궤멸했다. 오직 미기선만은 아직 버티고 있으나 이도 시간문제일 뿐, 잠시 후에는 미기선도 붕괴할 것이다.

"정지! ……뇌화(雷火:☲☳)의 기운을 발출하라!"

뇌화의 기운!

이것은 풍력(豐力)으로 몸과 영혼을 움직일 수 없게 묶어버리는 작용을 하는 것이다. 유적선은 하나 남은 미기선을 죽이지 않고 체포하기 위해 풍력을 발산시킨 것이다. 드디어 미기선도 쓰러지고 전투는 끝이 났다.

"부상자를 점검하라!"

유적선의 명령이 떨어지자 수많은 선인이 산개하여 시체와 부상자를 가리고 한데 모으며, 한동안 부산스러운 움직임이 있었다. 이윽고 모든 상황이 정리가 된 듯하였다.

"부상자가 많습니다!"

한 선인이 보고했다.

"음…… 그나마 다행이군!"

유적선의 말은 다름이 아니라 부상자가 많으니 사망자가 적지 않겠느냐는 뜻으로 한 것이다.

"……"

모든 선인들은 침울한 표정을 지으며 명령을 기다렸다.

"남선부 선인들을 데려와라!"

유적선이 조용히 명령했다. 유적선도 마음이 편한 것은 아니었다.

유적선은 소지선에 관한 일을 어느 정도 알고 있었는데, 지금 자신이 하는 일은 평허선공의 깊은 뜻이 내재되어 있다고 믿고 있는 것이다.

유적선이 알기에는 평허선공이 소지선을 압송하라는 것은, 연진인과 평허선공 사이에 있었던 중대한 섭리를 해결하려는 것이다. 그런데 옥황부의 어리석은 선인들이 공연히 관여하여 일을 방해하고 있다.

'앞으로 문제가 더욱 복잡해지겠구나……'

유적선은 이렇게 생각하며 자신은 어떠한 일이 있어도 동화궁주를 따라 평허선공의 섭리를 위해 큰 공을 성취하리라고 다시 한 번 다짐했다.

"데려왔습니다!"

남선부 수색대 선인들이 한 줄로 나타났다.

"음……."

유적선은 잠시 생각하는 듯하더니 엄숙한 어조로 말했다.

"고유! ……자네는 내 말을 잘 듣게…… 우린 지금 평허선공의 명령을 수행하고 있는 중인데, 이는 연진인까지 관련이 있는 중대한 일이야."

고유선 이하 남선부 수색대 선인들은 연진인이라는 말이 들리자 마음속으로 놀라는 한편, 더욱 주의를 집중해서 듣고 있었다.

"……저들은 공연히 우리 일을 방해하는 것이지. 옥황부에서도 무언가 착오가 있었을 거야…… 아무튼 자네들은 돌아가서 잘 얘기하게나. 이 일은 남선부에서 관여할 일이 아니라고 말일세…… 그리고 저들을 데려가서 치료를 하게나. 오늘 일은 부득이 했던 일일세…… 죽음을 당한 선인들은 몹시 불행한 일이나, 이 또한 천명일 것이야. 만일 남선부에서 관여하려들면 또 이런 일이 있을 테니…… 자중할 것을 당부하네…… 자, 떠나게!"

유적선은 말을 마치고 괴롭다는 듯이 고개를 가로저었다.

"예, 그럼 저희는 떠나겠습니다."

고유선은 간단히 인사를 하고는 서둘러 부상자를 수습하기 시작했다.

유적선은 부관을 불러 다음 명령을 내렸다.

"우리는 여기 잠시 관망하기로 하고…… 먼저 탐색조를 내려 보내게…… 지난번의 수색대는 어떻게 되었는지도 알아보고 말일세…… 시간이 많지 않네!"

"예, 즉시 떠나겠습니다."

이렇게 되어 대부대는 인연의 늪에서 주둔하고 탐색조 일대가 속계로 향했다.

속계에 있는 소지선은 지금 상계에서 있었던 참사를 모르는 채 덕유산 동굴에서 전전긍긍하고 있었다.

"한곡! ……아무래도 일이 틀린 것 같네…… 공연히 자네에게 피해만 주었지!"

"도형! ……아직 일이 끝난 것이 아닙니다. 힘을 내소서!"

한곡선은 무엇인가를 깊게 생각하며 한편으로는 소지선을 위로했다.

"허허, 고맙네…… 하지만 출구가 막혀 있질 않나?"

"막혀 있어도 돌파할 수 있습니다!"

"물론 그럴 수도 있겠지…… 그 다음엔 어디로 가야 하는가? 당초부터 평허선공을 피할 수 있다고 생각한 것 자체가 잘못이야…… 우스운 일이지!"

소지선은 고개를 저으며 자기 자신을 비웃었다.

"도형! 잠깐 제 생각을 들어보소서."

"……."

소지선은 잠시 말을 멈추고 한곡선을 바라봤다.

"아무래도 인연의 늪에서 무슨 일이 있는 것 같습니다."

"음?"

"저들이 만약 도형을 찾아왔다면 시간을 끌 일이 뭐 있겠습니까……
즉시 들이닥쳤겠지요."

"……."

"도형! 제 생각입니다만…… 지금 인연의 늪에는 도형을 잡으려는
쪽 외에도 구원하려고 하는 쪽도 있는 것 같아요!"

"음? ……무슨 말인가?"

소지선은 놀라며 관심을 나타냈다.

"예…… 당초 동화궁에서 보낸 선인들은 도형을 체포하기에는 역부
족이었지요…… 그 점은 그들도 알 것입니다. 그래서 후속 부대를 파
견하려 했겠지요. 그런데 그 와중에 남선부나 옥황부에서도 도형이
속계에 내려와 있는 것을 알게 되었을 것입니다. 이것은 단순한 제
추리입니다만 가능성이 많습니다. 도형의 행방에 대해서는 옥황부에
서도 관심이 있지 않겠습니까? 따라서 필경 옥황부 안심총에서도 도
형의 행방을 조사하고 있었을 것입니다. 지금쯤은 이미 도형이 속계
에 와 있다는 것을 탐지했겠지요."

"글쎄…… 그럼 어떻게 되는 걸까?"

"예, 그것은 이런 뜻이 있습니다. 저들 동화궁에서 선발대 외에도
대규모로 후속대를 증파한 것은 도형을 체포하는 것이 쉽지 않다는
뜻이지만, 그보다는 평허선공께서 지금 움직이실 처지에 있지 않다

는 뜻일 겁니다. 평허선공께서 그토록 도형을 찾고자 하신다면 무엇 때문에 일을 번거롭게 하셨겠습니까? 평허선공께서 직접 내려 오셔서 도형을 데려가면 되는 것이지요. 평허선공의 성격은 원래 그렇지 않습니까? ……평허선공께서는 무슨 일이든지 직접 나서시지 좀처럼 남에게 맡기시지 않는 분입니다. 어떻습니까?"

한곡선은 자신의 생각을 열어 보이고 그 타당성을 소지선에게 다시 물었다.

"음…… 그렇겠군! ……그런데……."

소지선도 천천히 고개를 끄덕여 수긍을 표시했다. 그러자 한곡선이 다시 말했다.

"예, 도형! ……아직 희망이 있습니다! ……평허선공께서 나서시기 전에 빠져나가야겠지요!"

"그래…… 그러나 어디로 간단 말이야. 이 우주에 평허선공을 피할 수 있는 곳이 어디 있을까! ……음."

소지선은 한곡선의 말에 한숨을 쉬면서 낙심의 기색을 감추지 못했다.

한곡선도 잠시 침묵하며 깊은 생각에 잠겼다. 한곡선은 원래 무슨 일이든 즉각 답이 떠오르는 아주 사려 깊은 선인인데, 이토록 생각에 잠긴다면, 그것은 누가 감히 상상도 못할 것이다.

소지선은 나름대로 생각하고 또는 체념하며 시간을 보내고 있었다. 한곡선은 눈을 감고 수많은 가능성을 점검해 보며 무한대의 생각을 진행시켰다. 한곡선부의 동굴 속에 있는 모든 것이 숨을 죽이고 돌벽도 더욱 굳어진 듯 보였다.

주변의 모든 시간은 정지했고, 한곡선의 마음속에서만 더딘 시간이 흐르고 있었다. 드디어 한곡선이 눈을 떴다.

"도형! ……한 가지 생각해 볼만한 방법이 저에게 있습니다만……."

한곡선은 자신의 생각에 절대적인 자신은 없는 듯 그러나 밝은 목소리로 말했다. 소지선은 한곡선의 목소리에 다소 희망을 갖고 고개를 돌려 한곡선을 바라봤다. 한곡선은 어느새 심각한 표정으로 바뀌어서 천천히 말을 꺼냈다.

"이번 일은 선계의 일입니다…… 그런데 도형께서는 속계로 피신해 왔습니다. 왜지요?"

한곡선은 말하다 말고 갑자기 질문을 해 왔는데 소지선은 그 뜻을 몰라 침묵했다.

"……"

한곡선의 말이 이어졌다.

"이것은 천명입니다…… 즉 도형은 커다란 섭리에 의해 이곳에 보내졌다는 하늘의 뜻입니다."

한곡선이 이렇게 말하자 소지선은 무엇인가 마음속에 언뜻 일어나는 것이 있었지만 그것이 무엇인지는 알 수 없었다.

"그런데 왜 이곳에 보내졌을까요? ……저를 만나게 하기 위해서? 아닙니다, 저는 도형을 구할 능력이 없습니다. ……그렇다면……?"

한곡선의 생각은 처음부터 숙명론(宿命論)이었고 낙관론이었다. 말하자면 소지선이 이곳에 온 것은 천명이 시킨 일이고, 이것은 이곳에 구원될 길이 있기 때문이다.

한곡선이 어떻게 해서 이런 생각을 하게 되었는지는 소지선으로서는 알 길이 없으나, 언뜻 그럴 수도 있다는 희망이 들었다. 더구나 한곡선의 생각이나 음성은 묘하게 신뢰감이 드는 것이었다.

"도형! 제 생각입니다만…… 선인이 선인을 피해 속계에 왔다면 속인에게 물어야 할 것입니다."

"음? 속인이라니?"

소지선은 깜짝 놀랐다.

"예…… 속인이지요…… 그러나 보통 속인이 아닙니다…… 어쩌면 이 우주에서 그 생각을 따를 자가 없을지도 모릅니다. 선인이든 누구든…… 평허선공까지도!"

소지선은 꿈을 꾸는 것 같기도 하고 도무지 이해할 수가 없었다. 그러나 한곡선이 농담을 할 리는 없을 것으로 생각하고 기대를 가지고 물었다.

"……그런 사람이 속계에 있을까?"

"예! 바로 역성(易聖)입니다!"

"역성?"

한곡선의 말은 선언과 같은 것이었다. 그것은 확신에 가득 찬 것이었는데 소지선도 어떤 섬뜩한 느낌과 함께 희망이 솟아나기 시작했다.

"역성이라니? ……그가 누구인가?"

"도형도 아실 것입니다! ……당초 도형이 연진인으로부터 벌을 받게 된 것이 무엇 때문이었습니까? 남선부 휘하 선인인 성유가 속인을 죽이려 했기 때문이지요? 그 속인이 바로 역성입니다!"

"무어라고? 이런!"

소지선은 순간 무한대한 운명의 묘한 섭리에 전율했다.

"오호! ……그런 일이! ……결국 나는 아직 그 운명의 굴레를 벗어나지 못했구나! 이것이 나와 역성의 인연이라니! 참으로 묘하구나…… 묘해! ……허허."

소지선은 어처구니없는 웃음을 지으며 한동안 독백을 했다. 그러고는 다시 정색을 하며 물었다.

"한곡! ……나는 뭐가 뭔지 잘 모르겠네! ……역성이 도대체 누구인가……?"

"예, 역성은 전생의 정우(汀雨)인데, 바로 옥성국토(玉星國土)에서 이곳 세계로 흘러왔습니다."

"뭐 ……옥성?"

소지선은 재차 놀랐다. 옥성이라면 바로 평허선공의 고향이 아닌가……!

옥성! 정우! 평허선공! 아, 기묘하다!

소지선은 무엇인지 알 수 없는 신비한 운명의 사슬을 느끼며 꿈꾸는 듯한 기분에 휩싸였다.

"도형! ……떠납시다. ……역성을 만나러!"

"그렇다면 역성은 어디 있나?"

"여기서 가까운 곳입니다…… 정마을이라는 곳인데, 그곳의 건영이가 바로 역성 정우입니다!"

"음…… 그래, 그런데 건영이가 과연 나를 구할 수 있을까?"

소지선은 무엇인가 희망을 느끼면서도 한편으로는 일말의 불안을 지울 수가 없었다.

"도형! ……그것은 저로서도 모르겠습니다. 아무튼 한번 가서 만나 보지요!"

"……"

소지선은 말없이 고개를 끄덕였다. 이어 두 선인은 동굴을 빠져나와 소백산으로 향했다.

소지선, 정마을에 가다

소지선을 체포하기 위해 동화궁에서 파견된 대규모 선인 병력이 속계의 입구인 인연의 늪에 주둔하고, 그 휘하의 선발대가 하계로 내려와 처음 도착한 곳은 소백산맥의 말단에 있는 지리산이었다.

이들은 먼저 지리산에 있는 천소(天所)인 고휴선부를 찾은 것이다. 이에 앞서 그 징후를 감지한 고휴선은 심야에 천소 근방을 배회하며 기다리다 이들을 맞아들였다.

"어서 오십시오, 삼가 인사를 올립니다!"

고휴선은 무릎을 꿇고 정중히 인사를 올렸다.

"음…… 자네가 고휴인가?"

파견대 지휘선은 기분이 나쁘지 않은 듯 고휴선의 인사를 받으며 만족한 표정을 지었다.

"예, 제가 고휴이옵니다만…… 어인 일로 이런 누추한 곳에 행차하셨사옵는지요?"

"우리는 공무로 왔네…… 소지선을 알고 있는가?"

"예? ……소지선이오? ……아, 예…… 소지 대선관 말씀입니까? ……

잘 알고 있습니다. 그분은 저의 도형입니다.”

고휴선은 정식 예법에 따른 언어를 구사하며 가급적이면 말을 길게 하고 있었다. 이는 조금이라도 시간을 끌려고 하는 것인데, 고휴선은 이들이 지리산에 도착하기 전부터 이미 찾아올 것을 예견하고 있었다.

그래서 처음부터 고휴선은 정중하게 인사를 하는 등 묻는 말에도 또박또박 절차를 지켜 일을 더디게 하고 있는 것이다. 파견대 지휘선은 소지선이 고휴선의 도형이라고 하니 속으로 가볍게 놀랐지만 겉으로는 개의치 않고 말했다.

“음…… 자네의 도형이라고? ……알겠네. 그런데 소지선은 이곳에 오지 않았나?”

“언제를 말씀하옵시는 건지요?”

고휴선은 의아스러운 표정을 지으며 말꼬리를 잡고 늘어졌다. 평소 같으면 간단히 예, 아니오로 대답했을 것이다. 그러나 파견대 지휘선은 고휴선이 순진한 줄로만 알고 부드럽게 대꾸해 주었다.

“……이 근래에 말일세!”

“아, 예…… 일전에 다녀가기는 했사옵니다.”

“어디로 간다고 했나?”

“그것은 모르겠사옵니다만 알아보는 방법은 있지요.”

“알아보는 방법이라니?”

“예, 제가 나가서 알아보면 되옵니다…… 그보다는 먼 곳에서 오셨을 텐데 좀 쉬시는 게 어떠하올는지요? ……이곳엔 임다(臨茶)가 있사옵니다.”

“임다? ……속계에 임다가 있다고?”

"예, 이곳의 물도 일품이옵니다. 연진인께서도 칭찬을 하셨지요!"

"뭐? 연진인? 이곳에 연진인이 다녀가셨다고?"

파견대 선인들은 연진인이라는 말이 나오자 놀라면서 관심을 나타냈다.

"예, 그렇습니다…… 연진인께서는 지난해 이곳에 다녀가시면서 임다를 드셨습니다…… 제가 금방 차를 끓여 올리겠습니다."

"잠깐! ……우린 급한 일이 있네."

"예? ……급한 일이 무엇이온지요?"

"음…… 그것은…….."

파견대 지휘선은 말을 하려다 급히 멈추었다. 그것은 소지선이 고휴선의 도형이라고 하기 때문인데, 소지선을 체포하러 왔다는 것은 인정상 좋은 말이 아니고 단서를 얻는 데도 도움이 안 된다.

"자네가 알 건 없고…… 우린 소지선을 급히 만나야겠는데 어디로 갔는지 아는가?"

"예…… 저, 생각나는 곳이 있기는 합니다만…….."

"그곳이 어딘가?"

"확실하지가 않습니다."

"상관없네…… 빨리 말하게!"

파견대 지휘선은 다소 언성을 높였다. 고휴선의 느린 말투에 조바심이 난 것이다. 파견대 지휘선은 이곳에 와서 상당히 시간을 지체했는데도 소지선에 관해 이렇다 할 도움 될 만한 말은 한 마디도 듣지 못했다.

"아, 예…… 여기서 가까운 곳입니다!"

고휴선도 더 이상 안 되겠다 싶어 할 수 없이 말했다. 그러나 가까운 곳이라고 말한 것은 이 근방에 잡아두려고 하는 속셈이었다. 원래 도망이라는 것은 멀리 피하는 것이니 그것을 도우려면 추적하는 사람을 가까이 잡아두는 것도 한 술책인 것이다.

"……가까운 곳 어디 말인가?"

파견대 지휘선은 크게 관심을 나타내며 급히 물었다.

"제가 모시옵지요!"

"아닐세, 장소만 어서 말하게!"

파견대 지휘선은 혼자 찾아갈 생각이었다. 고휴선과 소지선은 가연(家緣)이 있으니 옆에 있으면 인정상 아무래도 불편할 것이다. 고휴선은 파견대 지휘선의 이런 마음을 알고나 있는 듯 억지로 대답했다.

"덕유산이라는 곳입니다만…… 아주 위험합니다!"

"음? ……위험하다니?"

"예, 덕유산은 산세가 아름다워 도를 닦는 속인이 많습니다. 게다가 도의 경지가 높은 아선(亞仙)을 이루고 있는 도인류(道人類)도 많아 노출될 우려가 많습니다. 그러하오니 잠시 기다리셨다가 야심한 밤에 저의 안내를 받아 움직이시는 게 편리하옵니다."

"음…… 글쎄…… 한시가 급한데……."

파견대 지휘선은 망설였다. 선인들이 가장 경계하는 것은 속인들이다. 특히 아선류(亞仙類)에 이른 속인들은 관찰력이 뛰어나 있으므로 노출되기가 쉽다.

선인들, 특히 천상의 선인들은 속인들에게 노출되지 않아야 하는 것이 불문율로 되어 있다. 파견대 지휘선은 어쩔까 하고 휘하 선인들을 바라봤는데, 고휴선의 다음 말이 들려왔다.

"이곳에는 시간이 빨리 흐릅니다. 밤까지라 해 봐야 얼마 남지 않

있습니다. 기다리시옵소서……."

"음…… 그렇다면 할 수가 없군! ……그럼 자네에게 폐를 좀 끼쳐야
겠네……."

"별말씀이시옵니다…… 천소란 원래 그런 일을 하기 위해 있는 것
이 아니옵니까? ……저로서는 이렇게 귀한 분들을 모시는 게 큰 공
부가 되고 있습니다."

"……."

파견대 지휘선은 아무 말도 않고 있었다. 다른 선인들도 사정이 어
쩔 수 없다는 것을 알고 마음 편히 기다리기로 했다.

"그럼 앉아 계시옵소서…… 차를 올리겠습니다."

고휴선은 한시름 놓았다. 반나절이나마 추격하는 쪽을 잡아 놓았
으니 도피하는 쪽에 도움이 되었을 것이다. 고휴선은 차를 준비하면
서 마음속으로 말했다.

'도형! ……지금 어디 계십니까? 어서 빨리 멀리멀리 사라지십시오.'

고휴선이 이런 마음을 가지고 있을 때, 소지선은 이미 반나절 앞선
이른 시간에 소백산맥을 넘어 태백산맥에 당도했다. 비록 이른 아침
시간이었지만, 한곡선을 앞세운 소지선은 큰 불편을 느끼지 않고 신
속하게 움직인 것이다.

소지선이 태백산맥에 당도했을 때는 마침 동해의 태양이 바로 눈
앞에서 훤히 떠오르며 태백산 전역을 아름답게 비추고 있었다.

'오, 과연 아름답도다!'

소지선은 이미 정들어 있는 태백산의 아름다운 정경에 다시 한 번
압도당하면서 전도에 희망을 느꼈다.

"한곡! 저것을 보게! ……화지진(火地晉:☲☷)일세!"

"그렇군요! ……하늘이 앞길을 축복해 주는군요!"

한곡선은 밝은 표정을 지어보이고는 갈 길을 재촉했다. 두 선인은 태백산맥의 험지를 골라 거리낌 없이 이동했다. 이 길은 한곡선이 수시로 드나드는 길이어서 소지선은 그냥 편안히 뒤만 따르면 되었다.

두 선인은 함백산·가리왕산·박지산을 통과하여 어느덧 계방산에 이르고 있었다.

한편 지리산의 고휴선은 임다를 끓여 내와 여러 선인들을 대접하고 있는 중이었다.

"……이곳엔 물이 참 좋군!"

파견대 선인들이 차를 마시면서 한가하게 물맛을 얘기했다. 이들은 발이 묶여 어쩔 수 없으니 오히려 마음의 여유가 생긴 것이다.

"예…… 연진인께서도 칭찬하신 그 물맛이옵니다."

"음…… 그런데 연진인께서는 이런 곳에 어인 일로 다녀가신 것인가?"

"바로 소지선 일이었습니다!"

"음? 소지선의 일로……."

"예, 그렇습니다. 연진인께서는 이곳에서 소지선을 재판하시고, 천일 근신령(謹身令)을 내리셨습니다."

고휴선은 일부러 소지선을 화제로 하고 있는 것이었다. 파견대 선인들은 어차피 밤이 될 때까지 기다리기로 하였으나, 도중에 마음이 바뀔 수도 있다. 특히 무료하게 지내다 보면 기다리는 마음이 조급증으로 변할 수도 있는 것이다.

고휴선은 심리 변화의 이러한 원리를 잘 알고 있기 때문에, 선인들이 가장 관심을 기울이는 연진인의 얘기를 끄집어낸 것이다. 지금 지리산에 와 있는 선인들은 동화선부에서도 항상 궁 밖의 임무를 수행하고 있기 때문에 다른 선부의 세세한 일까지 알 기회가 적다. 그래서 파견대 선인들은 소지선이 연진인에게 벌 받은 사실을 모르고 있었던 것이다.

소지선이 연진인을 만났다면, 이는 대단한 흥밋거리가 아닐 수 없다. 소지선이 연진인으로부터 어떤 벌을 받았느냐는 별 문제로 하더라도, 연진인을 만나볼 수 있었다는 사실이 중요한 것이다. 파견대 선인들은 모두 다 고휴선의 얘기에 흥미를 가지고 듣고 있었다.

"소지선이 벌을 받았다고? ……무슨 죄를 지었는데……."

"예, 소지 대선관의 휘하 선인 한 분이 규칙을 어긴 모양이옵니다."

"휘하 선인이 일을 저질렀다? ……무슨 일을 저질렀단 말인가?"

"한 인간을 죽이려 했습니다!"

"저런! ……제 정신이 아니었군! ……그 선인이 누군데 그런 엄청난 일을 했단 말인가?"

"성유선이라고 했습니다…… 이곳에 와서 재판을 받았습니다!"

"호! 그것 참…… 선인들의 재판을 이곳에 와서 하다니, 더구나 연진인 같은 어른께서 그런 하찮은 일로 이런 속계에까지 오시다니! ……허, …… 정녕 연진인께서 그런 일 때문에 이곳에 오셨다든가?"

"그건 모르겠습니다…… 제가 감히 그 어른의 뜻을 알겠습니까? ……필경 소지선관의 재판 외에 더 중요한 뜻이 있었을 것이옵니다."

"그럴 테지! ……그게 무엇일까? ……글쎄…… 아마도……."

파견대 선인들은 저마다 생각하며 가끔 한 마디씩 의견을 내놓았다. 고휴선으로서는 파견대 선인들이 자기네들끼리 열의를 가지고 연진인의 섭리를 연구하고 있으니 끼어들 이유가 없다. 날은 아직 어두워질 생각을 하지 않고 시간은 더디게 흘러갔다.

소지선과 한곡선은 이미 오대산·방대산을 통과하고 대암산에 도
달했다. 이 대암산이 바로 소양강의 발원지(發源地)로서, 정마을은
이 소양강 발원지에서부터 작은 산들을 끼고 서남쪽으로 길게 흘러
내린 어느 산중에 있다. 두 선인은 일단 걸음을 멈추었다.

"도형! ……거의 다 왔습니다. 정마을은 지척에 있습니다. 잠시 기
다리소서."

"음……."

소지선은 무표정한 얼굴로 한곡선을 바라보며 고개를 끄덕였다.
두 선인은 밤이 되기를 기다리기로 하고 대암산의 정상을 향해 올랐
다. 대암산의 정상에 서면 바로 앞에 동해 바다가 전개되어 있고, 서
쪽으로는 파로호·소양호가 보인다.

"도형! ……저쪽을 보소서. 저기가 무산입니다. 그 뒤쪽에 보이는
산이 금강산이지요…… 금강산은 이 동방 국토에서 특히 아름다운
산입니다."

소지선은 웃었다. 이 작은 땅에 산도 많고 아름다운 곳도 참 많았
다. 그동안 소지선이 알고 지낸 태백산·소백산·지리산·덕유산 등도
실로 아름다운 산이었다. 그런데 금강산이 특히 아름답다니…….

이곳 산하는 도대체 누가 지어낸 것일까? ……자연의 조화인가?
……어떻게 이토록 좁은 땅에 그 수많은 아름다움이 집결해 있는 것
일까? ……소지선은 참으로 모를 일이라 생각하며 고개를 저었다.

"도형!"

한곡선이 또 불렀다.

"저기! ……소양호라는 곳입니다. 저기 못 미쳐 바로 앞 산중이 정

마을입니다…… 이곳 속계에서 가장 유명한 곳이지요, 허허……."

"그렇군! ……저런 곳에 역성이 살고 있다니!"

소지선은 심각한 표정으로 대답했다. 한곡선의 말은 진담인지 농담인지 알 수 없었으나, 소지선으로서는 저곳 정마을에 자신을 구해 줄지도 모를 역성 정우, 즉 건영이란 사람이 산다고 생각하니 자기도 모르게 숙연해지는 것이었다.

두 선인은 동해와 금강산 쪽을 바라보며 잠시 휴식을 취했다. 정마을은 지척에 있었지만 산들이 낮고 또한 끊어진 곳도 있어 아직은 이동하기가 불편하다. 소지선의 마음은 지금 도피의 초조함보다는 역성을 만나 어떤 일이 있을까가 크게 기다려지는 것이다.

해는 서서히 기울어 가고 어느덧 어두움이 깔리기 시작했다. 대암산의 저녁은 적막했다. 계곡의 물은 유난히 맑은데 흐르는 물소리는 크게 들리지 않는다. 산의 동쪽과 북쪽으로는 험난했고, 깊은 숲이 넓게 펼쳐져 있으며, 그 위에는 구름이 고요히 떠 있었다.

'참으로 한적하구나!'

소지선은 간간이 불어오는 시원한 바람을 맞으며 산의 고요를 흠뻑 느끼고 있었다.

"도형! ……슬슬 움직여 볼까요?"

두 선인은 다시 이동을 시작했다. 아직 깊은 밤이 된 것은 아니지만 노출될 염려는 없었다. 한곡선은 앞장을 서서 대암산을 내려와 인제 방향으로 길을 잡았다. 잠시 후 두 선인은 소양강 상류가 보이는 산자락에 도착했고, 날은 좀 더 어두워졌다.

"도형! ……이제부터는 물길로 가야 합니다."

"음? 위험하지 않을까?"

"괜찮습니다…… 물이 제법 깊어 움직일 만합니다…… 인적도 드문 곳이고……."

소지선은 고개를 끄덕였다. 으레 한곡선이 알아서 할 일이니 자신이 생각할 필요가 없었기 때문이었다. 두 선인은 흐르는 물에 조용히 잠입했다. 이제부터는 흐르는 물을 따라 쾌속하게 움직이면 되는 것이다.

물 바닥에 붙어 강의 한가운데로 이동하는 것이므로 노출될 염려는 전혀 없었다. 강은 이미 어두워져 있고, 물속은 더욱 어두워져 있었다. 종종 물고기들이 놀라 급히 움직였지만 개의치 않았다.

물속의 경치는 가끔 바위돌이 모여 있었지만, 대체로 일정했다. 그러나 좁고 어두운 것은 동굴 속을 연상케 했다. 소지선은 이 또한 속계의 아름다운 정경이라 생각했다.

물속의 동굴이라!

소지선은 혼자서 이렇게 생각하며, 물속의 미세한 정경 변화를 감상하고 있는 중이었다. 물속의 고요 또한 특이했다. 흐르는 물소리도 들리지 않고, 완전한 무인지경이었다. 물 밖은 비록 사람이 살고 있건만, 이곳만은 지극히 평화로웠다.

동굴은 아래위로 경사가 나타나고 좌우로 굽이쳐 나갔다. 물 밖으로 때로는 숲 속, 때로는 마을들을 지나쳤다. 두 선인은 일체 말이 없이 쉬지 않고 목적지로 향했다.

……얼마나 온 것일까?

소지선은 이곳 지리를 잘 모르니 속으로 이렇게 생각했다. 한곡선은 전에도 이곳을 통과해 본 듯 갈림길이 나타나도 지체 없이 방향을 잡는다. 한곡선의 속도가 느려졌다.

드디어 마을에 온 것인가?

한곡선은 잠시 멈추어 서서 물 밖의 동정을 살폈다. 소지선도 물 밖의 상태를 감지했으나, 사람이나 짐승의 기색은 없었다. 한곡선은 물 밖으로 조용히 부상(浮上)했다.

뒤따르는 소지선은 이때 뇌수해(雷水解:☷☵)의 괘상을 느끼면서 흐뭇해했다. 한곡선은 급히 숲속으로 이동했다.

'이제 역성의 땅에 도달했는가……!'

소지선은 속으로 감동하며 숲으로 들어섰다. 숲은 길게 이어지면서 경사가 높아졌다. 한곡선은 산 위로 움직여 가는 것이다. 소지선은 마음속으로는 만감(萬感)이 느껴졌지만 아무 말도 꺼내지 않았다.

"도형!"

앞에 가는 한곡선이 걸음을 멈추지 않고 조용히 불렀다.

"……."

"정마을이 가까워옵니다!"

"음…… 그런 것 같군!"

소지선은 고개를 끄덕였다. 두 선인은 계속해서 산을 올라 정상인 듯한 곳에 멈추었다. 밤은 이제 깊어졌고 하늘에는 별들이 가득 찼다.

소지선은 온통 하늘을 덮고 있는 어둠과 별을 바라보았다. 검은 하늘은 끝없는 신비를 간직한 채 움직이지 않고 있었으나, 별들은 반짝이며 조용한 계시를 내려주는 것 같았다.

별들은 풀잎처럼 싱싱하게 느껴졌다. 소지선은 하계에 내려와서 별들의 아름다움을 뼛속 깊이까지 느꼈지만, 정마을 근방에서 바라보는 별들은 더욱 찬란했다.

'속계의 별들은 정녕 천상의 별들보다 아름답구나!'

소지선은 잠시 천상의 하늘을 그려보며 이렇게 생각했다.

'아름답도다! 정녕 신비하도다. ……이토록 많은 별들이 있다니……!'

소지선은 끝없이 감탄하며 하늘에서 눈을 뗄 줄 몰랐다.

"도형…… 저쪽으로 갑시다."

한곡선이 잠시 기다리다 불렀다. 두 선인은 다시 움직여 갔다. 산은 점점 낮아지면서 옆으로 강의 흐름이 보였다. 작은 산들이 몇 개인가 지나가고 다시 높아지기 시작했다. 산은 그리 높지는 않았으나 아주 험난했고, 바위들과 나무숲은 기묘하게 조화를 이루고 있었다.

한곡선은 이리저리 산의 좁은 절벽 사이를 이동하며 오르다가 마침내 종착지에 멈추었다. 저 아래가 정마을인 것이다. 지금은 밤이 깊어 마을 사람들은 모두 잠들어 있고 집들도 보이지 않지만, 날이 새면 그 빛나는 모습들이 드러나 보일 것이다.

"도형! ……다 왔군요, 여기에 선동(仙洞)이 있습니다."

"음? ……선동이라니?"

"에, 정확히 말하자면 선혈(仙穴)이라고 해야겠지요…… 그런데 이곳은 아주 위대한 선인이 있는 곳이랍니다."

"음? ……위대한 선인이라고? ……누군가?"

소지선은 크게 관심을 나타냈다.

"도형! 풍곡(風谷)을 아십니까?"

"풍곡? 음, 이름을 듣고 있네만……."

"허허, 도형…… 견문이 아주 넓지 못하시군요…… 풍곡이 누군지 아십니까? ……그 선인은 옥황부 전체를 통틀어서도 아주 드문 선인입니다."

"그런 선인이라고? ……호, 그런 분이, 지금 어디 계시는가? 인사라도 드려야 하지 않겠나?"

"물론 그래야지요! ……그런데 그 선인은 지금은 여기 없습니다."

"……."

"풍곡선은 지금 옥황부에 올라가 있습니다. 소환 당했습니다!"

"음? ……속계에 있는 야선(野仙)이 무슨 일로 소환을 당했단 말인가?"

"심문을 받기 위해서이겠지요. ……그 선인이 태상노군을 친견(親見)했던 사실을 심문하는 것이지요."

"무어? ……태상노군?"

소지선은 태상노군이라는 말이 나오자 크게 놀라면서 경건히 옷깃을 여미었다.

"예…… 태상노군께서 이곳을 다녀가셨습니다. 저쪽으로 가시지요."

소지선은 한곡선의 뒤를 따라 걸으며 신비한 기분에 사로잡혀 있었다. 자신은 끝없는 도피 행각에 하루 앞날도 종잡을 수 없는 상태에서, 어떻게 운명에 따라 이곳에 흘러왔지만, 이곳이 태상노군께서 다녀가신 곳이라니!

'태상노군께서는 남선부에도 다녀가신 바 있다. 나는 아직 그 뜻을 모르고 있는데, 이런 속계에도 태상노군께서 다녀가시다니! 도대체 이런 하계에 무슨 뜻이 계셨을까?'

소지선은 꿈을 꾸는 듯한 기분이었다.

"도형! ……바로 여깁니다…… 이 동굴이 태상노군께서 다녀가신 장소입니다."

"음……!"

소지선은 두 손을 맞잡고 동굴을 향해 무릎을 꿇었다. 그러고는 고개를 숙여 잠시 묵념을 했다. 태상노군이 출현한 신성한 장소에 대한 예를 표하는 것이었다. 한곡선은 이곳에 종종 왔었기 때문에 지금 따로 예를 표하지는 않았다.

"도형! ……들어가 보실까요?"

한곡선은 소지선이 일어날 때를 기다려 조용히 말했다. 소지선은 고개를 끄덕이고는 경건한 마음을 가지고 한곡선을 뒤따라 들어갔다. 그러나 동굴 속으로 깊게 들어갈 곳도 없이 동굴은 바로 막혀 있었다.

사실 동굴이라고 할 것도 없었다. 그냥 바위가 조금 파져 있는 곳으로, 서너 사람도 들어가 앉기가 불편했다. 한곡선이 사는 동굴은 이곳에 비하면 상당히 넓은 곳이었다.

동굴은 통하는 곳도 없이 꽉 막혀 있어 캄캄했는데, 선인의 눈으로는 앞 벽에 간간이 붙어 있는 푸른 이끼가 보이고 있었다. 소지선은 기가 막혔다.

'태상노군께서 이런 곳에 출현하시다니! 그리고 그토록 위대하다는 풍곡선이 이런 곳에 지내다니!'

두 선인은 동굴 속에서 잠시 머물며 각자의 생각 속에 있었다. 동굴이 비좁으니 바로 마주앉은 상태였다.

"도형! ……나가지요. 또 보여줄 것이 있습니다."

"음?"

소지선은 겉으로는 내색하지 않았지만 속으로는 크게 기대를 가졌다. 이곳은 신비한 지역이므로 필경 특이한 것을 보게 될 것이다. 한곡선의 말투에서도 그것을 느낄 수 있었다. 왠지 한곡선의 말투에는 엄숙함과 경건함이 들어 있었다.

한곡선은 동굴을 나서자 절벽 쪽으로 조금 걸어 나섰다. 절벽 끝에는 평평한 바위가 자리 잡고 있었는데, 누가 앉아 지냈던 흔적이 미세하게 느껴지고 있는 것이었다.

"도형! 이쪽으로 와 보소서!"

소지선은 한곡선을 따라 절벽 앞에 섰다. 소지선의 생각에는 절벽 쪽에 무엇인가 보여줄 것이 있는가 하고 생각했다. 그런데 한곡선은 뜻밖의 말을 꺼낸 것이다.

"도형! ……여기 이 바위 위에 앉아보소서!"

"음?"

"……저쪽을 보고 앉으소서."

소지선은 의아스럽게 생각하며 한곡선이 시키는 대로 바위위에 정좌를 하고 앉았다.

"예…… 그렇게 조금만 계셔보소서…… 저는 저쪽에 물러서 있겠습니다!"

"……"

소지선은 영문을 모르는 채 잠시 앉아서 마음을 가라앉히고 있었다.

그런데 이게 웬일인가? 미세한 기운의 흐름이 몸과 영혼에서 느껴지지 않는가!

'이것은 무슨 기운일까?'

소지선은 잠시 더 앉아서 끊임없이 흐르는 기운의 종류를 감지하기 시작했다.

"아니! ……이 힘은? ……아, 이것은……."

소지선은 경악했다. 어디서 이 기운이 오고 있는 것일까?

이 기운은 만물(萬物) 중에 가장 부드러우면서도 강한 천형(天亨)의 기운이 아닌가?

소지선이 지금 느끼는 기운은 아주 미세하여 끊어질 듯 말 듯하면서 점점 약해져 가고 있는 것이다.

"한곡!"

소지선은 더 앉아 있지 못하고 한곡선을 불렀다.

"아니! ……이게 어찌된 일인가? 형저(亨低)의 기운이 아닌가?"

"예…… 그렇습니다."

"어허…… 이런 일이 있을 수 있다니…… 이 기운은 태상노군께서 발출하시는 것이 아닌가?"

"하하…… 도형! 태상노군이 아니시면 이 우주에서 형저의 기운을 누가 또 발출하시겠습니까? ……그런데 이 힘은 이미 옛날에 있었던 힘입니다…… 안 그렇습니까?"

"……음? ……오호, ……그렇구나……. 이것은 지나간 기운이야…… 그렇다면?"

소지선은 여기까지만 말하고는 침묵을 지켰다. 그리고는 눈을 지그시 감고 다시 깊은 명상으로 돌입했다. 기운의 출처를 추적하려는 것이다. 만물 중에 가장 신묘한 이 기운은 저 먼 하늘에서부터 면면히 이어지고 있었다.

잠시 후 소지선은 생명의 근저에 통하는 깊고 깊은 명상을 통하여 드디어 힘의 근원을 발견하고야 말았다.

"……이럴 수가!"

소지선은 명상을 풀면서 자기도 모르게 탄성을 내뱉었다.

"……이 힘은 남선부에서 시작된 것이로군…… 그렇지! 이제야 확연히 깨달았네! ……허허, 한곡! 자네의 은혜를 잊지 않겠네."

"도형! ……은혜랄 게 뭐 있겠습니까? ……저는 복이 많아서 이것을 먼저 알 수 있었습니다만, 도형께서는 이곳에 처음이시니……."

"아무튼 고맙네! 나는 태상노군께서 남선부에 출현하신 이유를 육십 년간이나 연구해 보았네. 전혀 감을 잡을 수 없었지! ……그런데 이렇게 뜻밖에 알게 되다니! ……대체 어찌된 일인가? ……자넨 좀 더 자세히 알고 있지 않은가?"

"예, 그렇습니다…… 저는 풍곡선에게 이 사실을 듣고 알았습니다. 풍곡선은 천기를 제게 일러준 것입니다. 이제 다 끝난 일이니 말씀드리지요…… 이는 풍곡선의 중요 임무 중 하나입니다…… 저도 아직 그 이유까지는 모릅니다만……."

한곡선은 심각한 표정을 지으면서 조심스럽게 얘기를 시작했다.

"……당초, 그러니까 육십여 년 전, 태상노군께서는 남선부 태상호에 납시었습니다."

한곡선은 서두부터 태상노군에 대해 설명하기 시작했다.

태상노군이 육십여 년 전 남선부에 출현한 것은 소지선이 누구보다 더 잘 알고 있다. 그 당시 소지선은 태상노군을 옆에서 친히 모신 바 있다.

태상노군이 남선부 태상호에 머무른 시간은 길지 않았지만, 태상호의 아름다움을 칭찬하면서 소지선을 인자하게 바라본 것이다. 물론 그 당시에는 호수의 이름은 태상호가 아니었다. 태상호라고 이름이 불리어진 것은 태상노군이 다녀간 후, 이를 기념하기 위해 소지선이 태상정(太上亭)이란 정자를 짓고 나서부터이다. 아무튼 태상노군은 호수를 잠시 바라보다 떠난 것이었지만, 그 이유는 아직까지 알려져 있지 않았다.

소지선은 이를 규명하기 위해 지난 육십여 년을 노력했지만, 한 치도 전진할 수 없었던 것이다. 그런데 그 비밀이 우연찮게 이 속계에 내려와서 밝혀진 것이다.

그뿐만 아니라 태상노군으로부터 시작하여 연진인·난진인·평허선공·염라대왕·소지선까지 연결되는 극비(極秘)의 섭리가 지금 번쩍이고 있는 것이다.

여기서 무엇을 더 알 수가 있을 것인가?

소지선은 생명의 근저에서부터 끓어오르는 의문의 파동을 겨우 억제하면서, 한곡선의 말을 필사적으로 청취하고 있는 것이다. 한곡선의 말은 무심하게 들려왔다.

"……저는 태상호를 본 적이 없습니다만, 태상노군께서는 그곳에서 육십여 년의 미래를 향해 천지자연 중에 가장 귀한 기운을 발출하시었습니다. 그 기운은 시간과 공간을 초월하여 오늘날 이곳에 당도하게 되었던 것이지요……. 바로 이 바위자리를 통과하여 저 정마을에 뿌려지는 것입니다. 그 이유는 태상노군께서 직접 말씀하신 바는 없습니다만, 풍곡선은 그 이유를 대충이나마 짐작을 했던 것입니다. 그러나 아직 저는 모르고 있습니다. 물론 이 우주에서 그것을 알고 있는 선인은 아무도 없을 것입니다. 풍곡선은 무엇인가 짐작하고 있어서 끊임없이 대섭리를 향해 가고 있으나, 지금 무슨 마음을 품고 있는지는 알 수가 없습니다. 일 년 전 풍곡선은 이곳 바위에 앉아 형저의 기운을 조정했습니다. 풍곡선이 이곳에 앉아서 한 일은, 그 기운을 한곳에 집중시켜, 어떤 사람에게 주입시키는 것이었습니다. 그 사람은 두말할 것도 없이 바로 역성 정우, 즉 건영이입니다."

"음? ……건영이라고?"

소지선은 가볍게 놀랐다.

"그렇습니다…… 당초 형저의 기운을 태상노군께서 발출하실 때 일부러 그 기운을 발산시켜 밀도를 작게 하셨던 것 같습니다…… 그 이유는 다른 선인들에게 발견되지 않도록 하신 것 같으나 정확한지는 모르겠습니다. 아무튼 풍곡선은 그 형저의 기운을 밀집시켰습니다. 풍곡선은 결국 넓은 영역에 퍼져 있어 미미했던 기운을 한곳에 끌어들여 그 효용을 극대화 시킨 것입니다. 그리고 그 기운을 사용하여 건영이의 정신을 가지런하게 정돈해 주었던 것입니다…… 건영이의 정신이 원래 극묘(極妙)하고 광대한 것임은 분명하지만, 그 정신이 혼란 상태에 있는 것도 또한 사실입니다. 아직도 건영이의 정신은 혼돈 상태에 있으나, 풍곡선이 그의 정신에 주입시킨 형저의 기운으로 인해, 건영이의 정신은 점차 원래의 자기 자신을 찾아가고 있습니다…… 즉, 건영이는 점점 전생의 역성 정우의 정신을 회복하고 있다는 것입니다…… 현재 아직도 건영이의 정신이 범인(凡人)의 상태에서 맴돌고 있는 것은, 생사를 바꾸면서 몸을 재편하는 과정에서 비롯된 것이지만, 더 큰 원인은 저 먼 옥성에서 이곳 세계까지 오는 동안 혼돈의 바다를 건넜기 때문일 것입니다…… 도형께서도 알다시피 혼돈의 바다는 여간한 선인의 경지가 아니고서는 건너기 힘든 것이 아닙니까? ……누구를 막론하고 혼돈의 바다를 건너오게 되면, 영혼의 구조에 극심한 변형이 초래됩니다. 물론 역성 정우는 수천, 수만 년의 앞날을 알고 했을 것이므로, 그 사람이 예측했던 운명은 여전히 착오 없이 전개될 것으로 보입니다. 저도 건영이의 운명을 연구해 봤지만, 웬일인지 예측이 불가능하더군요…… 이는 아마 당금(當今) 우주의 사태와도 연관이 있는 듯한데, 오늘날 우주에서 일어나는 자연 법칙(自然法則)의 파괴를 수습하는 데 필경 건영이의 역할이 지대할 것으로 봅니다. 단지 그것이 뭔지 모르겠습니다…… 현재도 건영이는 날로 발전하고 있으나, 획기적인 전기가 마련되지 않는 한 인간의 범주를 넘기는 참으로 어려울 것으로 보입니다…… 말하자면 건영이는 때로는 신선을 넘는 경지에 있으나, 때로는 그저 단순한 인간입니다…… 태상노군께서도 이 점을 가엾이 여겨, 형저의 기운을 빌려주신 것 같은데, 건영이가 원래 가지고 있던 것의 손상은 너무 큽니다. 아무튼 건영이는 지금 이 산 아래의 정마을이란 곳에 와서 잘 자라고 있습니다.”

한곡선은 단숨에 건영이에 관련된 비밀한 얘기를 마치고 미소를 지으며 소지선을 바라봤다.

소지선으로서는 이곳 정마을의 윗산에 와서 이미 망외(望外)의 소득이 있었거니와, 앞으로도 기이한 운명의 파도를 타게 될 것을 생각하니 마음이 여간 들뜨는 것이 아니었다.

“한곡! 참으로 고맙네. 나에게 그토록 큰 비밀을 알려주다니! ……아무래도 이제부턴 나도 좋은 운명이 전개될 것 같군! 그동안도 너무나 좋았던 것이지만…….”

소지선은 밝은 표정을 지었다. 그 표정은 마음의 저 깊은 내면에서부터 나오는 일종의 환희였다.

생각해 보면 소지선이 속계에 내려와서의 생활은 하루하루가 새로웠고, 비록 쫓기는 몸이지만 최근까지는 큰 불안이 없이 많은 깨달음을 얻었다.

특히 태상노군의 비밀한 행적을 알게 된 것은 큰 복이었다. 이로써 소지선은 자기 변화의 결정적 계기를 맞이할 것이 틀림없다.

게다가 이제는 역성을 만나 자신의 도피 행각을 종결지으려 하는 것이다. 만일 이것이 원만히 성취된다면, 이는 당금 우주의 사건을 수습하는 큰 흐름 속에 합류하게 될 수도 있는 것이다.

'나의 운명은 과연 무엇일까? ……그동안의 운명이 태상노군의 행적을 깨닫게 되는 한 과정일까? ……아니면 앞으로 내 자신이 더 큰 섭리의 바람에 휩쓸리게 되는 것일까?'

소지선은 자신이 현재 당면해 있는 운명의 단편을 음미하면서 자연의 거대한 흐름에 외경(畏敬)했다.

"도형!"

한곡선이 차분한 음성으로 불렀다.

"모든 것이 천명인가 봅니다…… 제게 고맙다는 말씀은 이제 그만 하십시오…… 저도 도형을 만나 하늘의 일에 관여하는 것이 싫지 않습니다. 더구나 저는 도형이 건영이로 인해 평허선공의 추적을 따돌릴 수 있는지가 몹시 궁금합니다. 저로서는 그것이 하나의 커다란 징조라고 봅니다."

"음? 징조라니……."

"예…… 도형께서 어떻게 되시느냐 하는 것이 저에게는 오늘날 우주의 미래를 관측하는 데 절대적인 단서가 되는 것이지요…… 말하자면 당금 우주의 사태를 해결하는 데 도형의 운명이 큰 의미를 갖는다는 말입니다."

"허허, 무슨 말인지 모르겠군. ……내 운명이 어째서 오늘날 우주와 연관이 있을까?"

소지선은 고개를 가로저으며 웃었다.

"도형! ……모르시겠으면 그만 두시지요…… 단지 저는 연진인께서 도형께 천 일 근신을 명하신 이유를 모르겠습니다. 번번이 도형께서 사면 받을 것을 미리 아시면서…… 더군다나 평허선공을 태상정에 끌어들여 일부러 난진인과 만나게 하면서까지……."

한곡선은 친절하게도 요점을 환기시켜 주었다. 이 점은 소지선도 평소
에 생각해 오던 것인데, 한곡선이 다시 말하니 새삼 의문이 분명해졌다.

'……그렇지! 그게 문제야. 도대체 무엇이 어떻게 되는 건지 모르겠
군…… 그래서 나는 무조건 처음 연진인께서 내린 명에 따르겠다는
것이지. 능력이 닿는다면 기필코 천 일 근신을 이루고 말 테다……'

이렇게 생각한 소지선은 약간 우울한 기색을 띠었다.

"도형! 그 문제는 곧 건영이의 능력 문제입니다."

"글쎄…… 운명일 수도 있겠지! 아무튼 건영이에게 의뢰를 해야겠
는데…… 건영이를 어떻게 만나지?"

"그 점은 염려 마소서…… 자, 그럼 이동해 볼까요?"

"음? ……어디로?"

"하하, 도형! ……다시 속계로 갑니다. 이젠 인간을 직접 만나러 가
는 것이지요!"

한곡선이 말한 인간은 물론 건영이를 말한다. 소지선은 잠깐 망설
이는 듯하더니 이내 고개를 끄덕였다. 두 선인은 절벽을 따라 서서히
하강을 시작했다. 정마을은 절벽의 바로 아래에서 조금 더 내려가면
된다. 필경 지금 시간에는 마을의 모든 사람이 잠들어 있을 것이다.

순식간에 절벽 아래로 하강한 두 선인은 가벼운 도보로 산을 내려갔
다. 점점 정마을에 접근해 가는 것이다. 주변은 적막한 가운데 밤공기는
청량했다. 저쪽 아래에 보이는 정마을은 한없이 평화스럽게 느껴졌다.

소지선은 새삼 정마을이 인간의 세계가 아니라 신성한 별천지란
느낌이 들었다. 마을은 어두웠지만 곳곳에 집이 몇 채 보이고 있다.
마을 사이에는 밤에도 쉬지 않고 맑은 개울이 흘렀으며, 하늘의 별
은 총총했다.

역성 정우를 찾아온 두 선인

두 선인들은 이제 정마을 바로 위쪽 언덕에 이르렀다.

"도형! ……여기를 보십시오!"

한곡선은 마을 위쪽 언덕에 도착하자마자 어느 한 지점을 가리켰다. 그곳에는 절벽 위에서 본 돌과 비슷한 넓적한 바위가 놓여 있었다.

"음……?"

소지선에게는 모든 것이 생소했다. 이번엔 또 무엇을 보여주려는가……?

한곡선의 말이 조용히 이어졌다.

"이곳이 바로 역성(易聖)의 도장(道場)입니다…… 이 자리는 매일 아침 역성 정우, 즉 건영이가 앉아서 공부하는 좌대(坐臺)이지요!"

소지선은 한곡선의 말을 들으며 바위를 진지하게 바라봤다. 도인들이 앉아서 공부하는 좌대는 아주 흔한 것이지만, 역성 정우가 앉아서 공부하는 좌대라면 이는 아주 희귀한 것이 틀림없다.

소지선은 고개를 천천히 끄덕이며 산 위쪽을 슬쩍 바라봤다. 소지선의 마음속에는 잠깐 지난날의 정경이 떠올랐다.

저 산 절벽 위에 풍곡선이 앉아서 형저의 기운을 집결시킨 뒤, 이 바위로 전송한다. 이 바위는 건영이가 앉아서 그것을 받는 곳이다. 이는 마치 어린아이가 그 어머니로부터 젖을 먹는 것과도 같은 정경이다. 소지선은 마음속으로 이 생각을 하면서 자세를 더욱 경건히 했다.

"도형! 이제부터 건영이를 불러내겠습니다."

"음? ……여기서?"

"예! 여기로 불러내려고 합니다……."

소지선은 한곡선이 하는 일이 신기하기만 했다. 마을은 상당히 멀리 떨어져 있는데, 아직 공부도 미진한 건영이를 어떻게 불러낸단 말인가?

'소리라도 지를 셈인가……?'

한곡선은 소지선의 이런 마음을 알기나 한 듯이 돌에 걸터앉으면서 설명을 덧붙인다.

"촌장 흉내를 내야지요! 하하하……."

"음? ……촌장이라니? 그건 또 무슨 말인가?"

"촌장은 바로 풍곡선을 말합니다. 풍곡선은 본시 이 정마을의 촌장입니다. 저는 풍곡선의 흉내를 낼 줄 알아요!"

한곡선이 소지선에게 미소를 지어보이자 그제야 소지선도 한곡선의 뜻을 눈치 챘다.

"음? ……염파(念波)를 보낼 생각인가?"

"예…… 바로 그렇습니다."

"허! ……건영이가 마음의 파장(波長)을 받을 수 있는가?"

"글쎄요…… 지금은 이미 그럴 능력이 있다고 봅니다…… 특히 풍곡선의 파장이라면 받을 수 있을 것입니다."

"대단하군! ……아직 속인일 텐데!"

"아무튼 시도는 해봐야겠습니다…… 안 되면 달리 방법을 강구할
수밖에요……."

한곡선은 이렇게 말하고는 즉시 눈을 감고 마음속 깊이 현기(玄氣)
를 운행하기 시작했다. 현기는 또다시 풍곡선의 인상(印象)을 그려내
고, 조용히 하나의 느낌이 되어 바람처럼 뻗어나갔다. 물론 이것은
심정 공간 내에서의 일이므로, 외부의 물질 공간과는 별개의 세계인
것이다.

이 힘은 흡사 바람처럼 공간의 내면(內面)을 이동해 가지만, 물질
세계에 미치는 영향은 미미하여, 먼지 하나 움직일 수 없는 부드러운
힘이었다. 이 마음의 파장은 발출과 동시에 건영이의 마음속 깊은 곳
에 접수되었다.

원래 심정 공간을 움직이는 파장의 속도는 무한대이므로 신호를
송출하는 즉시 수신하게 되어 있는 것이다. 시간이 걸리는 것은 이
힘이 현실의 마음으로 해석될 때뿐인 것이다. 현재 건영이는 수면 중
에 있으므로 한곡선이 보내오는 힘은 꿈을 통해 건영이를 흔들고 있
었다.

건영이는 촌장의 꿈을 꾸다가 잠에서 깨어났다.

'음? ……꿈이었구나!'

건영이는 이렇게 생각하며 누워 있었다. 건영이는 다시 잠을 청하
려는데, 왠지 잠이 오지 않고 촌장 생각이 자꾸만 떠올랐다. 한곡선
은 끊임없이 마음의 파장을 보냈다. 건영이는 잠시 동안 불면증과 싸
우다가 아예 잠을 자지 않기로 했다.

'지금 시간이 얼마나 됐을까……?'

건영이는 불을 켜고 시계를 봤다. 시간은 자정을 막 넘기고 있었다. 건영이는 이제 잠자리에서 일어나 앉았다. 책이라도 볼 생각이었다. 그런데 책장을 몇 장 넘겨보았지만 집중이 되지 않았다.

'왜 이럴까? ……오늘 따라 촌장님 생각이 왜 이렇게 떠오르지? 어! ……그렇구나! 촌장님께서 오셨어!'

건영이는 이렇게 생각하고는 즉시 옷을 챙겨 입었다.

'분명 촌장님께서 오신 거야!'

건영이는 다시 한 번 자신의 느낌을 확인하고는 밖으로 나왔다. 촌장님을 만나려는 것이었다.

건영이는 문밖으로 나오자 잠시 방향을 탐지했다. 신호는 마음속에서 일어나는 것이지만 그 속에는 방향이 지시되고 있었다. 산 위쪽이었다.

높이는 알 수 없었다. 그러나 그리 멀지 않은 곳에서 신호가 오고 있었다. 건영이는 천천히 산을 향해 걸어 올라가기 시작했다. 틀림없이 산의 저 위쪽 어딘가에 촌장이 있으리라.

건영이는 갑자기 촌장이 나타난 것에 대해 어떤 의구심도 갖지 않았다. 오로지 반가운 마음에서 다른 것은 생각해 볼 겨를이 없었다. 그러나 건영이는 서두르지는 않았다. 오히려 천천히 걸으며 방향을 놓치지 않으려고 정신을 집중했다.

기쁜 마음이 일어나면 마음의 파장이 흔들려서 착오가 발생할 수도 있었다. 마음의 평정을 유지해야 한다. 건영이로서는 여느 선인들처럼 마음의 파장을 수습하는 것이 쉽지는 않았다.

건영이가 이렇게 조심하면서 촌장을 만나기 위해 산으로 향할 때,

지리산 고휴선부에서도 선인들의 이동이 개시됐다. 그리고 처음 덕유산에 와서 소지선을 공격했던 선인들은 이제야 속계를 벗어나 인연의 늪에 당도했다. 이들은 앞서 소지선을 공격하다 오히려 사상자를 내고 후퇴를 했던 것이다.

이들이 이렇게 늦은 것은 그동안 태백산에 머물면서 후속대를 기다렸기 때문이었다. 그런데 이들은 운이 좋게도 속계를 벗어나자마자 대규모의 우군(右軍)을 만났다.

"저쪽에…… 누군가 오고 있습니다……."

속계에서 탈출하고 있는 이들 수색대를 먼저 발견한 것은 유적선 휘하 선인들이었다.

"음…… 소지선을 체포한 것일까? 이리로 데려오게!"

유적선은 지금 속계에서 나타난 선인들이 자기가 나중에 보낸 파견대일 것이라 생각하고 있었다. 그렇다면 상당히 신속하게 일을 끝마친 것이었다. 유적선이 이와 같이 다행스럽게 생각하고 있었지만 나타난 선인들은 그게 아니었다. 그들은 오히려 패잔병의 모습으로 나타난 것이다.

"아니 너희들은! ……어찌된 일인가?"

유적선은 다급히 물었다.

"실패했습니다…… 저희들만으로 역부족이었습니다. 사상자도 있었습니다."

"무엇이라고? ……소지선한테 당했단 말인가?"

"예…… 그 외에도 소지선을 돕는 자가 있었습니다."

"돕는 자가 있다고? 그게 누군가?"

유적선은 놀라는 한편 의아스럽게 생각했다. 속계의 선인이 천계의 일에 관여할 리가 없기 때문이었다.

"······한곡선입니다!"

"한곡? ······그 자도 공격을 하던가?"

"그런 것은 아닙니다······ 단지 경계 자세였는데, 저희에게 적의(敵意)를 나타내 신경이 쓰였습니다. 그 정도만으로도 저희에게는 지장이 있었습니다."

"음, 그럴 테지······ 그 자가 감히······ 좋아! 시간이 없으니 길게 논할 필요는 없고······ 그 자들은 지금 어디 있나?"

"덕유산 한곡선부에 있을 것입니다."

"좋아! ······그대들은 다시 가줘야겠네······ 이번에는 한곡선까지 체포해 오게. 선인들을 크게 증원하고 가게. 그리고 사정을 두지 말게. 한곡선은 죽여도 좋네! ······단지 소지선은 체포해 와야만 하네. 가만 있자, 그러려면 누군가 한 명은 고수가 가야할 텐데······ 이보게, 자네가 내려가 보게."

유적선연 옆에 있는 자신의 부관에게 명령했다.

"예······ 그럼 떠나겠습니다."

부관은 대규모의 병력을 선출하고 즉시 하계로 향했다.

이 무렵 속계의 정마을에서는 건영이가 막 한곡선을 만나는 중이었다. 한곡선은 건영이가 공부하던 그 바위에 등을 돌리고 앉아 있었다. 소지선은 어딘가에 잠시 피신해 있는가 보았다.

건영이는 등을 돌리고 있는 한곡선을 촌장으로 알고 있었다. 밤이 어두워 그 뒷모습이나마 어렴풋이 보이고 있지만 전신에서 발산하는 기운이 온화하고 냉엄한 촌장의 기운 바로 그것이었다.

"촌장님!"

건영이는 얼굴에 환희를 가득 싣고 조용히 불렀다.

"음…… 건영이인가?"

목소리는 조금 다른 듯 느꼈지만 건영이는 너무나 기쁜 감정 때문에 그 점에 대해서는 유의하지 않고 있었다.

"예…… 저, 건영이입니다."

"그렇구나! ……그런데 나는 촌장이 아니야!"

"예? …… 그럼 누구신지요?"

건영이는 놀라지 않았다. 이미 심상치 않다는 것과 선한 사람이란 것을 파악했기 때문이었다.

"음…… 나는 촌장이 보내서 온 사람이야!"

한곡선은 음성을 자기 음성으로 바꾼 뒤에 뒤로 돌아서서 건영이를 마주 바라봤다. 건영이는 급히 무릎을 꿇었다.

"인사드립니다…… 처음 뵙겠습니다."

"음…… 나는 자네를 잘 알고 있네!"

"예? ……저를 잘 아신다고요?"

"허허…… 정신이 참 맑군. 나는 능인과 한 집에서 살고 있어!"

한곡선은 건영이의 목소리에서 건영이의 깨끗한 정신을 간파하고는 감동어린 칭찬과 함께 자신을 소개하였다.

"예? ……능인 할아버지 말씀이십니까? ……할아버지께서는 능인 할아버지의 스승님이시군요?"

건영이는 놀라면서 목소리가 커졌다. 능인 할아버지의 반가운 이름을 들었기 때문이었다. 능인 할아버지로 말하자면 바로 호랑이로부터 건영이 자신의 목숨을 구해 준 신령님이 아니신가?

그 인자한 분의 스승님께서 오시다니!

건영이는 한곡선이 자신이 능인의 스승이란 것을 직접 밝히지는 않았지만, 이미 육감으로 그 사실을 파악하고 있었다.

"허허…… 자네를 속일 순 없군. 그건 그렇고, 자는 데 이렇게 불러내서 미안하군……."

"아닙니다…… 저는 영광입니다. 너무나 반갑습니다!"

건영이는 정녕 반가운지 목소리가 기쁨에 들떠 있었다.

"그런가? ……그런데 나는 볼 일이 있어서 왔네!"

한곡선은 미소를 머금고 인자한 모습으로 건영이를 바라보며 말했다. 건영이는 잠시 침묵했다.

"……?"

"자네에게 부탁할 일이 있어서 왔네만……."

"예? ……저한테 부탁이라 하셨습니까? 저 같은 사람에게 무슨 부탁을……?"

건영이는 크게 놀랐다. 신선이 인간에게 무엇을 부탁할 것이 있단 말인가?

'이상하구나! ……부탁하실 일은 무엇일까? ……능인 할아버지께서 오셔도 될 텐데 스승님께서 이렇게 직접 오시다니 혹시 누가 어려움을 겪고 있는 것일까……?'

건영이는 속으로 이런 생각을 하고 있는데 인자한 한곡선의 목소리가 들려왔다.

"자네가 도와줘야 할 분은 아주 귀하신 분이야…… 저 높은 하늘에서 내려오신 분이시지!"

"높은 하늘에서 오셨다고요?"

건영이로서는 한곡선의 말이 아주 생소하게 들렸다. 평소 마음속으로는 이 우주의 구조를 파악하고 있어서 하늘 세계를 짐작하고 있었지만 이렇게 몸소 당면하게 되다니!

"음…… 이 세상을 다스리는 천국에서 오셨지. 건영이가 꼭 도와줘야 할 분이시네."

한곡선은 건영이가 놀라지 않도록 차분히 단계적으로 얘기하였다. 그러나 건영이는 이미 마음의 문을 크게 열어 모든 정황을 깨닫고 있었다.

건영이는 이제 실제로 바늘 하나 떨어지는 소리에도 천지개벽을 깨달을 수 있는 사람이다. 지금 한곡선의 말에서 건영이는 순식간에 무한대의 세계를 깨달았다.

이것은 실로 놀랄 만한 일이 아닌가!

건영이는 이제 천상의 일이라도 그저 보통 인간 세상의 일정도로 듣고 이해할 수 있게 된 것이다. 한곡선도 건영이가 이미 순식간에 그런 수준에까지 이르렀다는 것을 감지했다.

'음…… 대단하군! 이제 도형을 소개해도 되겠군…….'

한곡선은 이렇게 말하면서 숲 속을 얼핏 바라봤다. 말소리는 들리지 않았지만 건영이는 그들의 말소리를 들었다. 소리 없이 멀리 전달되는 신선들의 화법…….

"도형! ……다 됐습니다. 이쪽으로 나오소서."

그러나 잠시 동안 아무런 인기척이 없었다. 필경 소지선은 망설이고 있을 것이다. 결국 소지선은 몸을 드러내고 천천히 걸어서 이쪽으로 다가왔다.

"인사를 드리게, 나의 도형이시네."

"예…… 인사 올리겠습니다."

건영이는 급히 무릎을 꿇고 고개를 깊이 숙였다.

"허허…… 어서 일어나게. 나는 부탁을 하러 온 사람이네."

소지선은 아주 겸허한 자세를 취했다.

"자자, 이쪽으로 모여 앉읍시다."

한곡선이 자리를 청하자 건영이는 두 선인과 함께 둘러앉았다.

"얘기는 먼저 내가 해야겠군……."

한곡선은 즉시 서두를 꺼냈다. 내용은 소지선에 관한 것이지만 아무래도 건영이의 수준에 맞게 설명하려면, 인간 세상을 아는 한곡선이 말해야 함은 당연했다. 소지선은 자신에 관한 얘기가 시작되는 것을 말없이 지켜보고 있었다.

"얘야…… 세상은 넓고도 넓단다…… 물론 저 하늘 세계는 인간 세계보다 더 넓고 복잡하지."

한곡선은 쉬운 말투로 천천히 이야기를 시작했다.

건영이의 눈은 빛났다. 세상에 태어나서 처음 접하는 신비한 세계를 이해하려는 적극적인 자세를 보였다. 건영이는 뜻밖에 큰 공부를 하게 된 것을 천지신명께 감사하면서 마음을 크게 열고 온 정신을 집중했다.

"이 세상에는 인간들이 사는 세계가 있지…… 그리고 하늘에는 이 모든 세계를 다스리는 천계(天界)가 있는데, 이름하여 남선부(南仙府)라고 하네."

한곡선은 옛날 얘기를 하듯 평온하게 말하며 가끔씩 건영이를 바라보았다. 건영이는 온 정신을 집중한 채 총명한 눈을 반짝이며 경청하고 있었다.

"저 하늘을 보아라…… 이 우주가 끝나는 저곳! 인간들은 가본 적

도 없고 갈 수도 없는 세계지. 그곳은 물질을 초월한 세계야…… 그
곳이 바로 천계인데, 그 천계마저 초월한 더 먼 세계에서 아주 높으
신 분께서 천계로 오셨어…… 그분은 평허선공이란 분이신데, 이 세
상의 모든 선인들보다 높은 지위를 가지고 계시지…… 그런데 그분께
서 바로 건영이 자네를 죽이려 했네."

"예? ……저를요? 그런 분께서 저같이 하찮은 인간을 왜 죽이려 하
셨습니까?"

건영이는 깜짝 놀라 영문을 물었다.

이 우주를 넘어선 세계와 그 세계마저도 넘어선 세계가 있다는
것…… 게다가 그 세계에서 온 높디높은 신선이 한낱 인간인 자신을
죽이려 했다는 것이 참으로 신기하고 꿈같은 얘기였다.

한곡선은 미소를 지으며 말했다.

"허허, 자네는 하찮은 인간이 아니야…… 평허선공께서 자네를 죽
이려고 하신 이유는 바로 숙영이 때문이네."

"예? 숙영이라고요? 어떻게 그런 일이 있을 수 있습니까?"

건영이는 숙영이 얘기가 나오자 깜짝 놀라 자리에서 벌떡 일어나고
말았다.

"허허, 앉아서 천천히 듣게. 자세한 것을 얘기할 시간이 없네. 그리
고 자네가 알아듣지도 못하겠지, 그러나 언젠가는 깨달을 때가 있을
것이야…… 자넨 숙영이와 함께 저 멀고먼 세계에서 이곳으로 온 것
일세…… 평허선공이란 분과 같은 세계에서 왔어. 그분께서는 아주
복잡한 이유가 있어서 왔지만, 자네도 꼭 알아둘 필요가 있네. 간단
히 말하면, 현재 온 우주에는 자연의 법칙이 어긋날 뿐만 아니라 파
괴되고 있는데, 그 일을 연구하러 평허선공이란 분께서 오신 것일세."

한곡선의 얘기는 건영이로서는 도무지 종잡을 수가 없었다. 그러나 건영이는 나중에 다시 연구해 보기로 하고 한곡선의 말을 막지 않기로 했다. 그런데 한곡선의 말을 이해 못 하기는 옆에 있는 소지선도 마찬가지였다.

'자연의 법칙이 파괴되는 것을 연구하기 위해서……?'

'그런데 건영이는 왜 죽이려고 했는지……?'

한곡선의 얘기는 계속되었다.

"아무튼 평허선공이란 분께서는 이 세상을 다스리는 천계인 남선부의 성유선(惺幽仙)을 시켜 건영이 자네를 죽이려 하셨네. 그래서 자네는 이상한 병에 걸려 일 년여를 고생했지…… 그것을 정마을 촌장, 즉 풍곡선께서 고쳐준 것이야. 다시 말하면 풍곡선께서 건영이 자네의 정신에 의지를 불어넣어 자네를 죽이려 했던 성유선을 퇴치시켜 준 거지. 이 이야기는 이미 건영이 자네도 알고 있을 것이라고 생각하네만……."

"예? ……아, 예…… 그렇게 된 것이로군요!"

건영이는 지난날 이름 모를 병으로 죽을 뻔했었는데, 그 내막이 이제야 밝혀진 것이다. 그러나 대충 이해했을 뿐 자세히 묻지는 않았다.

한곡선의 얘기는 모두가 놀라운 사실들뿐이어서 일일이 신경 쓴다면 더 이상 얘기를 들을 수 없을 것 같았다. 오늘은 무조건 듣기만 하고 아무리 믿기지 않는 얘기가 나온다 하더라도 그냥 넘어가리라 마음먹었다.

건영이가 속으로 애써 이런 생각을 하고 있을 때, 한곡선은 거침없이 말을 이어나갔다.

"그 성유선이란 분도 하늘의 벌을 받았지만, 그분의 상관(上官)이신 소지선께서도 벌을 받으셨어. 부하를 단속 못하신 죄이지…… 하늘의 법은 인간 세계의 일을 관여하지 못하게 되어 있다네. 그런데 그 소지선이란 분이 바로 이분이시네."

"예? ……이분께서 저를 죽이려 했던 귀신의 상관이시라고요?"

"허허…… 귀신이 아니고 신선일세…… 그리고 이분께서는 온 우주의 인간 세계를 다스리시는 남선부란 곳에서 제일 높으신 분이시지…… 대선관이시라네!"

건영이는 다시 입을 다물었다.

"……그건 그렇고, 이분은 하늘로부터 벌을 받으셨는데 그 형벌은 남선부 금동(禁洞)이란 곳에서 천 일 동안 근신하는 것이야. 이분께 벌을 내리신 분은 하늘의 신이시지…… 연진인이란 분이신데 건영이 자넨 그런 분이 계시다는 것을 이해할 수 없을 거야! 연진인이란 분은 평허선공이란 분보다 더 높으신 분이시지!"

건영이는 속으로 또다시 놀랐으나 겉으로는 내색하지 않았다.

'하늘의 신! ……연진인!'

건영이는 마음속으로만 그 이름을 새겨두었다. 한곡선은 건영이의 마음을 잘 아는 듯 쉴 새 없이 말을 이어나갔다.

"아무튼 지금 여기 계신 이분께서는 연진인으로부터 천 일 동안 근신하라는 명을 받았기 때문에 그것을 반드시 지켜야만 되었네…… 그런데 평허선공께서 근신을 못 하시게 방해를 하시려는 것이지. 그래서 여기 계신 소지선께서는 피해 다니는 중이시지. 그래 할 수 없이 온 우주를 다 헤매셨지…… 그리고 끝내는 이 속계까지 내려오게 되셨는데 조만간 평허선공께서 잡으러 오실 거야. 평허선공께서 잡으러 오시면 이분도 나도 꼼짝할 수가 없지. 그래서 어디 숨을 곳을 찾아야 하는데, 그 평허선공이란 분은 너무나 능력이 탁월하셔서, 이 세상에 바늘 하나 떨어뜨려 놓아도 찾을 수 있는 분이시지. 그리고 그분께서는 빛보다도 빠르게 온 우주를 다니실 수가 있어. 그동안은 운 좋게 피해 다니셨는데 이제부터가 문제야. 어디로 가야 그 평허선 공을 피할 수 있을지? ……그것을 아는 사람은 온 우주에도 없다네. 아니, 단 한사람이 있네! 그 사람은 바로 건영이 자넬세."

한곡선은 손가락으로 건영이 얼굴을 가리키면서 말했다. 그 모습은 어느새 냉엄해져 있었고 인자한 모습은 어디론가 사라지고 없었다.

"예? 아니, 무슨 말씀이신지? 제가 어떻게 그토록 고귀하신 분을 피하시게 할 방도를 생각해낼 수 있단 말입니까?"

건영이는 깜짝 놀라는 한편 아주 난처한 표정을 지었다.

"음…… 건영이, 내 말을 잘 듣게. 자넨 할 수 있네. 그러니 평소대로 차분히 생각해서 피할 곳을 일러주게. 그리고…… 이분께서 과연 평 허선공으로부터 피할 수 있는지 점도 쳐주게!"

"예? 점이라고요……?"

건영이는 한곡선으로부터 점 얘기가 나오자, 눈이 예리하게 빛나면 서 전신에서 냉철한 기운이 발산하는 듯했다. 그 기운은 깊은 고요 와 근원이 소용돌이치는 무한대의 기운이 배합된 것이었다.

소지선은 속으로 흠칫 놀랐다. 한곡선도 그러한 기운을 느꼈는지 잠깐 말을 멈추었다가 다시 이었다.

"건영이! ……자네만이 할 수 있다네. 자넨 천계의 역성(易聖) 정우 (汀雨)일세!"

"예? ……역성 정우라고요? 그게 무슨 말씀입니까?"

"음, 그건 자네의 다른 이름이지. 그건 나중에 천천히 생각해 보게…… 지금 해야 할 일은 점을 치고…… 피신처를 알려 주는 것일세…….”

“글쎄요…… 제가 해야만 하는 것입니까? 예, 알겠습니다.”

건영이는 이 엄청나고 터무니없는 사건 앞에서 자신의 역부족을 느끼며 사양하려고 했지만, 순간 마음 저 깊은 곳에서 이상한 반발심과 거대한 힘이 폭발하는 것을 느꼈다.

건영이는 고개를 끄덕이며 눈을 가늘게 떴다. 그리고 잠시 생각에 잠겼는데, 그 깊은 고요와 차가운 기운은 주위의 모든 것을 얼려버리는 듯했다.

소지선과 한곡선도 숨을 죽이고 건영이의 말을 기다렸다.

“점괘가 나쁩니다! 몹시 나쁘군요!”

“음? ……벌써 점괘가 나왔는가?”

한곡선이 의아스럽다는 듯이 물었다.

“예, 방금 마음속으로 점을 쳐 봤습니다…… 그런데 아주 나쁜 괘가 나왔습니다. 아무래도 잡힐 것 같습니다!”

“그래? ……무슨 괘가 나왔는데?”

한곡선은 적이 실망한 듯 낮은 목소리로 물었다.

“예, 바로 뇌천대장(雷天大壯:☳☰) 괘가 나왔습니다. 피해 도망가기는커녕 오히려 크게 소문이 나겠습니다.”

“음, 뇌천대장 괘라…… 그렇구먼…….”

한곡선은 낙심하여 점괘를 되뇌어보았다. 옆에 있는 소지선은 속으로 이젠 틀렸구나 하고 생각하고 있었다.

‘할 수 없지…… 모든 것이 천명이야…… 그동안 피해 다닌 것만도 다행이었지. 훗날 연진인께서도 나의 노력을 이해하실 거야. 이젠 끝

난 일이지…… 차라리 도망 다닐 필요 없이 평허선공을 찾아가서 자수해야겠다.'

소지선은 이렇게 생각하며 한곡선을 바라봤다. 이때 한곡선도 속으로 체념하면서 허탈감을 느끼고 있었다.

'결국 이렇게 되는 것이구면…… 억지로 되는 일이 아니야. 소지선이 인간 세상에 잠시 내려와 본 것으로 일은 끝나는 것인가……?'

한곡선은 이런 생각을 하며 고개를 가로저었다.

"한곡! 이젠 떠나가야겠군…… 그리고 건영이! 나를 위해 점을 쳐주어서 고맙네!"

소지선은 모든 것을 체념하고 떠날 결심을 했다. 한곡선도 소지선과 같은 생각을 하고 건영이를 돌아봤다.

"건영이, 이젠 나도 그만 가봐야겠네. 더욱 열심히 공부하게. ……세상엔 다 분수가 있는 것이로구면……."

"죄송합니다, 힘이 못 되어 드려서……."

건영이도 실망을 했는지 낙심하며 고개를 숙였다. 그런데 그 즉시 건영이는 고개를 들며 소리쳤다.

"잠깐! 잠깐만요!"

"음……?"

자리를 떠나려던 한곡선과 소지선은 깜짝 놀라며 건영이의 얼굴을 동시에 바라봤다.

"방법이 있습니다. 피할 방법이 있어요. 주역에 그 길이 있습니다. 예, 바로 점괘가 알려줬어요! ……그렇고말고요!"

건영이는 자기가 얻은 생각에 몹시 당혹해하면서 흥분했다. 그러나 눈은 빛나고 표정은 자신에 찬 모습으로, 세상에 그 무엇으로도 흔들어 놓을 수 없을 것 같았다.

"……?"

한곡선과 소지선은 숨을 죽이고 건영이의 다음 말을 기다렸다. 그러나 두 선인의 마음은 이미 희망으로 요동쳤으며, 지금의 느낌은 분명한 활로(活路)를 찾은 바로 그 육감이었다.

건영이는 스스로의 흥분을 가라앉히기 위해 잠시 침묵했다. 이 순간 하늘의 별도 건영이를 주시하는 듯했고, 주변의 산천은 귀를 기울이는 듯 느껴졌다. 시간의 흐름도 느려진 것 같았다.

"저 부탁이 있습니다……."

드디어 건영이의 차분한 목소리가 바람소리처럼 들려왔다.

"음……? 부탁? 말해 보게!"

한곡선은 느닷없는 건영이 말에 잔뜩 긴장을 나타냈다.

"예…… 저…… 대선관님과 저만 있게 해 주십시오."

"그래? 그렇게 하지! ……내가 들어서는 안 되겠지. 그래, 나는 물러가 있겠네."

한곡선은 희색이 만면해서 고개를 끄덕이고는 다시 소지선에게 말했다.

"도형! 저는 산 위에 가 있겠습니다…… 천천히 얘기하고 오십시오!"

소지선은 영문을 모르고 고개를 끄덕일 뿐이었다.

한곡선은 즉시 떠나갔다. 건영이는 한곡선이 떠나가자 잠시 또 침묵하더니 말하기 시작했다.

"저…… 물어볼 것이 있습니다!"

"음……?"

"저는 이 일로 앞으로 심문받게 됩니까?"

건영이가 지금 묻는 것은 나중에 소지선을 피신시킨 사실을 누가 와서 탐문하지나 않을까 하고 걱정한 것이다. 소지선은 건영이의 마음을 이해했다.

"그런 일은 없을 것이네…… 하늘의 일로 인간을 심문할 수는 없네, 더군다나 평허선공께서는 그런 성격이 아닐세…… 혹시 다른 하늘의 선인들이 내려와서 물을 수도 있겠지만 대답을 안 하면 그만이네……."

"알겠습니다."

건영이는 적이 안심이 되었는지 눈을 반짝였다. 그리고 천천히 그 깊고 신비한 방법을 얘기하기 시작했다.

"……그러니까 괘가 지시하는 것은 바로 이러이러하면서 이렇게 될 것입니다. 대선관님께서는 이 점을 명심하셔야 할 줄 압니다. ……이해하시겠지요? ……침착하셔야 합니다. ……길은 이 한 가지뿐이고 갈 길은 험난합니다…… 그러나 성공할 가능성은 있습니다. 아시겠지요?"

건영이는 얘기를 다 마쳤다. 소지선은 끝까지 다 듣고는 천천히 고개를 끄덕였다. 그러나 얼굴은 홍조를 띠었고 마음속 깊은 곳에는 강한 의지와 희망이 뒤섞이며 분출되고 있었다.

"고맙네, ……후일 은혜를 갚겠네. 그럼 이만……."

소지선은 홀연히 떠나갔다. 건영이는 소진선의 뒷모습을 보면서 잠깐 동안이었지만 무언가 알 수 없는 정에 겨워 주르륵 눈물을 흘렸다.

'부디 성공하시길 빌겠습니다……'

건영이는 마음속으로 소지선의 행운을 천지신명께 빌면서 힘없이 산을 내려왔다. 마을은 여전히 잠들어 있었고, 하늘의 별들은 더욱 반짝였다.

소지선은 건영이를 뒤로 하고는 산 위로 날아올라 단숨에 한곡선이 기다리고 있는 곳에 당도했다. 한곡선은 절벽을 등지고 산봉우리를 바라보고 있었다. 한곡선이 절벽을 등지고 있는 것은 특별한 의미가 있는 것이었는데, 그 뜻은 소지선과 건영이가 얘기하는 내용을 듣지 않겠다는 뜻이다. 물론 절벽 쪽을 내려다보고 있다 하더라도 거리가 멀기 때문에 건영이의 말을 들을 수는 없다. 그러나 절벽 아래를 향해 건영이가 있는 쪽을 바라본다는 것조차 천기(天機)가 누설될 수 있다는 느낌이 드는 것이다.

"한곡! ……일이 끝났네."

소지선은 한곡선의 옆에 서서 말했다.

"어땠습니까, 도형?"

"음…… 나는 과연 역성을 만났네. 길이 보이고 있네. 그런데……."

"그런데 무엇입니까? 제가 도울 일은……?"

"자네가 도울 일이 많네…… 큰 폐를 끼치게 될 것 같아서 미안하구먼…… 어쩌면 혼자 해도 될 것 같네만……."

소지선은 한곡선의 도움이 필요하긴 한가 보았다. ……그러나 마음의 부담을 느끼고 있는 것이다.

"도형! 도형의 일이 바로 제 일입니다. 아무 걱정 마시고 방침을 일러주십시오……."

한곡선은 부드럽게 위로하듯 말했지만 그 속에는 단호한 기상이 서려 있었다.

"음…… 좋아, 어차피 자네의 도움을 받아야 되겠지. 나중에는 결국 나 혼자 해야 할 일도 있지만…… 한곡! 나는 지금 당장 이 속계를 떠나야 하네…… 건영이가 골라낸 괘상은 뇌천대장이라 했지 않았는가, 이 괘는 아래가 천(天)이고 위가 우레일세. 그런데 천은 드러난 것이고 우레는 숨어 있는 것이지. 즉 하계(下界)에선 숨을 수가 없고, 상계(上界)로 피신해야만 숨을 수 있는 것이지…… 그나마 우리 같은 선인들이기에 망정이지 인간의 일이었다면 피신이 불가능했다는 거야. 나는 건영이에게 주역을 배웠네…… 역성 건영이는 우리가 흔히 지나칠 수 있는 미세한 부분을 일러줬네. 하늘에 올라가서 내가 어떻게 해야 하는지에 대해서는 자네한테도 지금 말할 수 없지만, 현재 밖으로 나가는 것이 여간 문제가 아냐. 이것은 뇌천대장의 제3효(爻)에 들어 있네. 이것도 건영이가 지적해 준 것인데, 누가 도움을 주면 일이 수월하다는군. 건영이의 설명에 의하면 원래 뇌천대장의 제3효는 위험한 격돌(激突)을 의미한다고 하네. 이것은 당연하지 않나? ……상(象)에서도 소인(小人)은 나아가 다투고, 군자(君子)는 그렇게 하지 않는다고 하네만, 나의 처지는 격돌을 무릅쓰고 관문(關門)을 돌파해야 할 입장이네…… 건영이는 이럴 때 밖에서 누가 조금만 도와주면 난(難)을 피할 수 있다고 했어…… 밖에 나가서는 평화를 원칙으로 하되 부득이해서 무력을 행사하게 되더라도 지연책(遲延策)이 유리하다는군. 얼마나 지연이 필요한지는 모르겠어. 그리고 건영이는 밖으로 나서는 과정에서도 난관이 매우 크지만 시기를 잘 맞추면 천우신조(天佑神助)를 얻을 수 있다고도 했네. 그러나 건영이는 그 시기라는 것을 얘기해 주지는 않았어…… 이것은 자네 육감에 의존하려네. 그런데 지금 밖으로 나가는 관문이 봉쇄되어 있고, 파견대가 계속 내려오고 있으니 문제이군. 한곡! 자네한테는 몹시 미안한 일이네만 나를 관문 밖까지만 데려다주게. 물론 우리 둘의 힘으로도 관문을 통과하는 것이 쉽지는 않겠지. 어쩌면 자네가 크게 다칠 수도 있겠지……."

"도형! 잘 알겠습니다…… 우리의 처지가 뇌천대장이라고 한다면, 지금 현재는 분명 제3효의 시기입니다. 이는 충돌이 불가피하다는 것을 말하고 있는 것이 아닙니까? 단지 그런 시기이니만치 저돌(猪突)을 삼가라는 뜻이겠지요…… 자, 돌파합시다. 관문을 돌파하고 나서는 어떻게 해야 할지 모르겠으나, 그것은 도형이 건영이에게 받은 지시대로 하면 되실 것이고, 관문 돌파는 저의 책임입니다. 지금 곧바로 출발하도록 합시다!"

한곡선은 단호한 결심을 보이며 기필코 관문을 통과해 보일 것을 다짐했다. 소지선은 가슴 속으로 고마움의 눈물을 흘렸지만 지금은 감상(感傷)에 젖을 때가 아니었다.

"알겠네…… 그럼 출발하지!"

두 선인은 격돌이 예상되는 인연의 늪을 향해 당당히 출발했다.

역성 정우의 불안

 이제 산은 두 선인을 지키고 있던 짐을 벗어던지고 조용히 아침을 기다렸다. 건영이는 산을 내려와서 즉시 잠자리에 들었거니와 마을 사람들은 밤사이에 엄청난 역사가 이루어진 것을 알 턱이 없었다.

 정마을의 새벽은 언제나처럼 아름답게 찾아왔다. 햇빛은 마을의 뒤쪽 먼 산 쪽에서 이쪽을 비추다가 돌연 밝아왔다. 그러나 강과 마을 앞쪽은 서서히 밝음이 뿌려지고 있었다. 지금 마을 주변은 푸르름이 가득 차 있었다.

 마을 사람들 중 가장 일찍 일어나는 사람은 여전히 건영이였다. 건영이는 오늘 아침 산 쪽으로는 가지 않았다. 아침이면 으레 공부를 위해 산을 찾는 건영이였지만 오늘은 왠지 가고 싶지가 않았다. 이는 지난밤 신선을 만난 장소를 좀 더 조용히 보존해 두고 싶은 생각도 있었지만, 자신이 소지선에게 알려준 비밀한 내용이 혹시 귀신이라도 알까 두려웠던 것이다.

 소지선이 건영이가 지시해 준 대로 무사히 모든 여정을 마칠지는 알 수 없지만 행여 그 비밀이 건영이 자신으로부터 나온 사실이 노출되지나 않을까 걱정이 되었다.

이 세계는 눈에 보이는 저 무한대의 세계보다 내면(內面)에 더 광활한 세계가 있으며, 그 곳에는 건영이로서도 알 수 없는 끝없이 신비한 현상들이 있는 것이다.

건영이는 자기도 모른 사이에 자신의 마음이 하늘로부터 탐지되지 않을까 두려워한 것이다. 건영이는 잠시 촌장의 모습을 그렸다. 그리고 그 모습에서 죽음보다 더 고요한 안정과 침묵을 떠올렸다.

'내가 촌장님의 저 한없이 깊은 평정심(平靜心)을 배울 수만 있다면……'

건영이는 촌장을 생각하면서 자기의 마음이 세계에 크게 노출되어 있다는 것을 느꼈다. 그뿐만 아니라 자신의 마음이 쉽사리 요동하기 때문에 그 마음의 파장이 온 세계로 퍼져나가는 것을 느꼈다.

'평정…… 굳게 닫힌 마음…… 태산(泰山)…… 촌장님의 그 끝없는 고요……'

건영이는 마음을 비우고 또 비우며, 절대 고요를 터득하려고 했다.

건영이의 발걸음은 지금 강가로 향하고 있다. 어제와 마찬가지로 오늘 아침도 나루터를 살펴보는 것으로 하루가 시작되는 것이다.

건영이가 걷는 옆으로 나란히 흐르는 냇물 소리는 오늘 따라 유난히 힘차게 들렸다. 깨끗한 공기는 이미 가슴에 가득 차고 새소리는 유난히 선명했다.

건영이의 마음속에는 지난밤 일이 산울림처럼 긴 여운으로 남아 있었다. 지금 이 순간에도 그 여운은 아지랑이처럼 마음 저 깊숙한 곳에서 피어나고 있다.

"……자넨 숙영이와 함께 저 멀고먼 세계에서 이곳으로 온 것일세."

'숙영이와 내가 함께 왔다고? ……저 멀고면 세계란 도대체 어느 곳일까?'

건영이는 미간을 찡그리며 상상해 봤지만 그저 막막할 뿐이었다.

다시 한곡선의 말이 마음속에서 울려나왔다.

"현재 온 우주에는 자연의 법칙이 어긋날 뿐만 아니라 파괴되고 있는데, 그 일을 연구하러 평허선공이란 분께서 오신 것일세……."

'자연의 법칙이 파괴되다니? ……자연의 법칙도 파괴될 수가 있는 것일까? ……평허선공? 그분은 도대체 누구실까? 왠지 귀에 낯익은 느낌이 드는데…… 이상해…….'

건영이 생각은 질서가 잡히지 않고 심한 혼돈을 일으켰다.

'이래선 안 되겠어…… 도무지 종잡을 수가 없군. 나중에 다시 차분히 생각해 봐야겠다.'

건영이는 마음속에서 일어나는 생각을 억지로 지우려고 애를 썼다. 그러나 생각이란 것은 대개 저절로 일어나서 마음대로 지울 수가 없다. 이 점도 건영이에게는 참을 수 없는 고통이었다.

'자기 자신의 생각도 마음대로 할 수 없다니!'

생각하고 싶을 때 생각하고, 생각하고 싶지 않을 때 생각하지 않을 수는 없을까? 물론 이는 불가능한 것은 아닐 것이다. 단지 사람의 수양이 부족해서 자기 자신도 마음대로 하지 못하는 것일 뿐이다. 건영이는 어처구니없는 표정을 지으며 고개를 설레설레 흔들었다.

이 순간 건영이의 마음은 택풍대과(澤風大過:☱☴)의 괘상이 떠올랐다. 이는 수양이 되어 있지 않은 자신의 마음과도 같았다. 마음이란 그릇 속에는 계속 바람이 일어나고 있다. 건영이는 일부러 택화혁(澤火革:☱☲)의 괘상을 그려보았다. 그러자 마음속의 바람은 조금씩 누그러지며 밝은 빛으로 변하였다. 이젠 마음속의 바람이 조금은 누그러진 셈이다.

건영이는 다시 뇌화풍(雷火豊:☲☳)의 괘상을 떠올렸다. 마음속에서 폭발하려는 강력한 불빛을 억제하려는 것이다. 시간이 조금 흐르자 마음은 뇌화풍의 괘상처럼 불빛은 무거워지고 밖으로 분출되지 않았다.

이때 건영이의 마음은 저절로 지화명이(地火明夷:☲☷)상태로 변하면서 내면의 불빛은 제어되고 평정이 유지되었다. 그러나 건영이의 마음이란 땅 속 깊이 남아 있는 한 줄기 빛마저 완전히 소멸시키기 위해 곤위지(坤爲地:☷☷) 괘상을 생각했다.

드디어 건영이의 마음은 거대한 평정에 도달했다. 드넓은 대지와 같은 상태가 된 것이었다. 건영이의 마음 한 구석에는 곤위지괘(坤爲地卦) 제2효의 구절이 조용히 나타났다 사라졌다.

'곧고 모나고 크므로 익히지 않아도 이롭지 않음이 없다. (直方大 不習无不利).'

건영이의 마음속은 오늘 아침 번민이 참으로 많았다. 그러나 주위의 정경은 여전했다. 숲의 싱그러움은 스스로를 지키고 있으며, 하늘은 조용히 먼 곳까지 뻗어 있었다. 한적한 새벽길은 이유 없이 행복한 마음을 만들어 주었다.

어느덧 찡그렸던 건영이의 얼굴은 펴지고 천진한 감정이 되살아났다. 길은 좌측으로 꺾이고 좁은 숲길이 나타났다.

건영이의 걸음은 이제 자연과 하나를 이루어 무심히 흐르는 실개울과도 같았다. 숲 속의 길은 걸어갈수록 서서히 밝아졌으며 마침내 넓게 트인 강변과 연결되었다.

좌우의 숲은 끝나고 바로 앞에 들판이 보이면서 새로운 세계가 나타났다. 어제도 그제도 익히 봐왔던 강가의 들판이건만 오늘은 또 다른 세계인 것이다. 세계란 마음의 변화에 따라 쉬지 않고 변하는 것이고, 마음이 변화하지 않으면 비록 장소가 변해도 세계는 그냥 그대로인 것이다.

흐르는 강물은 더더구나 그렇다. 흐르는 강물은 언제나 새롭다. 그러나 그것을 바라보고 있는 사람의 마음이 일정하다면 강물의 새로움은 의미가 없을 것이다.

건영이는 성큼 새로운 세계로 걸음을 옮겼다. 새로운 세계는 좌우가 먼저 열리면서 저 먼 앞으로 무한히 확장되었다. 바로 좌측에 있는 큰 나무를 지나 몇 걸음 더 나아가자 아래쪽으로 나루터가 보였다.

밤사이 아무 탈 없이 자그마한 나룻배는 여전히 그 자리를 지키고 있었다.

'이 나룻배는 오늘 사람을 건네줄 것인가……?'

건영이는 우선 강 건너편을 바라보고는 나루터 쪽으로 내려왔다. 건너편에는 인적이 보이지 않았다. 그러나 오늘 건영이는 가까이에서 배를 살펴보고 싶었다. 특별히 이유가 있는 것은 아니었다.

잠시 배를 살펴본 건영이는 강 위쪽을 흘끗 바라봤다. 강물은 여전히 내려오고 있었다. 건영이는 다시 올라와 강 언덕에 와서 앉았다. 어제 그 자리에서 흘러가는 강물을 바라보고 있는 것이다. 이는 박씨도 그렇게 했던 것이고, 예전에는 촌장도 그렇게 했었다. 멀리서 보면 누가 앉아 있건 똑같아 보였다. 건영이는 흘러가는 강물을 보기만 하는 게 아니라 듣기도 하는데, 물소리를 듣는 게 아니었다.

물론 강물이 흘러가는 소리가 들릴 턱은 없다. 건영이가 듣는 것,

혹은 듣고자 하는 것은 흐름이라는 그 자체이다. 세상에 흐르지 않는 것은 없다. 그러나 가장 분명한 것은 강물이다. 건영이는 강물의 흐름을 통해 천하(天下)의 흐름, 나아가서는 우주의 흐름을 느끼고자 하는 것이다.

흐르는 것은 변화한다. 변화를 통해 새로움이 발생한다. 우주는 새로움이 쉬지 않는다. 새로움이 곧 자연의 원리인 것이다…….

강물이란 흐르고 흘러서 바다에 도달하고 다시 하늘을 통해 근원에 이르게 된다. 자연도 이렇게 순환(循環)하는 것이다. 순환하는 것은 새롭고 영구하다. 새롭고 영구하고 순환하는 것이 자연의 본모습인 것이다. 강물의 흐름은 이것을 본받았다. 건영이는 강물을 바라보면 언제나 마음에 생기를 느끼곤 했다.

또한 강물을 통해 무한한 과거와 무한한 미래를 하나로 조화시킨다. 세계는 과거와 미래가 하나이고, 먼 곳과 가까운 곳이 하나이며, 나와 자연이 하나인 것이다.

건영이의 마음속에는 다시 뇌풍항(雷風恒:☳☴)의 괘상이 떠올랐다. 이는 항구함과 순환하는 이치를 그린 것이다.

천지의 도(道)는 항구(恒久)하여 끝남이 없고…… 갈 곳이 있어 이롭다 함은 끝난즉 시작이 있다는 것이다. 해와 달이 하늘을 얻어 오래 비칠 수 있고, 사시(四時)가 변화하여 오래 생성(生成)할 수 있고, 성인이 그 도에 오래 있은즉 천하의 화육(和育)을 이룰 수 있다…….
항구한 것을 살펴보면 천지 만물의 뜻을 알 수 있는 것이다.

'천지지도 항구이불이야, 이유유왕 종측유시야, 일월득천이능구조, 사시변화이능구성, 성인구어기도 이천하화성, 관기소항 이천하만물지정 가견의(天地之道 恒久而不已也, 利有攸往 終則有始也, 日月得

天而能久照, 四時變化而能久成, 聖人久於基道 而天下化成, 觀其所恒
而天下萬物之情 可見矣).'

시간이 흘러 날은 점점 더 밝아왔다. 건영이는 여전히 꼼짝 않고
앉아있었다. 밝은 햇빛이 건너편 숲과 들판을 환하게 비추고 있어도,
강변의 고요함은 변하지 않고 한가함만 더해가고 있었다.

시간이 얼마나 흘렀을까……? 건영이가 앉아 있는 저쪽 뒤편의 숲
속에서 인기척이 들렸다. 정마을에서 누가 나오는 것이리라. 건영이는
뒤에 사람이 나타난 것을 아는지 모르는지 강물에 시선이 고정되어
있었다. 그러나 건영이의 눈은 강물의 표면을 보고 있는 것 같지는 않
았다. 그저 강 쪽을 향해 바라보고 있는 것이다. 그래도 가끔 표정의
변화가 있는 것을 보면 망연히 앉아만 있는 것은 결코 아닐 것이다.

뒤에서 나타난 사람은 조용히 걸어와서 건영이 옆에 앉았다. 인규
였다. 건영이는 얼핏 옆으로 보는 듯하고는 여전히 강을 바라보고 있
었다. 인규도 말을 걸지 않고 잠시 그대로 있었다.

오늘은 인규가 서울로 가야 하는 날이었다. 사실 어제나 그제쯤 서
울로 가야 했는지도 모르지만 오늘은 정말로 가야 할 것 같다. 인규
는 서울에서 남씨의 급한 심부름을 왔거니와, 이것을 나름대로 판단
한 인규는 여러 날을 지연시키고 있는 것이다. 하기야 건영이가 재촉
하지 않는 것을 보면 서울 일이 급한 것은 아닌가 보다!

이번 경우 인규는 스스로가 직접 판단하는 능력은 없었을지 모르
나, 건영이의 기색을 살펴가며 행동한 것은 아주 적절했던 것 같다.
건영이는 인규로부터 서울 사정을 듣고도 별 반응이 없이 며칠을 지
냈다. 지금에 와서 마음이 급한 것은 오히려 인규였다.

건영이는 서울로 가는 일은 인규 스스로 판단해서 결정하라는 것

인지 일체 말을 하지 않았다. 인규는 처음에 정마을에 도착해서는 가급적 건영이와 좀 더 많은 시간을 보내기 위해 서울 가는 일을 느긋하게 버텨봤지만, 건영이는 재촉하지 않았다.

가만 놔두면 건영이는 언제까지나 인규를 보낼 생각을 하지 않을지도 몰랐다. 급기야 어제는 인규가 불안해서 서울에 가봐야 하지 않겠느냐고 했더니 건영이는 편지 한 장을 건네주었다.

건영이가 건네준 편지는 남씨의 서울 사정을 자문한 내용이지만, 건영이는 이 답변을 첫날 이미 써두었던 것이다. 단지 인규가 서울 갈 생각을 하지 않고 있으니 건영이도 건네주지 않고 기다렸을 뿐이다.

그런데 오늘쯤은 인규 자신이 직접 판단에 의해서 서울로 가야 한다고 정해 두었다. 인규는 어제 방침을 정해 두었지만 건영이에게 말하지 않았다. 이는 인규 자신이 오늘 아침 깨어나서 마음이 변해 서울에 가고 싶지 않으면 하루 더 미루려고 했던 것이다.

단지 어제 인규가 서울 일을 넌지시 비추었을 때 건영이는 즉시 서울에 전할 글을 건네주었기 때문에 인규는 오늘 아침 자리에서 일어나자마자 서울에 가야한다는 생각이 든 것이다.

사람은 어디로 떠나기로 정해 두면 이상하게도 마음이 들떠서 가지 않고는 못 배긴다. 인규의 심정도 지금 그러한 것이리라. 인규는 아침에 깨어나 바로 건영이를 찾았으나 건영이가 보이지 않았으므로 혼자서 서울로 떠날 채비를 하고 강변으로 나왔다.

아침 시간이면 건영이는 반드시 강가에 있을 것이므로 강가에 가서 얘기나 좀 하다가 떠나리라 생각했다. 그런데 막상 강가에 나와 건영이와 나란히 앉아 강을 바라보고 있자니 답답하기만 했다. 오늘은 할 말도 별로 생각나지 않는다.

드디어 인규는 서울로 떠날 시간이라고 느꼈다.

"건영아! ……이제 가봐야겠어!"

"음? 아침은 먹었니?"

"응…… 강노인께 인사드리러 갔다가."

"그래…… 그럼 건너가 볼까?"

건영이는 밝은 미소를 인규에게 보이고는 앞장서 나루터로 내려갔다. 물가에 가까이 내려가서 보니 강물은 반짝이며 물소리도 약하게 들리고 있었다.

건영이는 자연스럽게 배를 챙기고 인규를 태워 조용히 출발 시켰다. 배는 서서히 강의 한가운데를 향해 움직였다. 인규는 배를 타고 강물 위에 떠 있게 되자, 마음속에는 여러 가지 생각이 고개를 들었다. 아마도 강물의 움직임이 인규의 마음을 흔들어 주어서 마음이 작동을 시작했나 보다. 강가의 벌판에서 흐르는 물을 바라보면 오히려 생각이 없어지는 인규이건만, 물 가운데로 나오자 즉시 마음 저 깊은 곳으로부터 작용이 발동되었다.

'세상에 운명이란 반드시 존재하는가?'

인규가 제일 먼저 떠올린 생각은 이것이다.

'지금 배 밑을 흐르는 강물은 오늘 이 시간 배를 통과시킬 운명이 었는가……? 혹은 저 나루터가 오늘 사람을 실어 나를 운명을 가지고 있었는가……? 더욱 가까이 생각하면 지금 타고 있는 배 자체는 오늘 사람을 태워 강을 건네줄 운명을 가지고 있었을까……? 아니면 건영이나 나 자신이 오늘 이 배를 탈 운명이었던가?'

인규로서는 이러한 의문을 떠올렸지만 그것에 답을 할 수는 없었다. 그러나 인규의 마음은 쉬지 않고 움직였다.

'지금쯤 서울에 있는 남씨는 어떻게 되었을까……?'

인규는 마음을 서울로 돌려봤다. 아니, 저절로 그렇게 되었을 것이다.

'남씨는 그 비범한 생각을 동원하여 지금쯤 적을 완전히 제압하지나 않았을까? 글쎄…… 반대로 남씨가 궁지에 몰려 위험한 것이나 아닐까? 내가 너무 늑장을 부렸는지도 몰라…… 나를 원망하시면서 기다리고 계실 거야……'

인규는 이렇게 생각하며 조급한 마음이 들었다. 건영이는 무엇을 생각하는지 알 길이 없고, 노를 젓는 소리만 가끔씩 삐걱거렸다. 아침 햇살은 건영이의 모습을 옆으로 비추어서 건영이는 빛에 감싸여 있었다. 그리고 왠지 그 모습은 평소보다 훨씬 더 커보였다. 인규는 그 모습을 보면서 경건한 느낌을 가졌다.

'저 뛰어난 건영이는 나를 이 배로 건너게 한 뒤 먼 곳으로 보내주고 있는 것이다. 저 먼 곳에는 나를 기다리는 운명이 있고, 건영이는 그것을 알고 나를 보내주는 것이리라……'

인규는 지금 무엇인지 모를 불안을 느끼며 애써 건영이에게 의지하고 싶은 생각이 들었다.

"건영아!"

인규는 자기도 모르게 건영이를 불렀다.

"음……?"

건영이는 돌아보지 않고 대답했다.

"서울엔 별일 없을까……?"

"글쎄! 가보면 알겠지!"

건영이의 대답은 누구나 할 수 있는 그런 대답이었다. 인규가 기대한 대답은 아니었다. 인규는 건영이가 서울에 있는 남씨나 박씨가 평안할 것이라는 예언을 해 주기를 원했다.

인규는 다시 물어보려다 그만두었다. 어차피 건영이는 대답을 해 주지 않을 것이다. 배는 쉬지 않고 강의 이쪽 편을 향해 움직여 갔다.

"퍼 — 덕!"

물고기가 자맥질하는 소리가 위쪽에서 들렸다. 인규는 고개를 돌려 강의 상류 쪽을 바라봤다. 강물은 저 위쪽에서 끊임없이 내려오고 있었다. 인규는 그쪽을 한동안 바라보며 생각했다.

'저 물! 언젠가 이곳을 지나쳤던 물일까……?'

인규는 잠시 이런 생각도 해 보았지만, 부질없는 생각이라고 고개를 흔들고는, 자신의 문제로 생각을 돌렸다.

'……나는 언제 이 강을 다시 건널까? ……이번에 가면 무슨 일이 기다리고 있을까? 건영이가 써준 글에는 무슨 내용이 있을까……?'

인규는 갑자기 건영이가 써준 글의 내용이 궁금했다. 어제는 그런 생각이 들지 않았다. 그때는 오히려 복잡하고 귀찮게 여겨졌는데……지금 인규의 마음이 그렇다면 그것은 문제가 될 것이 없다. 강을 건너 서울까지 가는 긴긴 시간동안 아무 때나 그것을 읽어보면 된다.

인규는 지나쳐온 강의 저쪽 편을 바라봤다.

'참으로 평화롭구나…….'

인규의 생각에는 강의 저편 정마을 쪽이 이쪽 숲 속보다 더욱 평화스럽게 느껴지는 것이었다.

배는 어느덧 맞은편에 닿았다. 건영이는 먼저 내려 배를 잡아당겼다. 이어 인규가 내리자 건영이는 다시 배에 올랐다. 인규는 잠시 건영이를 바라봤다. 건영이는 미소를 지었다.

"잘 다녀와! 그 편지 잊어버리지 말고……."

"그래, 다녀올게. 별일 없겠지?"

인규는 아쉬워하며 넌지시 앞일을 물었다. 건영이가 대답해주리라고 기대하지는 않았다. 단지 스스로에게 다짐하고 싶었을 뿐…… 그런데 뜻밖에도 건영이는 대답을 해 주었다.

"그럴 거야…… 서울에는!"

건영이의 대답은 조금 이상하게 들렸다. 인규의 물음에 단순히 별일 없을 거라고 대답한 것이 아니고, '서울에는!'이라고 하면서 여운을 남긴 것이다.

듣기에 따라서는 '서울에는 별일 없겠지만 이쪽은 모르겠어!'라는 뜻으로 들릴 수도 있다. 틀림없었다. 건영이의 미소 속에는 왠지 근심이 있는 듯 보였다. 힘찬 미소가 아니었기 때문이었다.

인규는 이것을 쉽게 감지하고 되물었다.

"음? ……서울은 별일 없을 거라고? ……그럼 이곳은 별일 있을 거란 소리야?"

"글쎄, 모르겠어…… 아무튼…… 넌 서울 일이나 신경 써!"

건영이의 말투는 확실히 이상했다.

"건영아! 이곳에 무슨 일이 있을 것 같으니?"

"아니? ……꼭 그런 것은 아니야…… 별일 아니겠지! 자자, 어서 떠나…… 곧장 서울로 가야 해! 알겠지?"

건영이는 다시 미소를 지으며 재촉했다. 그런데 뜻 모를 말이 섞여 있었다.

'곧장 서울로 가라니? 건영이가 언제 이런 말을 했던가? 혹시 서울 일이 급하다는 것인가? ……아니면? 내가 다른 곳으로라도 간단 말

인가? 오늘 건영이의 말은 확실히 이상해! 더군다나 '알겠지?' 하고
다짐을 받으려는 것은 평소 건영이의 방식이 아니야. 아무튼······.'

"음? 그래, 그건 알겠는데······."

인규는 망설였다.

"자, 그만 떠나······ 이곳 일은 내가 알아서 할게."

건영이는 이 말을 끝으로 배를 다시 움직이기 시작했다. 할 수 없었
다. 길게 얘기한들 인규 자신이 무슨 대책을 세울 수 있겠는가. 인규는
건영이에게 손을 흔들어 보이고는 자기의 길로 떠날 수밖에 없었다.

— 5권에 계속 —

인지
본사
소유

대하소설 주역 ④

1판 1쇄 발행 2015년 10월 20일
1판 3쇄 인쇄 2019년 02월 20일
1판 3쇄 발행 2019년 02월 30일

지 은 이 김승호
편집주간 장상태
책임편집 김원석
디 자 인 정은영

펴낸이 김영길
펴낸곳 도서출판 선영사
주 소 서울시 마포구 서교동 485-14 영진상가 지층
TEL (02)338-8231~2 FAX (02)338-8233
E-mail sunyoungsa@hanmail.net

등 록 1983년 6월 29일 (제02-01-51호)

ISBN 978-89-7558-204-2   03810